MAURICE LEBLANC

Dorothée danseuse de corde

LE LIVRE DE POCHE

ISBN : 978-2-253-02289-3 – 1re publication LGF

CHAPITRE PREMIER

LE CHÂTEAU DE ROBOREY

Sous un ciel lourd d'étoiles, où s'accrochait un dernier quartier de lune, la roulotte dormait sur l'herbe du chemin, ses volets clos, ses brancards allongés comme des bras. Dans l'ombre du fossé voisin, un cheval ronflait et soupirait.

Très loin, par-dessus la crête noire des collines, une bande plus claire annonça l'approche de l'aube. Une horloge d'église sonna quatre heures. Quelques oiseaux s'éveillèrent de place en place, et se mirent à chanter. Il faisait doux et tiède.

Brusquement, à l'intérieur, une voix de femme cria :

« Saint-Quentin ! Saint-Quentin ! »

Et une tête passa par la lucarne qui donnait sur le siège, par-dessous l'avancée du toit.

« C'est bien ça, je m'en doutais ! Le gredin a déguerpi cette nuit. L'animal ! Quelle correction ! »

D'autres voix lui répondirent. Il s'écoula deux ou trois minutes. Puis la porte d'arrière fut ouverte et une silhouette descendit les cinq marches de l'escalier, pendant que, à la fenêtre latérale, deux têtes ébouriffées apparaissaient.

« Dorothée ! où vas-tu ?

— Chercher Saint-Quentin ! répliqua celle qu'on appelait Dorothée.

— Mais il est rentré de promenade avec toi hier soir, et je l'ai vu se coucher sur son siège.

— Tu vois bien qu'il n'y est plus, Castor.

— Où est-il ?

— Patience ! Je vais vous le ramener par les oreilles. »

Mais deux gamins bondirent de la roulotte, en chemise, et supplièrent :

« Non, maman Dorothée... t'en vas pas toute seule dans la nuit, c'est dangereux...

— Qu'est-ce que tu chantes, Pollux ? Dangereux ! Est-ce que ça te regarde ? »

Elle leur envoya des gifles et des coups de pied, et les reconduisit prestement jusqu'à la voiture où ils s'engouffrèrent. Là, montée sur l'escabeau, elle prit leurs deux têtes qu'elle pressa contre la sienne et les baisa tendrement.

« Pas de bile, mes deux gosses. Du danger ? D'ici une demi-heure, je retrouve Saint-Quentin.

— La belle affaire !... Saint-Quentin... un type qu'a pas seize ans...

— Tandis que Pollux et Castor en ont vingt, à eux deux ! fit Dorothée.

— Et puis, pourquoi qu'il traîne comme ça, la nuit ? Et c'est pas la première fois... Où est-ce qu'il va en expédition ?

— Chiper des lapins au collet, dit-elle. Vous voyez, ce n'est pas bien grave... Allons, assez bavardé. Au dodo, les garçons. Et surtout ne vous battez pas, Castor et Pollux, hein ? Pas de bruit ! le capitaine dort, et il n'aime pas qu'on le réveille, le capitaine ! »

Elle s'éloigna, sauta par-dessus le fossé, franchit une prairie, où ses pieds clapotaient dans des flaques d'eau, et gagna un sentier qui filait entre de jeunes taillis qu'elle dépassait de la tête. Deux fois déjà la veille, en se promenant avec son ami Saint-Quentin, elle avait suivi cette piste mal tracée, de sorte qu'elle avançait hardiment, sans la moindre hésitation. Elle traversa deux routes, arriva près d'une rivière dont le lit de petits cailloux blancs luisait dans l'eau paisible, s'y engagea, en remonta le courant comme si elle eût voulu que ses traces fussent perdues et, lorsque les premières lueurs du jour commençaient à donner aux choses des formes distinctes, s'élança de nouveau à travers bois, légère, gracieuse, plutôt petite, ses jambes nues jaillissant d'une jupe très courte qui laissait flotter derrière elle des rubans multicolores.

Elle courait sans effort, évitant de fouler aux pieds, parmi les feuilles mortes, les fleurs du jeune printemps, le muguet, les anémones violettes ou les blancs narcisses.

Ses cheveux noirs, très peu longs, se séparaient en deux masses qui battaient comme deux ailes. Son visage souriant, sa bouche entrouverte, ses narines palpitantes, ses yeux à demi fermés, disaient toute sa joie de courir et de respirer l'air frais du matin. Le cou, long et flexible, surgissait d'une blouse de toile grise que fermait un foulard de soie orange. Elle semblait âgée de quinze ou seize ans.

Les bois cessèrent. Une vallée se creusa entre deux parois de roches et tourna brusquement. Dorothée s'arrêta net. Elle atteignait le but.

En face d'elle, sur un socle de granit découpé régulièrement et haut de trente mètres tout au plus, s'arrondissait le corps principal d'un château, qui n'avait point grand style par lui-même, mais auquel sa position et le développement de sa construction donnaient un caractère de demeure seigneuriale. A droite et à gauche le vallon, rétréci en ravin, paraissait l'envelopper comme un fossé d'autrefois. Mais, devant Dorothée, l'espace était large et formait un glacis légèrement ondulé, semé de lourdes pierres, traversé par des haies de ronces, et que terminait la falaise presque verticale du socle.

« Les trois quarts de cinq heures qui sonnent, se dit la jeune fille. Saint-Quentin ne va pas tarder. »

Elle s'accroupit derrière un énorme tronc d'arbre déraciné et regarda fixement la ligne de démarcation entre le château lui-même et le roc de soubassement. Un léger rebord longeait cette ligne, au-dessous des fenêtres du rez-de-chaussée, et il y avait un endroit de cette corniche exiguë où aboutissait une coupure transversale de la falaise, très mince, quelque chose comme une lézarde dans la façade d'un mur.

La veille, durant leur promenade, Saint-Quentin lui avait dit, le doigt tendu vers la coupure :

« Il y a des gens qui se croient à l'abri et, cependant, rien de plus facile que de se hisser par là jusqu'à l'une des fenêtres... Tiens, en voici une justement qui est entrebâillée... la fenêtre d'un office... »

Cette idée d'escalade, Dorothée ne doutait pas qu'elle ne se fût imposée à Saint-Quentin et que, le soir même, il n'eût tenté quelque furtive expédition. Depuis, qu'était-il devenu ? N'y avait-il personne dans la pièce où il entrait ainsi ? Ne connaissant ni les lieux qu'il allait explorer ni les habitudes des gens du château, ne s'était-il point laissé prendre ? Ou bien, plutôt, attendait-il simplement le lever du jour ?

Elle se tourmenta. Les minutes se hâtaient. Bien que le ravin n'offrît pas trace de route, quelque paysan pouvait passer dans ces parages au moment où Saint-Quentin se risquerait à descendre, opération bien plus malaisée que l'escalade.

Soudain elle tressaillit. On eût dit qu'en songeant à un tel péril, elle l'avait, par là même, provoqué. Des pas sourds se faisaient entendre, qui suivaient le ravin et devaient venir de l'entrée principale. Dorothée s'enfonça sous les racines de l'arbre qui la dissimulait. Un homme apparut, vêtu d'une longue blouse, le visage entouré d'un haut cache-nez gris, de vieux gants fourrés aux mains, et un fusil sous le bras.

Elle pensa que ce devait être un chasseur, ou plutôt un braconnier, car il marchait d'un air inquiet, en surveillant les alentours, comme quelqu'un qui a peur d'être aperçu et qui, à tout hasard, change son allure ordinaire. Mais il s'arrêta près du mur, à cinquante ou soixante mètres de l'endroit où Saint-Quentin avait grimpé, et il observa le sol, contournant certaines pierres plates et se penchant au-dessus d'elles.

Enfin il se décida, et, saisissant une de ces dalles par son extrémité la plus mince, il la souleva et la plaça de telle sorte qu'elle tînt en équilibre à la manière d'un dolmen. Il découvrit ainsi un trou creusé au centre de l'excavation laissée par la dalle. A côté, il y avait une pioche, qu'il ramassa, et dont il se servit pour agrandir le trou, tout en remuant la terre avec beaucoup de précaution afin de ne faire aucun bruit.

Quelques minutes encore s'écoulèrent, et l'événement inévitable que Dorothée désirait et redoutait à la fois se produisit : les deux battants de la fenêtre du château que Saint-Quentin avait enjambée la veille furent poussés, et un long corps surgit, habillé d'une redingote noire et coiffé d'un chapeau haut de forme, redingote et chapeau qui, même à distance, semblaient luisants, crasseux et rapiécés.

Le ventre au mur, aplati, Saint-Quentin se laissa glisser de la fenêtre et réussit à poser ses deux pieds sur la corniche. A ce moment, Dorothée, qui se trouvait en arrière de l'homme à la blouse, fut près de se lever et de faire des signaux à son camarade. Geste inutile. L'homme avait aperçu cette espèce de diable noir accroché à la falaise, et, déposant sa pioche, s'était enfoncé dans l'excavation.

D'ailleurs Saint-Quentin, tout à sa besogne, ne s'occupait guère de ce qui se passait au-dessous de lui, et qu'il n'aurait pu voir qu'en se retournant, ce qui lui était quasiment impossible. Dépaquetant une corde, sans doute ramassée dans le château, il l'enroulait au balcon de la fenêtre comme autour d'une poulie, de manière que les deux bouts pendissent également le long de la falaise. Avec l'aide de cette double corde, la descente ne présentait aucune difficulté.

Sans perdre une seconde, Dorothée, qui s'inquiétait de ne plus apercevoir l'homme à la blouse, rampa jusqu'aux abords de l'excavation. Quand elle se fut approchée, elle étouffa un cri : au fond du trou, comme au fond d'une tranchée, l'homme avait pris son fusil et, lentement, en appuyait le canon devant lui, sur la terre amoncelée, et dans la direction de Saint-Quentin.

Appeler ? Prévenir Saint-Quentin ? C'était précipiter les événements, dénoncer sa propre présence, et engager une lutte inégale avec un adversaire armé. Pourtant, il fallait agir. Là-bas, Saint-Quentin s'engageait dans la cassure de la falaise, ainsi qu'il eût fait dans le conduit d'une cheminée. On voyait tout entière sa silhouette noire, efflanquée, et son haut-de-forme en accordéon qu'il avait enfoncé jusqu'aux oreilles.

L'homme épaula et visa longuement. D'un bond, Dorothée sauta sur la pierre dressée derrière lui, et de tout son élan, de ses deux bras tendus, la poussa. L'équilibre en était peu stable. Au premier effort, la pierre s'abattit, fermant comme un couvercle l'excavation, écrasant le fusil, et emprisonnant l'homme à la blouse, dont la jeune fille eut juste le temps de voir la tête qui se courbait et les épaules qui s'enfonçaient dans le trou.

Elle pensa bien que l'attaque n'était que différée et que l'ennemi ne tarderait pas à s'évader de son cercueil, et elle courut en toute hâte jusqu'au bas de la crevasse où elle arriva en même temps que Saint-Quentin.

« Vite... vite... dit-elle... Il faut se sauver... »

Ahuri, il ramena la corde par l'un de ses bouts, tout en marmottant :

« Quoi ? Que veux-tu ? Comment as-tu su que j'étais ici ? »

Elle l'empoigna.

« Au galop, imbécile !... On t'a vu... On voulait tirer sur toi... Vite, on va nous poursuivre...

— Qu'est-ce que tu dis ? Nous poursuivre ? Qui ?...

— Un type, déguisé en paysan, et qui est là-bas, dans un trou. Il te tenait au bout de son fusil, comme un perdreau, quand j'ai rabattu la dalle sur lui.

— Mais...

— Obéis-moi, triple idiot, et emporte la corde. Il ne faut pas laisser de traces. »

Ils s'enfuirent tous deux par le vallon, avant que la dalle ne fût soulevée et, rapidement, gagnèrent les bois, sans échanger une parole.

Vingt minutes après, ils pénétrèrent dans la rivière d'où ils ne sortirent que pour aborder, beaucoup plus loin, sur une berge caillouteuse que leur passage ne pouvait marquer d'aucune empreinte.

Déjà Saint-Quentin repartait comme une flèche, mais Dorothée resta sur place, secouée tout à coup d'un fou rire qui la courbait en deux.

« Qu'est-ce que tu as ? fit-il. Quoi ? Qu'est-ce qui te prend ? »

Elle ne pouvait répondre. Elle se convulsait, ses mains serrées contre sa poitrine, la figure rouge, toutes ses dents découvertes, des dents menues et régulières, étincelantes de blancheur. A la fin, elle réussit à bégayer, le doigt tendu vers lui :

« Ton chapeau haut de forme... ta redingote... tes pieds nus... c'est trop drôle !... Où as-tu chipé ce déguisement ?... Dieu ! que tu es rigolo ! »

Son rire sonnait frais et jeune, dans le silence où palpitaient les feuilles. En face d'elle, Saint-Quentin, grand garçon dégingandé, trop vite poussé, avec un visage trop pâle, des cheveux trop blonds, une bouche trop fendue, des oreilles trop décollées, mais avec d'admirables yeux noirs, chargés de tendresse, regardait la jeune fille en souriant, heureux de cette diversion qui semblait détourner de lui une colère qu'il redoutait.

De fait, subitement, elle se jeta sur son compagnon et l'assaillit de coups de poing et de reproches, mais sans conviction, avec des tremblements de rire qui enlevaient toute valeur au châtiment.

« Misérable ! Forban ! Tu as encore volé, hein ! Monsieur ne se contente plus de ses honoraires de saltimbanque ! Il lui faut encore barboter de l'argent ou des bijoux pour se payer des hauts-de-forme ? Qu'est-ce que tu as pris, maraudeur ? Hein ? Raconte ! »

A force de frapper et de rire, elle avait épuisé son indignation. Elle se remit à marcher, et Saint-Quentin, tout penaud, balbutia :

« Te raconter ? A quoi bon ? Tu as tout deviné, comme d'habitude... Eh bien oui, je suis entré par la fenêtre, hier soir... C'était un lavabo, au bout d'un corridor qui conduit aux salles du rez-de-chaussée... Personne... Les patrons dînaient... Un escalier de service m'a mené dans un autre couloir, tout en rond, avec les portes de toutes les chambres qui ouvraient dessus. J'ai visité tout ça. Rien. Ou des tableaux, des choses trop grosses. Alors je me suis caché dans un débarras, d'où on pouvait voir dans un petit salon, près d'une chambre, la plus belle. On a dansé tard, puis on est remonté... Des gens très chic... que je voyais par un vasistas... les dames décolletées, les messieurs en habit... Enfin, une des dames est entrée dans le boudoir. Elle a mis ses bijoux dans une cassette, et la cassette dans un petit coffre-fort qu'elle a ouvert en disant tout haut les trois lettres de la serrure : R.O.B... De sorte que, quand elle a quitté le boudoir pour sa chambre, je n'ai eu qu'à me servir de ces trois lettres... Ensuite... j'ai attendu le jour... je n'osais pas descendre...

— Fais voir », ordonna-t-elle.

Il lui montra, au creux de sa main, deux boucles d'oreilles ornées de saphirs. Elle les prit et les regarda. Son visage se contracta un peu. Ses yeux brillèrent, et, la voix altérée, elle murmura :

« Que c'est beau, les saphirs !... Le ciel est quelquefois comme ça, la nuit... de ce bleu noir, plein de lumière... »

A ce moment, ils traversaient une pièce de terre que dominait une sorte d'épouvantail grossier, vêtu d'un simple pantalon, et dont l'un des balais, qui figuraient les bras, portait une veste. C'était la veste de Saint-Quentin. Il l'y avait déposée la veille, et, pour se rendre méconnaissable, avait emprunté la redingote et le chapeau haut de forme du mannequin. Cette redingote, il la défit, en habilla le buste de paille, replaça le chapeau. Puis il enfila sa veste et rejoignit Dorothée.

Elle contemplait toujours les diamants, d'un air d'admiration. Il se pencha sur elle et lui dit :

« Garde-les, Dorothée. Tu sais bien que je ne suis pas un voleur, et que c'est pour toi que j'ai fait cela... pour que tu aies de la joie à les regarder... à les toucher... J'ai souvent tant de peine à te voir trimer comme une malheureuse ! Toi, danser sur la corde raide ! Toi, Dorothée ! toi qui devrais vivre dans le luxe !... Ah ! Dorothée, tout ce que je ferais pour toi, si tu voulais ! »

Elle leva la tête vers lui et prononça :

« Tu ferais tout pour moi, dis-tu ?

— Tout, Dorothée.

— Eh bien, sois honnête, Saint-Quentin. »

Ils repartirent, et la jeune fille continua :

« Sois honnête, Saint-Quentin, c'est tout ce que je te demande. Toi, et les autres gosses de la roulotte, je vous ai recueillis, parce que vous êtes, comme moi, des orphelins de guerre, et, depuis deux ans, on traîne ensemble sur les grands chemins, heureux plutôt que malheureux, nous amusant, et, somme toute, mangeant à notre faim. Seulement, pas de malentendu entre nous. Moi, je n'aime que ce qui est propre, clair, luisant comme un rayon de soleil. Es-tu comme moi ? Voilà trois fois que tu voles pour m'être agréable. Est-ce fini ? Si oui, je te pardonne. Si non, adieu. »

Elle parlait gravement, en accentuant chaque phrase d'un hochement de tête qui faisait battre les deux ailes de ses cheveux.

Bouleversé, Saint-Quentin l'implora :

« Tu ne veux plus de moi ?...

— Si. Mais jure de ne plus recommencer.

— Je le jure.

— Alors n'en parlons plus. Je sens que tu as dit la vérité. Reprends les bijoux. Tu les cacheras sous la roulotte, dans la grande corbeille. La semaine prochaine, tu les renverras par la poste. C'est bien le château de Chagny, n'est-ce pas ?

— Oui, et j'ai vu le nom de la dame sur une de ses cartes : Comtesse de Chagny. »

Ils repartirent, les mains jointes, deux fois se cachèrent pour éviter les rencontres des paysans, et enfin, après quelques détours, arrivèrent aux environs de la roulotte.

« Ecoute, dit Saint-Quentin, en prêtant l'oreille. Oui, c'est ça, Castor et Pollux qui se battent, comme toujours. Les sacripants ! »

Il s'élança.

« Saint-Quentin, cria la jeune fille, je te défends de les frapper !

— Tu t'en prives, toi !

— Oui, mais moi, ça leur fait plaisir. »

A l'approche de Saint-Quentin, les deux gosses,

qui se battaient en duel avec des sabres de bois, firent front contre l'ennemi commun, en hurlant :

« Dorothée ! Maman Dorothée ! empêche Saint-Quentin. C'est un brutal. Au secours ! »

Il y eut une distribution de taloches, des éclats de rire, des embrassades.

« Dorothée, c'est à moi d'être embrassé !

— Dorothée, à mon tour d'être giflé ! »

Mais la jeune fille gronda :

« Et le capitaine ? je suis sûre que vous l'avez réveillé.

— Le capitaine ? Il dort comme un sapeur, affirma Pollux. Ecoute s'il ronfle ! »

Sur le côté de la route, les deux gamins avaient allumé un feu de bois. La marmite, suspendue à un trépied de fer, bouillait. Tous quatre mangèrent une soupe épaisse et fumante, du pain, du fromage et burent une tasse de café.

Dorothée ne bougeait pas de son tabouret. Ses trois compagnons ne l'eussent pas permis. C'était à qui, des trois, se lèverait pour la servir, tous attentifs, empressés, jaloux les uns des autres, agressifs même entre eux. Les batailles de Castor et de Pollux étaient toujours provoquées par quelque faveur de Dorothée, et les deux gamins — deux garçons gros et joufflus, habillés pareillement d'une culotte, d'une chemise et d'une demi-bretelle —, à l'instant où l'on y pensait le moins, et bien qu'ils s'aimassent comme deux frères, se jetaient l'un sur l'autre avec une violence haineuse, parce que la jeune fille avait dit à l'un une parole trop douce ou gratifié l'autre d'un regard trop affectueux.

Saint-Quentin, lui, les détestait cordialement. Lorsque Dorothée les caressait, il leur eût volontiers tordu le cou. Jamais Dorothée ne l'aurait embrassé, lui. Il devait se contenter d'une bonne camaraderie, affectueuse et confiante, qui ne se manifestait que par une poignée de main amicale ou par un sourire heureux, dont l'adolescent se réjouissait d'ailleurs comme de la seule récompense que méritât un pauvre diable de son espèce. Saint-Quentin était de ceux qui aiment et qui se dévouent.

« La leçon d'arithmétique, maintenant, commanda Dorothée. Toi, Saint-Quentin, dors une heure sur ton siège. »

Castor apporta son livre de classe. Pollux montra son cahier. La leçon de calcul fut suivie d'un cours que fit Dorothée sur les rois mérovingiens, puis d'un cours sur l'astronomie.

Les deux enfants écoutaient passionnément et, sur son siège, Saint-Quentin se gardait bien de dormir. C'est que Dorothée avait une manière de professer qui était pleine de fantaisie et qui divertissait sans jamais lasser l'attention. Elle avait l'air d'apprendre elle-même ce qu'elle enseignait. Et ces choses, dites d'une voix très douce, révélaient un certain savoir, du discernement et la souplesse d'une intelligence pratique.

A dix heures, la jeune fille donnait l'ordre qu'on mît le harnais au cheval. Le trajet jusqu'au bourg voisin était long et l'on devait arriver à temps pour obtenir la meilleure place devant la mairie.

« Et le capitaine, qui n'a pas mangé ! s'écria Castor.

— Tant mieux, dit-elle. Le capitaine mange toujours trop. Ça le reposera. Du reste, quand on le réveille, le capitaine, il est d'une humeur massacrante. Qu'on le laisse dormir ! »

On partit. Au pas nonchalant de Pie-Borgne, vieille jument efflanquée, mais solide encore et courageuse, qu'ils appelaient ainsi parce qu'elle avait une robe pie et un œil crevé, la roulotte démarra. Lourde, juchée sur deux hautes roues, branlante, sonnant la ferraille, chargée de caisses et d'ustensiles, d'échelles, de barils et de cordages, elle avait été fraîchement repeinte, et, sur les deux faces, portait cette inscription pompeuse : « *Cirque Dorothée,* Voiture de la Direction », ce qui donnait à croire que toute une file de camions et de véhicules suivaient à quelque distance avec le personnel, le matériel, les bagages, et les animaux féroces.

Saint-Quentin précédait le convoi, un fouet à la main. Dorothée, flanquée des deux enfants, cueillait des fleurs sur les talus, chantait avec eux des refrains de marche ou leur racontait des histoires. Mais, après une demi-heure, au milieu d'un carrefour, elle ordonna :

« Halte !

— Qu'y a-t-il ? demanda Saint-Quentin, voyant qu'elle lisait la plaque d'un poteau indicateur.

— Regarde, fit-elle.

— Il n'y a pas à regarder. C'est tout droit. J'ai consulté notre carte.

— Regarde, répéta-t-elle. *Chagny, 2 kilomètres.*

— Evidemment, c'est le village de notre château d'hier. Seulement, pour y aller, nous avions suivi le raccourci des bois.

— Tu ne lis pas jusqu'au bout. *Chagny, 2 kilomètres, château de Roborey.* »

Elle semblait assez agitée et à mi-voix elle redisait :

« Roborey... Roborey.

— Peut-être que le village s'appelle Chagny, supposa Saint-Quentin, et que le château s'appelle Roborey. Qu'est-ce que ça peut te faire ?

— Rien... rien... dit-elle.

— Cependant, tu as l'air toute chose.

— Non... une simple coïncidence.

— A quel propos ?

— A propos du nom de Roborey.

— Eh bien ?...

— Eh bien, c'est un mot qui était gravé dans ma

mémoire... un mot qui a été prononcé dans des circonstances exceptionnelles.

— Quelles circonstances, Dorothée ? »

Elle expliqua lentement, d'un air pensif :

« Rappelle-toi, Saint-Quentin. Tu sais que mon père est mort d'une blessure, au début de la guerre, à l'hôpital, près de Chartres. J'avais été avertie, mais je suis arrivée trop tard... Seulement, deux blessés, ses voisins de salle, m'ont dit qu'il n'avait pas cessé de répéter le même mot pendant toute son agonie : Roborey... Roborey... Cela revenait comme une litanie, interminablement, et comme s'il ne s'en était pas rendu compte. Et, en mourant, il prononçait encore : "Roborey... Roborey."

— Oui, fit Saint-Quentin, je me rappelle... tu m'as raconté ça.

— Depuis, je me demande ce que cela signifiait, et par quel souvenir mon pauvre père fut obsédé à l'heure de la mort. C'était même autre chose que de l'obsession, paraît-il... de la crainte... de la terreur... Pourquoi ? Je n'ai jamais pu me l'expliquer. Alors, tu comprends, Saint-Quentin, en voyant ce nom, écrit là, devant moi... en apprenant qu'il y a un château qui s'appelle ainsi... »

Saint-Quentin s'effraya :

« Hein ! Tu n'aurais pourtant pas l'intention d'y aller ?...

— Pourquoi pas ?

— C'est de la folie, Dorothée ! »

La jeune fille resta songeuse. Mais Saint-Quentin se rendait bien compte qu'elle ne renonçait pas à ce projet insolite, et il cherchait des arguments, lorsque Castor et Pollux accoururent :

« Trois roulottes qui débouchent, maman ! »

Elles sortaient, en effet, à la queue leu leu, d'un chemin encaissé qui aboutissait au carrefour, et elles s'engageaient sur la route de Roborey. C'était un « Jeu de massacre », un « Tir à la carabine » et un « Manège de tortues ». En passant devant Saint-Quentin et Dorothée, un des hommes du tir les interpella :

« On y va donc aussi ?

— Où ça ? fit Dorothée.

— Au château. Y a fête populaire dans la cour. J'vous garde une place ?

— Entendu, et merci », répondit la jeune fille.

Les forains s'éloignèrent.

« Qu'est-ce que tu as, Saint-Quentin ? » murmura Dorothée.

Il paraissait plus pâle encore que d'habitude.

« Qu'est-ce que tu as donc ? répéta-t-elle. Tes lèvres tremblent, et tu es vert. »

Il bégaya :

« Les gendarmes... »

Par le même sentier creux, deux cavaliers arrivaient au carrefour. Impassibles, ils défilèrent devant la petite troupe.

« Tu vois, fit Dorothée en souriant, ils ne s'occupent guère de nous.

— Non, mais ils vont au château.

— Parbleu ! il y a une fête. La présence de deux gendarmes est indispensable.

— A moins, gémit-il, qu'on n'ait découvert la disparition des boucles d'oreilles et qu'on n'ait téléphoné à la gendarmerie.

— Improbable ! La dame ne s'en apercevra que ce soir, au moment de s'habiller.

— Tout de même, n'y allons pas, supplia le pauvre garçon... C'est se jeter dans le piège... Et puis, il y a aussi cet homme... celui qui était dans un trou...

— Il creusait sa tombe, dit-elle en riant.

— S'il est là ? S'il me reconnaît ?

— Tu étais déguisé. Tout ce qu'on pourrait faire, c'est d'arrêter l'épouvantail à la redingote et au haut-de-forme !

— Et si je suis dénoncé déjà ? Si l'on fouille ? Si l'on trouve les boucles d'oreilles ?

— Jette-les dans un fourré du parc, dès notre arrivée. Je dirai la bonne aventure aux gens du château et, grâce à moi, la dame retrouvera ses boucles d'oreilles. Notre fortune est faite.

— Mais si, par hasard...

— Zut ! Ça m'amuse d'aller là-bas et de voir ce qui se passe dans ce château qui s'appelle Roborey. Donc j'y vais.

— Oui, mais moi j'ai peur... peur aussi pour toi...

— Alors, reste. »

Il haussa les épaules.

« A Dieu vat ! » s'écria-t-il, en claquant son fouet.

CHAPITRE II

LE CIRQUE DOROTHÉE

Le château, situé non loin de Domfront, dans la partie la plus âpre du pittoresque département de l'Orne, n'a pris le nom de Roborey qu'au cours du XVIIIe siècle. Jadis il s'appelait château de Chagny comme le village qui s'était groupé tout contre lui. La grand'place du village n'est en effet qu'un prolongement de la cour seigneuriale. Les grilles étant ouvertes, les deux espaces forment une esplanade construite sur les anciens fossés, où l'on descend à droite et à gauche, par des pentes escarpées. La cour intérieure, circulaire, et bordée de deux parapets qui courent jusqu'aux bâtiments, est ornée d'une belle fontaine ancienne à dauphins et à sirènes, et d'un cadran solaire dressé sur une rocaille de fort mauvais goût.

Le cirque Dorothée traversa le village, musique en tête, c'est-à-dire que Castor et Pollux s'époumonaient à tirer de deux trompettes tout ce qu'elles pouvaient rendre de fausses notes. Saint-Quentin avait revêtu un pourpoint de satin noir et portait sur l'épaule le trident qui tient en respect les bêtes fauves, et une pancarte qui annonçait la représentation pour trois heures.

Dorothée, debout sur le plafond de la roulotte, conduisait Pie-Borgne à quatre guides, avec autant de majesté que si elle eût dirigé un carrosse royal.

L'esplanade était déjà encombrée par une dizaine de voitures, près desquelles les forains montaient vivement leurs baraques de toile ou leurs installations de jeux, balançoires, chevaux de bois, etc.

Le cirque, lui, ne fit aucun préparatif. La directrice s'en alla jusqu'à la mairie pour le visa de la carte d'identité professionnelle, tandis que Saint-Quentin dételait Pie-Borgne, et que les deux musiciens, changeant de profession, s'occupaient de la cuisine.

Le capitaine dormait toujours.

Vers midi, la foule commença d'affluer, venue de tous les villages voisins. Saint-Quentin, Castor et Pollux faisaient la sieste près de la roulotte. Dorothée, après le repas, s'en était allée de nouveau, descendait dans le ravin, examinait l'excavation de la dalle, remontait, se mêlait aux groupes de paysans, et se faufilait dans les jardins, aux abords du château, et partout où il était permis de se promener.

« Alors ? lui dit Saint-Quentin, à son retour, ton enquête ?... »

Elle semblait soucieuse et, lentement, elle expliqua :

« Le château, inhabité depuis longtemps, appartient à la famille de Chagny-Roborey dont le dernier représentant, le comte Octave, gentilhomme d'une quarantaine d'années, s'est marié, il y a douze ans, avec une femme extrêmement riche.

Après la guerre, le comte et la comtesse ont restauré et modernisé le château. Hier soir, on pendait la crémaillère en présence de nombreux invités qui sont repartis dans la soirée. Aujourd'hui, c'est l'inauguration populaire.

— Et pour ce nom même de Roborey, tu n'as rien appris ?

— Rien. J'ignore toujours pourquoi mon père l'a prononcé.

— De sorte que nous partons aussitôt après la représentation ? fit Saint-Quentin qui avait hâte de s'en aller.

— Je ne sais pas... on verra... J'ai constaté certaines choses bizarres...

— Qui ont rapport à ton père ?

— Non, dit-elle avec hésitation... non... aucun rapport... Cependant j'aimerais bien y voir clair. Quand il y a des ténèbres quelque part, on ne sait jamais ce qu'elles dissimulent... et je voudrais... »

Elle resta longtemps pensive et, à la fin, reprit d'une voix sérieuse, en regardant Saint-Quentin bien en face :

« Ecoute, tu as confiance en moi, n'est-ce pas ? Tu sais que je suis très raisonnable au fond... et très prudente. Tu sais que j'ai une certaine intuition... et de bons yeux qui voient ce que tout le monde ne voit pas... or je sens nettement que je dois rester ici.

— A cause de ce nom de Roborey ?

— A cause de cela, et pour d'autres motifs, qui m'obligeront peut-être à prendre, selon les circonstances, des résolutions inattendues... dangereuses. A ce moment-là, Saint-Quentin, il faut me suivre... hardiment.

— Parle donc, Dorothée. Qu'y a-t-il ?

— Rien... rien... un mot cependant... L'homme qui t'a visé ce matin, l'homme à la blouse, est ici.

— Hein ? Que dis-tu ? Il est ici ? Tu l'as vu ? Avec les gendarmes ? »

Elle sourit :

« Pas encore. Mais ça peut venir. Où as-tu mis les boucles ?

— Au fond de la corbeille, dans une petite boîte en carton fermée par un caoutchouc.

— Bien. Sitôt la représentation finie, dépose-les dans un massif de rhododendrons entre la grille et les remises.

— S'est-on aperçu de leur disparition ?

— Pas encore, affirma Dorothée. D'après tes indications, je crois que le coffre-fort se trouve dans le boudoir de la comtesse de Chagny. Or j'ai entendu parler entre elles les femmes de chambre de la comtesse, et il n'était nullement question de vol. »

Elle ajouta :

« Tiens, voici les personnes du château devant le tir. C'est bien cette jolie dame blonde, qui a grand air ?

— Oui. Je la reconnais.

— Une femme excessivement bonne à ce que prétendent les domestiques, généreuse, auprès de qui les malheureux ont toujours accès. On l'aime beaucoup autour d'elle — plus que son mari, qui, paraît-il, est peu sympathique.

— Lequel est-ce ? Ils sont trois.

— Le plus gros — tout en gris — avec un ventre gonflé d'importance. Tiens, il prend une carabine. Les deux qui sont de chaque côté de la comtesse sont des parents éloignés. Le grand, avec une barbe un peu grise qui monte jusqu'à ses lunettes d'écaille, est au château depuis un mois. L'autre, le plus jeune, en velours de chasse et en guêtres, est arrivé hier.

— Mais ils ont l'air de te connaître tous les deux ?

— Oui. Nous avons causé déjà. Le barbu est même très empressé. »

Saint-Quentin eut un geste d'indignation qu'elle réprima aussitôt :

« Du calme, Saint-Quentin. Et approchons-nous. La bataille commence. »

La foule se massait derrière la baraque pour assister aux exploits du châtelain, dont on connaissait l'adresse. Les douze balles qu'il tira entourèrent le centre du carton, ce qui provoqua des applaudissements. Le comte protesta avec une fausse modestie :

« Non, non... c'est mauvais. Pas une mouche.

— Défaut d'habitude », fit une voix près de lui.

Dorothée s'était glissée au premier rang, et elle avait dit cela d'un petit ton de connaisseur qui fit rire les assistants. Le gentilhomme barbu la présenta au comte et à la comtesse.

« Mlle Dorothée, la directrice du cirque. »

La comtesse Octave salua. Le comte plaisanta :

« Est-ce comme directrice du cirque que mademoiselle juge un carton ?

— Comme amateur.

— Ah ! mademoiselle tire aussi ?

— A l'occasion.

— Sur les jaguars ?

— Non, sur les têtes de pipe.

— Et mademoiselle ne manque pas son coup ?

— Jamais.

— A condition, bien entendu, d'avoir une arme de premier choix ?

— Nullement. Un bon tireur se sert de n'importe quoi qui lui tombe sous la main... même d'une mécanique hors d'usage comme celle-ci. »

Elle empoigna la crosse d'un vieux pistolet, se fit donner six cartouches, et visa le carton déchiqueté par le comte de Chagny.

La première balle fit mouche. La seconde écorna le cercle noir. La troisième fit mouche.

Le comte était stupéfait.

« C'est prodigieux !... Elle ne prend même pas la peine de viser... Qu'en dites-vous, d'Estreicher ? »

Enthousiasmé, celui que Dorothée appelait le gentilhomme barbu s'écria :

« Inouï ! Fantastique ! Mademoiselle, vous pourriez faire fortune... »

Sans répondre, avec ses trois autres balles, elle cassa deux tuyaux de pipe et abattit une coquille d'œuf qui dansait à l'extrémité d'un jet d'eau.

Et tout de suite, écartant ses admirateurs, apostrophant la foule ébahie, elle déclara :

« Mesdames et messieurs, c'est pour avoir l'honneur de vous dire que la représentation du cirque Dorothée continue. Après les exercices de tir, les visions chorégraphiques, et puis les manœuvres de force, d'adresse, de voltige, à pied, à cheval, sur la terre et dans l'air. Feu d'artifice, régates, courses d'autos, combats de taureaux, attaques de chemin de fer, tout y passera. On commence, messieurs et dames. »

A partir de ce moment, Dorothée ne fut plus que mouvement, exubérance et gaieté. Saint-Quentin avait tracé, devant la petite porte de la roulotte, un cercle assez large marqué par une corde que soutenaient des piquets de fer. Autour de cette arène où des chaises étaient réservées aux châtelains, on s'entassa, sur des bancs, sur des échelles, sur ce qu'on put trouver aux environs.

Et Dorothée dansa. Sur une corde d'abord, tendue entre deux poteaux. Elle bondissait, comme un volant que la raquette reçoit et renvoie plus haut encore. Ou bien, elle se couchait et se balançait comme sur un hamac, marchait en avant et en arrière, se retournait, saluait à droite et à gauche. Puis elle sauta à terre et se mit à danser.

Mélange extraordinaire de toutes les danses, où rien ne semblait étudié ni volontaire, où tous les gestes et toutes les attitudes paraissaient inconscients et comme provoqués par une suite d'inspirations soudaines. Tour à tour, elle fut la dancing girl de Londres, l'Espagnole armée de castagnettes, la Russe qui tournoie et qui bondit, ou, dans les bras de Saint-Quentin, la fille de bar qui danse un tango lent et sauvage.

Et, chaque fois, il lui suffisait d'un mouvement de presque rien qui déplaçait son châle ou modifiait sa coiffure, pour être des pieds à la tête Espagnole ou Russe, Anglaise ou Argentine. Et c'était toujours une vision incomparable de grâce, de charme, de jeunesse harmonieuse et saine, de volupté et de pudeur, de joie excessive et mesurée.

Castor et Pollux, penchés sur un vieux tambour, faisaient avec leurs doigts un accompagnement de mélopée sourde. Sans un mot, sans un cri, le public regardait et admirait, déconcerté par tant de fantaisie et par la diversité des images qui passaient devant lui. A l'instant même où il la considérait comme une gamine en train d'exécuter des pirouettes, elle lui apparaissait tout à coup sous l'aspect d'une dame à jupe longue, qui manie l'éventail et danse le menuet. Était-ce une enfant? Une femme? Avait-elle moins de quinze ans, ou plus de vingt ans?

Elle coupa court aux applaudissements qui éclatèrent soudain dès qu'elle s'arrêta, en sautant sur le toit de la roulotte, et en ordonnant d'un geste impérieux :

« Silence! Le capitaine s'éveille. »

Il y avait, derrière le siège, un long panier étroit, en forme de guérite fermée. Le soulevant à moitié par un bout, elle entrouvrit le couvercle et s'écria :

« Eh bien, capitaine Montfaucon, on a bien dormi? Dites donc, capitaine, nous sommes un peu en retard pour nos exercices. A l'amende, capitaine! »

Elle ouvrit tout à fait, dressa le panier, et l'on aperçut, dans une sorte de berceau confortable, un bambin de sept ou huit ans, aux boucles blondes, aux joues écarlates, et qui bâillait démesurément. A peine éveillé, il tendit les mains à Dorothée qui le serra contre elle et l'embrassa de toute sa tendresse.

« Baron de Saint-Quentin, appela-t-elle, je vous

passe le capitaine. Sa tartine est prête? Alors la séance continue avec le capitaine Montfaucon dans ses exercices. »

Le capitaine Montfaucon était le comique de la troupe. Vêtu d'un vieil uniforme américain, il avait une veste qui traînait à terre et un pantalon en tire-bouchon dont le bas était relevé jusqu'aux genoux, et cela lui composait un costume si incommode qu'il ne pouvait pas faire dix pas sans tomber tout de son long. Le comique du capitaine Montfaucon provenait de chutes ininterrompues, et de l'air impassible avec lequel il se relevait. Lorsque, muni d'un fouet, cramponné de l'autre main à sa tartine, les joues barbouillées de confiture, il présenta Pie-Borgne en liberté, ce ne fut qu'un éclat de rire.

« Changez de pied, commandait-il. Pivotez... Dansez la polka. Debout, Pie-Borne (il ne pouvait prononcer Borgne). Et maintenant, le pas "espagnol". Bien, Pie-Borne... Parfait. »

Pie-Borgne, promue à la dignité de cheval de cirque, trottinait en cercle, sans se soucier des ordres du capitaine, lequel, d'ailleurs, trébuchant, tombant, se relevant, ramassant sa tartine, ne se souciait guère d'être obéi. Et c'était si drôle, le flegme du petit bonhomme et le manège imperturbable de la bête, que Dorothée riait d'un rire qui redoublait la gaieté des spectateurs. On voyait que la jeune fille, malgré la répétition sans doute quotidienne de ce spectacle, s'en amusait toujours avec autant de bonne humeur.

« Très bien! capitaine, lui criait-elle pour l'encourager... A merveille!... Et maintenant, capitaine, nous allons jouer l'enlèvement de la gitane, drame en quatre tours de piste. Baron de Saint-Quentin, c'est vous l'infâme ravisseur. »

L'infâme ravisseur la saisit en poussant des hurlements, l'étendit sur Pie-Borgne, l'y attacha, et enfourcha lui-même la bête, qui, pliant sous le fardeau, repartit à pas comptés, tandis que le baron de Saint-Quentin criait :

« Au galop ! Ventre à terre ! »

Et que le capitaine, tranquillement, armait un petit jouet d'enfant et le braquait sur l'infâme ravisseur.

La capsule claqua. Saint-Quentin dégringola, et la gitane, transportée de reconnaissance pour son sauveur, le couvrit de baisers.

Il y eut d'autres scènes auxquelles Castor et Pollux prirent part. Toutes procédaient de ce même esprit de charge. Toutes étaient la caricature, vraiment bouffonne, de ce qui nous divertit ou nous captive, et révélaient une imagination vive, une observation primesautière, un sens du pittoresque et du ridicule.

« Capitaine Montfaucon, prenez un sac et faites la quête. Castor et Pollux, un roulement de tambour afin d'accompagner le bruit de l'or qui cascade. Baron de Saint-Quentin, *beware of pick-pockets* ! »

Le capitaine traîna parmi la foule un énorme sac où s'engouffraient les sous et les billets crasseux et, du haut de la roulotte, Dorothée prononça des paroles d'adieu :

« Merci et merci encore, agriculteurs et citadins ! C'est avec regret que nous quittons votre généreuse localité. Mais avant de partir, nous tenons à vous apprendre que Mlle Dorothée (elle salua) n'est pas seulement une directrice de cirque et une exhibitionniste de premier ordre. Mlle Dorothée (elle salua) fait preuve également du mérite le plus rare dans le domaine de la clairvoyance et de la suprasensibilité. Les lignes de la main, les cartes, le marc de café, la graphologie et l'astrologie n'ont pas de secrets pour elle. Elle dissipe les ténèbres. Elle déchiffre les énigmes. Avec sa baguette magique, elle fait jaillir les sources invisibles et, en particulier, elle découvre dans les endroits les plus insondables, sous les pierres des vieux châteaux, et au fond d'oubliettes inconnues, des trésors fantastiques dont personne ne soupçonnait l'existence. A bon entendeur, salut ! C'est pour avoir l'honneur de vous remercier. »

Elle descendit rapidement. Déjà les trois garçons emballaient les accessoires.

Saint-Quentin s'approcha.

« Nous filons, hein ! et presto ! Les gendarmes ne m'ont pas quitté de l'œil. »

Elle répondit :

« Tu n'as donc pas écouté la fin de mon speech ?

— Et après ?

— Après ? Eh bien, les consultations vont commencer. Dorothée, voyante extra-lucide... Tiens, voici des clients... Le gentilhomme et le type en velours... Il me plaît, le type en velours. Il est très poli, et il a des guêtres en cuir fauve qui n'ont aucune prétention. Un gentleman-farmer accompli. »

Le gentilhomme barbu était hors de lui. Il couvrit la jeune fille de compliments excessifs, tout en la dévisageant d'une façon gênante, se présenta : « Maxime d'Estreicher », présenta son compagnon « Raoul Davernoie » et, enfin, invita Dorothée, de la part de la comtesse Octave, à prendre le thé.

« Seule ? demanda-t-elle.

— Certes non, protesta Raoul Davernoie qui s'inclina avec courtoisie. Notre cousine tient à féliciter tous vos camarades. C'est entendu, mademoiselle ? »

Dorothée promit. Le temps de faire un peu de toilette, et elle se rendrait au château.

« Non, non, pas de toilette ! s'écria d'Estreicher. Telle que vous êtes... Ce costume un peu débraillé vous va à ravir. Ce que vous êtes jolie comme ça ! »

Dorothée rougit, et d'un ton sec :

« Pas de compliments, monsieur, je vous en prie.

— Ce n'est pas un compliment, mademoiselle, dit-il avec une nuance d'ironie, c'est l'hommage naturel que l'on doit à la beauté. »

Il s'éloigna, entraînant Raoul Davernoie.

« Saint-Quentin, murmura Dorothée, qui les suivait du regard, méfie-toi de ce monsieur-là.

— Pourquoi ?

— C'est l'homme à la blouse qui, ce matin, a failli te descendre d'un coup de fusil. »

Saint-Quentin chancela, comme s'il avait reçu le coup de fusil.

« Tu es sûre ?

— A peu près. C'est la même façon de marcher, en traînant un peu la jambe droite. »

Il marmotta : « Il m'a reconnu ?

— Je le crois. Dès qu'il t'a vu gambader pendant la représentation, il s'est souvenu du diable noir qui faisait l'acrobate contre la paroi de la falaise. Et, de toi il a passé à moi, qui lui avais rabattu sa dalle sur la tête. J'ai vu tout cela dans ses yeux, et dans son attitude, cet après-midi. Rien que sa manière de me parler... d'un petit air goguenard. »

Saint-Quentin s'exaspéra :

« Et nous ne partons pas ! Tu oses rester !

— J'ose.

— Mais cet homme ?

— Il ne sait pas que je l'ai démasqué, et tant qu'il ne le saura pas...

— De sorte que tes intentions ?...

— Très nettes. Leur dire la bonne aventure, les amuser et les intriguer.

— Dans quel but ?

— Dans le but de les faire parler à leur tour.

— Sur quoi ?

— Sur ce que je veux savoir.

— Mais, à quel sujet ?

— Je n'en sais rien. C'est à eux de me l'apprendre.

— Et si on découvre le vol ? Si on nous interroge ?

— Saint-Quentin, prends le fusil de bois du capitaine, monte la garde devant la roulotte, et, lorsque les gendarmes approcheront, tire dessus, mon vieux ! »

Sa toilette achevée, elle emmena Saint-Quentin vers le château, tout en lui faisant raconter tous les détails de son expédition nocturne. Derrière eux marchaient Castor et Pollux, puis le capitaine, qui tirait par une ficelle un petit chariot d'enfant encombré de colis minuscules.

On leur fit fête dans le grand salon du château. La comtesse, qui était bien, ainsi que Dorothée l'avait dit, une femme aimable et douce autant que jolie et séduisante, bourra les enfants de friandises, et se montra pleine de prévenances envers la jeune fille. Celle-ci ne semblait pas plus embarrassée près de ses hôtes qu'elle ne l'était sur sa roulotte. Elle avait simplement caché sa jupe courte et son corsage sous un grand châle noir serré à la taille par une ceinture. L'aisance de ses manières, la distinction de sa voix, son langage correct, auquel, parfois, un terme d'argot ajoutait de la saveur, son allégresse, l'intelligence de ses yeux brillants, tout émerveillait la comtesse et ravissait les trois hommes.

« Mademoiselle, s'écria d'Estreicher, si vous prédisez l'avenir, je puis vous assurer que, moi aussi, j'y vois clair, et que votre fortune est certaine. Ah ! si vous vouliez vous en remettre à moi et que je vous pilote à Paris ! J'ai des relations dans tous les mondes, et je vous garantis le succès. »

Elle hocha la tête :

« Je n'ai besoin de personne.

— Mademoiselle, dit-il, avouez que je ne vous suis pas sympathique.

— Ni sympathique ni antipathique. Je ne vous connais pas.

— Si vous me connaissiez, vous auriez confiance en moi.

— Je ne crois pas, dit-elle.

— Pourquoi ? »

Elle lui prit la main, la retourna, se pencha sur la paume ouverte, et, tout en l'examinant, articula :

« Débauche... Esprit de lucre... Pas de conscience...

— Mais je proteste, mademoiselle ! pas de conscience, moi ! Moi qui suis plein de scrupules !

— Votre main dit le contraire, monsieur.

— Dit-elle aussi que je n'ai pas de chance ?

— Aucune.

— Comment ! Je ne serai jamais riche ?

— Je le crains.

— Bigre !... Et ma mort ? Lointaine ?

— Pas trop.

— Une mort douloureuse ?

— Quelques secondes.

— Donc un accident ?

— Oui.

— De quelle sorte ? »

Elle désigna du doigt :

« Regardez ici, au bas de l'index.

— Qu'y a-t-il ?

— Une potence. »

Il y eut un accès de rire. D'Estreicher était enchanté et le comte Octave applaudit.

« Bravo, mademoiselle, la potence pour ce vieux libertin, il faut vraiment que vous ayez le don de double vue. Aussi je n'hésiterai pas... »

Il consulta sa femme du regard, et continua :

« Aussi je n'hésiterai pas à vous dire...

— A me dire, acheva Dorothée malicieusement, les raisons pour lesquelles vous m'avez convoquée. »

Le comte protesta :

« Mais pas du tout, mademoiselle. En vous invitant, nous avions seulement le désir de vous voir.

— Et peut-être un peu le désir de faire appel à mes talents de sorcière. »

La comtesse Octave intervint :

« Eh bien, oui, mademoiselle, votre annonce finale a éveillé notre curiosité. Je vous avouerai d'ailleurs que nous ne croyons guère à ces choses-là, et que c'est plutôt par curiosité que nous voudrions vous poser quelques questions.

— Si vous ne croyez pas à mes petits talents, madame, nous les laisserons de côté, et je ferai quand même en sorte que votre curiosité soit satisfaite.

— Par quel moyen ?

— En réfléchissant tout simplement à vos paroles.

— Comment ! fit la comtesse, pas de passes magnétiques ? pas de sommeil hypnotique ?

— Non, madame, du moins pour l'instant. Plus tard, nous verrons. »

Ne gardant que Saint-Quentin auprès d'elle, Dorothée enjoignit aux enfants de jouer dehors. Puis elle s'assit et dit :

« Je vous écoute, madame.

— Comme ça ? sans plus de manières ?

— Sans plus de manières.

— Voici, mademoiselle. »

Et la comtesse prononça, d'un ton de légèreté qui n'était peut-être pas absolument sincère :

« Voici. Vous avez parlé, mademoiselle, d'oubliettes inconnues, de vieilles pierres et de trésors cachés. Or le château de Roborey date de plusieurs siècles, il a sans doute été le théâtre d'aventures et de drames, et cela nous amuserait de savoir si quelqu'un de ses habitants n'aurait pas laissé, par hasard, dans un petit coin, un de ces trésors fabuleux auxquels vous faisiez allusion. »

Dorothée garda le silence assez longtemps, puis elle dit :

« Je réponds toujours avec d'autant plus de précision que l'on me témoigne plus de confiance. Si l'on y met des réserves, si la question n'est pas faite comme elle doit l'être...

— Quelles réserves ? Je vous assure, mademoiselle... »

La jeune fille insista :

« Vous m'avez interrogée, madame, comme si vous cédiez à une curiosité soudaine, ne reposant, pour ainsi dire, sur aucune base réelle. Or vous savez comme moi que des fouilles ont été faites dans le château.

— Cela est fort possible, dit le comte Octave. Mais, en ce cas, cela remonterait à des dizaines d'années, du temps de mon père ou de mon grand-père.

— Ce sont des fouilles récentes, affirma Dorothée.

— Mais nous n'habitons le château que depuis un mois !

— Il ne s'agit pas de mois, mais de quelques journées... de quelques heures... »

Vivement la comtesse déclara :

« Je vous certifie, mademoiselle, que nous n'avons pas fait la moindre recherche.

— C'est alors que les recherches ont été faites par d'autres que par vous.

— Par qui ? Et dans quelles conditions ? Et à quel endroit ? »

Un nouveau silence, et Dorothée reprit :

« Vous m'excuserez, madame, si je me suis occupée d'affaires qui ne semblent pas me concerner. C'est un de mes défauts. Saint-Quentin me le dit souvent : "Avec ta manie de fouiner et de te faufiler partout, tu t'attireras des désagréments." Toujours est-il qu'en arrivant ici, comme nous devions attendre l'heure de la représentation, je me suis promenée, j'ai flâné de droite et de gauche, j'ai observé et, en fin de compte, j'ai fait un certain nombre de remarques qui, je m'en aperçois, ont quelque importance. Ainsi... »

Le comte et ses invités se regardèrent, avides de l'entendre. Elle poursuivit :

« Ainsi, en examinant, et en admirant la belle fontaine ancienne qui se trouve dans la cour d'honneur, j'ai pu constater que, tout autour, des coupures ont été pratiquées sous le bassin de marbre qui recueille les eaux. L'exploration a-t-elle été fructueuse ? Je l'ignore. En tout cas, les terres ont été remises en place avec soin, mais pas assez bien cependant pour qu'on ne puisse voir le gonflement du sol. »

Le comte et ses invités se regardèrent encore avec étonnement. L'un d'eux objecta :

« Peut-être a-t-on réparé le bassin ?... ou construit des canalisations ?...

— Non, dit la comtesse d'un ton péremptoire, on n'a pas touché à cette fontaine. Et sans doute, mademoiselle a relevé d'autres traces de même nature, n'est-ce pas ?

— Oui, déclara Dorothée, le même travail a été effectué un peu plus loin, au-dessous du piédestal de rocaille, qui soutient le cadran solaire. Là, en outre, on a opéré des sondages à travers ces rocailles. Une tige de fer a été cassée. Elle y est encore.

— Mais pourquoi ? s'écria la comtesse avec agitation. Pourquoi ces deux endroits plutôt que d'autres ? Que cherche-t-on ? Que veut-on ? Avez-vous un indice ? »

La réponse ne se fit pas attendre, et Dorothée la formula lentement, comme pour bien montrer que c'était là le point essentiel de son enquête :

« Le motif de ces investigations est inscrit dans le marbre de la fontaine. Vous la voyez d'ici ? Des sirènes entourent une colonne à chapiteau, n'est-ce pas ? Eh bien, l'une des faces de ce chapiteau porte des lettres... des lettres presque effacées...

— Mais nous ne les avons jamais vues ! s'écria la comtesse.

— Elles existent, affirma la jeune fille. Elles sont usées et se confondent avec les cicatrices du marbre. Cependant, il y a un mot... un mot tout entier... qu'on peut reconstituer, et qu'on lit aisément dès qu'il vous est apparu.

— Lequel ?

— Le mot : *Fortuna.* »

Les trois syllabes se prolongèrent dans un silence stupéfait. Le comte les répéta, entre ses dents, le regard fixé sur Dorothée, qui reprit :

« Oui, le mot *Fortuna.* Et ce mot, on le retrouve aussi sur la colonne du cadran solaire. Plus effacé encore, au point qu'on le devine plutôt qu'on ne le lit. Mais il y est bien. Chaque lettre est à sa place. Aucun doute possible. »

Le comte n'avait pas attendu qu'elle eût fini de parler. Déjà il était dehors, et, par les fenêtres ouvertes, on le voyait courir vers la fontaine. Il n'y jeta qu'un coup d'œil, passa devant le cadran, et revint en hâte.

« Tout ce que dit mademoiselle est l'exacte vérité. On a fouillé aux deux endroits... et le mot *Fortuna,* que j'ai vu aussitôt et que je n'avais jamais discerné, donne la raison des fouilles... On a cherché... et on a trouvé peut-être...

— Non, déclara la jeune fille calmement.

— Pourquoi dites-vous non ? Qu'en savez-vous ? »

Elle hésita. Ses yeux rencontrèrent ceux de d'Estreicher. Il savait maintenant, sans aucun doute, qu'il était démasqué, et il commençait à comprendre où la jeune fille voulait en venir. Mais oserait-elle aller jusqu'au bout et engager la lutte ? Et puis quelle était la raison de cette lutte imprévue ?

Il la défia du regard, et il répéta la question de Mme de Chagny :

« Oui, pourquoi dites-vous qu'on n'a rien trouvé ? »

Hardiment, Dorothée releva le défi :

« Parce que les fouilles ont continué. Il y a dans le ravin, sous les murs du château, parmi les pierres qui ont dégringolé de la falaise, une ancienne dalle qui provient certainement de quelque construction démolie. Le mot *Fortuna* s'y déchiffre également à la base. Qu'on écarte cette dalle, et l'on découvrira une excavation toute fraîche, et des traces de pas qui ont été brouillées avec la main. »

CHAPITRE III

EXTRA-LUCIDE...

Ce dernier coup acheva de troubler M. et Mme de Chagny, qui se concertèrent à voix basse, pendant un moment, avec leurs cousins d'Estreicher et Raoul Davernoie.

Saint-Quentin, en entendant évoquer les événements du ravin, de la cachette de l'homme à la blouse, s'était effondré parmi les coussins d'une vaste bergère. Dorothée devenait folle ! Indiquer la piste de l'homme à la blouse, c'était indiquer leur piste à eux, Dorothée et Saint-Quentin. Quelle imprudence !

Elle, cependant, au milieu de l'agitation et de l'inquiétude, demeurait fort paisible. Elle semblait suivre une route bien définie et marcher vers un but clair, alors que les autres, sous sa conduite, trébuchaient et s'effaraient.

« Mademoiselle, reprit la comtesse, vos révélations nous ont singulièrement émus. Elles montrent à quel point vous êtes perspicace et je ne saurais trop vous remercier de nous avoir avertis.

— Vous m'avez accueillie si gentiment,

madame, répondit-elle, que je suis heureuse si j'ai pu vous rendre service.

— Un véritable service, reconnut la comtesse, et que je vous demande de compléter.

— Comment ?

— En nous disant ce que vous savez.

— Je ne sais rien de plus.

— Mais vous pouvez peut-être savoir plus ?

— De quelle façon ? »

La comtesse sourit :

« Grâce à ces petits talents de sorcière dont vous parliez tout à l'heure.

— Et auxquels vous ne croyez pas, madame.

— Et auxquels je suis toute prête à croire maintenant. »

Dorothée s'inclina.

« Je veux bien... Mais ce sont là des expériences qui ne réussissent pas toujours.

— Essayons.

— Soit. Essayons. Mais je vous demande l'indulgence. »

Elle prit dans la poche de Saint-Quentin un foulard et le mit en bandeau sur ses yeux.

« Extra-lucide, à condition d'être aveugle, dit-elle. Moins j'y vois, et plus je vois. »

Et elle ajouta sérieusement :

« Posez-moi des questions, madame. J'y répondrai de mon mieux.

— Tout en restant à l'état de veille ?

— Oui. »

Elle appuya ses deux coudes sur une table et serra son front entre ses deux mains. La comtesse lui demanda aussitôt :

« Qui a creusé ? Qui pratiquait des fouilles sous la fontaine et sous le cadran solaire ? »

Une minute s'écoula. On eut l'impression que la jeune fille se concentrait en elle-même et se détachait de tout ce qui l'environnait. A la fin, elle articula, d'une voix réfléchie qui n'empruntait rien aux accents d'une pythonisse ou d'une somnambule :

« Je n'aperçois rien sur l'esplanade. De ce côté cela doit déjà remonter à plusieurs jours, et tout est recouvert. Mais dans le ravin...

— Dans le ravin ? fit la comtesse.

— La dalle est debout, et un homme creuse à l'aide d'une pelle.

— Un homme ? Lequel ? Son signalement ?

— Il a une blouse très longue...

— Mais la figure ?...

— La figure est entourée d'un cache-nez qui passe par-dessus une casquette aux bords rabattus... On ne voit même pas les yeux. Quand il a cessé de travailler, il fait retomber la dalle et il emporte la pelle.

— Pas autre chose ?

— Non. Il n'a rien trouvé.

— Vous en êtes certaine ?

— Absolument certaine.

— Et quel chemin suit-il ?

— Il remonte le ravin... Il arrive devant la grille du château.

— Mais elle est fermée !

— Il en a la clef. Il entre... C'est le matin... Personne n'est encore levé... Il se dirige vers l'orangerie... Il y a là une petite pièce...

— Oui, où le jardinier range ses instruments.

— L'homme s'y débarrasse de la pelle, enlève sa blouse et l'accroche à un clou du mur.

— Mais ce ne peut être le jardinier ! s'écria la comtesse. Le visage ?... Vous voyez le visage ?...

— Non... non... il reste enveloppé...

— Mais les vêtements ?...

— Les vêtements ?... Je ne me rends pas bien compte... il s'éloigne... il disparaît. »

La jeune fille s'interrompit, comme si toute son attention se fixait sur quelqu'un dont la silhouette s'estompait et se perdait dans l'ombre ainsi qu'un fantôme.

« Je ne le vois plus, dit-elle... je ne vois plus rien. Ah ! si, le perron du château... La porte se referme doucement... Et puis... et puis un escalier... un long corridor à peine éclairé par des petites fenêtres... Cependant je distingue des gravures... des chevaux qui galopent... des chasseurs en habit rouge... Ah ! l'homme... l'homme est là, agenouillé, devant une porte... il trouve la serrure... Il entre...

— Un domestique, sûrement... fit la comtesse d'une voix sourde. Et c'est une chambre du premier étage, puisqu'il y a des gravures dans le couloir. Comment est-elle, cette chambre ?

— Les volets sont clos. L'homme a allumé sa lampe de poche, et il cherche autour de lui... Sur la cheminée un calendrier... C'est aujourd'hui, mercredi... Et une pendule Empire à colonnes dorées...

— La pendule de mon boudoir, murmura la comtesse.

— Elle marque cinq heures trois quarts... La lumière de la lampe est aussitôt projetée à l'opposé, sur un meuble d'acajou à deux battants. L'homme ouvre ces deux battants, et démasque un coffre-fort. »

On écoutait Dorothée, dans un silence anxieux. L'émotion contractait les figures. Comment n'eût-on pas ajouté foi à toute cette vision que décrivait la jeune fille, alors qu'elle n'avait jamais pénétré dans le château, jamais franchi le seuil de ce boudoir, et que, néanmoins, elle évoquait les choses même qui eussent dû lui être inconnues ?

Bouleversée, la comtesse articula :

« Le coffre-fort était fermé... J'en suis certaine... j'ai fermé après avoir rangé mes bijoux... j'entends encore le bruit du battant qui claque...

— Fermé, oui. Mais la clef est dessus.

— Qu'importe ! j'avais brouillé les lettres de la serrure.

— Non, puisque la clef tourne.

— Impossible !
— La clef tourne. Je vois les trois lettres.
— Les trois lettres ! Vous les voyez ?
— Nettement. Un R, un O et un B, c'est-à-dire les trois premières lettres du mot Roborey. Le coffre est ouvert. Il y a une cassette. La main de l'homme fouille... et prend...
— Quoi ? Quoi ? Qu'est-ce qu'il a pris ?
— Deux boucles d'oreilles.
— Deux saphirs, n'est-ce pas ? Deux saphirs ?...
— Oui, madame, deux saphirs. »
Très inquiète, les mouvements saccadés, la comtesse sortit rapidement, suivie de son mari et de Raoul Davernoie. Et Dorothée entendit le comte Octave qui disait :
« Si c'est vrai, vous avouerez, Davernoie, que ce cas de divination serait bien étrange.
— Bien étrange, en effet », répéta d'Estreicher, qui les accompagnait aussi, mais qui referma la porte sur eux et refit quelques pas dans le salon, avec l'intention évidente de parler à la jeune fille.

Dorothée s'était débarrassée de son foulard et se frottait les yeux comme quelqu'un qui sort des ténèbres. Le gentilhomme barbu et elle se regardèrent un instant tous les deux. Puis, après une hésitation, il reprit la direction de la porte. Mais là, de nouveau, il se ravisa et, tourné vers Dorothée, il caressa longuement sa barbe épaisse, et à la fin, laissa échapper un petit ricanement joyeux.
Dorothée, qui n'était jamais en reste quand il s'agissait de rire, fit comme le gentilhomme barbu.
« Vous riez ? dit-il.
— Je ris parce que vous riez. Mais j'ignore la raison de votre gaieté. Puis-je la connaître ?
— Certainement, mademoiselle. Moi, je ris parce que je trouve cela très amusant.
— Qu'est-ce qui est très amusant ? »

D'Estreicher fit encore deux ou trois pas en avant, et répliqua :

« Ce qui est très amusant, c'est l'idée de confondre en un seul et même personnage l'individu qui a creusé sous la dalle et cet autre individu qui a pénétré cette nuit dans le château et volé les bijoux.

— C'est-à-dire ? interrogea la jeune fille.

— C'est-à-dire, pour être plus précis encore, l'idée de mettre d'avance le vol commis par le sieur Saint-Quentin...

— Sur le dos du sieur d'Estreicher », acheva Dorothée.

Le gentilhomme barbu réprima une grimace, mais ne protesta point. Il s'inclina :

« C'est cela même. Autant jouer cartes sur table, n'est-ce pas ? Vous n'êtes pas, et je ne suis pas de ceux qui ont des yeux pour ne pas voir. Et si j'ai vu une silhouette noire se glisser, cette nuit, par une fenêtre, vous avez vu, vous...

— Un monsieur qui recevait une dalle sur la tête.

— Parfaitement. Et je le répète : c'est très fort à vous de chercher à les identifier l'un à l'autre. Très fort... et très dangereux.

— Dangereux en quoi ?

— En ce sens que toute attaque entraîne une riposte.

— Je n'ai pas encore attaqué. Mais j'ai voulu montrer que j'étais prête à tout.

— Même à m'attribuer le vol de ces deux boucles d'oreilles ?

— Peut-être.

— Oh ! oh ! il faut donc que je me hâte de prouver qu'elles sont entre vos mains ?

— Hâtez-vous. »

Une fois encore il s'arrêta au seuil de la porte et dit :

« Nous sommes donc ennemis ? Pourquoi ? Vous ne me connaissez pas.

— Je n'ai pas besoin de vous connaître pour savoir qui vous êtes.

— Comment, ce que je suis ? Je suis le chevalier Maxime d'Estreicher.

— Possible. Mais vous êtes aussi le monsieur qui, furtivement, à l'insu de ses cousins, cherche... ce qu'il n'a pas le droit de chercher. Dans quel but, sinon pour le dérober ?

— Et cela vous regarde ?

— Oui.

— A quel titre ?

— Vous ne tarderez pas à le savoir. »

Il eut un geste. Colère ou mépris ? Mais il se contint et mâchonna :

« Tant pis pour vous, et tant pis pour Saint-Quentin. A tout à l'heure. »

Sans un mot de plus, il salua et se retira.

Chose bizarre, dans cette sorte de duel brutal et violent, Dorothée avait gardé un tel sang-froid que, la porte à peine refermée, obéissant à ses instincts de gaminerie, elle lança un pied de nez et fit quelques pirouettes. Puis, contente d'elle-même et des événements, elle ouvrit une vitrine, prit un flacon de sels et s'approcha de Saint-Quentin, qui gisait au fond de sa bergère.

« Respire, mon vieux. »

Il renifla, se mit à éternuer et bredouilla :

« Nous sommes perdus.

— Tu en as de bonnes, Saint-Quentin. Pourquoi veux-tu que nous soyons perdus ?

— Il va nous dénoncer.

— Certes il va aiguiller les recherches contre nous. Mais nous dénoncer, dire ce qu'il a vu ce matin, il n'osera pas. Sinon, je dis, moi, ce que j'ai vu.

— Tout de même, Dorothée, ce n'était pas la peine de révéler la disparition des bijoux.

— On aurait toujours bien fini par s'en apercevoir. Le fait d'en parler la première détourne les soupçons.

— On les attire sur nous, Dorothée.

— En ce cas, j'accuse le gentilhomme barbu.

— Il faut des preuves.

— J'en aurai.

— Comme tu le détestes !

— Non, mais je veux le perdre. C'est un homme dangereux, Saint-Quentin. J'en ai l'intuition, et tu sais que je ne me trompe guère. Il a tous les vices. Il est capable de tout. Il trahit ses cousins de Chagny. Je veux les en débarrasser par n'importe quel moyen. »

Saint-Quentin essaya de se rassurer.

« Tu es étonnante. Tu combines, tu calcules, tu agis, tu prévois. On sent que tu te diriges d'après un plan.

— D'après rien du tout, mon garçon. Je marche à l'aventure, et je me décide au petit bonheur.

— Cependant...

— J'ai un but précis, voilà tout. Quatre personnes sont en face de moi, qui, cela n'est pas douteux, sont réunies par un secret commun. Or le mot de "Roborey", prononcé par mon père en mourant, me donne le droit de rechercher si lui-même ne faisait pas partie de ce groupe, et si, en conséquence, sa fille n'est pas qualifiée pour prendre sa place. Jusqu'ici, les quatre personnes se tiennent les coudes et me repoussent. J'ai beau tenter l'impossible pour obtenir leur confiance d'abord, et ensuite leurs confidences, je n'aboutis à rien. Mais je réussirai. »

Elle frappa du pied, avec une brusquerie où s'affirmaient soudain toute l'énergie et toute la décision qui animaient cette souriante et mignonne créature, et elle répéta :

« Je réussirai, Saint-Quentin, je te le jure. Je ne suis pas au bout de mes révélations, et il y en a une qui les décidera peut-être à plus d'abandon.

— Laquelle, Dorothée ?

— Je m'entends, mon garçon. »

Elle se tut. Son regard s'en allait par la fenêtre ouverte près de laquelle Castor et Pollux se battaient. Des bruits de pas précipités résonnaient dans le château. Il y eut des exclamations. Un domestique traversa la cour à toute allure et ferma les grilles, ce qui laissa dans l'enceinte une petite partie de la foule et trois ou quatre roulottes, dont celle du cirque Dorothée.

« Les gendarmes... les gendarmes... bégaya Saint-Quentin. Ils sont là-bas... Ils visitent la baraque du tir.

— Et d'Estreicher est avec eux, observa la jeune fille.

— Oh ! Dorothée, qu'as-tu fait ?...

— Tout m'est égal, dit-elle imperturbable. Ces gens-là ont un secret, qui m'appartient peut-être autant qu'à eux. Je veux le connaître. L'agitation, les coups de théâtre, tout cela travaille en ma faveur.

— Cependant...

— Flûte, Saint-Quentin. Ma vie se décide aujourd'hui. Au lieu de trembler, réjouis-toi... Un fox-trott, mon vieux. »

Elle le saisit à la taille, le dressa comme un mannequin aux jambes molles, et le contraignit à tournoyer. Escaladant la fenêtre, Castor et Pollux, que suivait le capitaine Montfaucon, entourèrent le couple, et se mirent à danser en chantant l'air de la Capucine, dans le salon d'abord, puis à tra vers le large vestibule. Mais une nouvelle défaillance de Saint-Quentin coupa l'élan des danseurs. Dorothée s'impatienta.

« Qu'est-ce que tu as encore ? » lui demanda-t-elle en tâchant de le relever et de le faire tenir debout.

Il bégaya :

« J'ai peur... j'ai peur...

— Mais enfin, quoi ! Je ne t'ai jamais vu aussi poltron. Qu'est-ce que tu crains ?...

— Les bijoux...

— Imbécile ! puisque tu les as jetés dans le massif...

— Non.

— Tu ne les as pas jetés ?

— Non.

— Mais alors, où sont-ils ?

— Je ne sais pas. Je les ai cherchés dans la corbeille, selon tes instructions, là où je les avais mis moi-même. Ils n'y étaient plus. La petite boîte de carton avait disparu. »

À mesure qu'il s'expliquait, Dorothée devenait plus sérieuse. Le danger lui apparaissait brusquement.

« Pourquoi ne m'as-tu pas avertie ? Je n'aurais pas agi comme je l'ai fait.

— Je n'ai pas osé. Je ne voulais pas te donner du tourment.

— Ah ! Saint-Quentin, tu as eu bien tort, mon garçon. »

Elle ne lui fit pas d'autres reproches et repartit :

« Qu'est-ce que tu supposes ?

— Je suppose que je me suis trompé, que je n'ai pas mis les boucles dans la corbeille... mais ailleurs... dans un autre endroit de la roulotte... j'ai recherché partout vainement. Mais eux, ils trouveront, eux, les gendarmes... »

La jeune fille était atterrée. Les boucles d'oreilles en sa possession, le vol dûment constaté, c'était l'arrestation, la prison.

« Abandonne-moi, gémissait Saint-Quentin. Je ne suis qu'un imbécile... un criminel... N'essaie pas de me sauver... Rejette tout sur moi, puisque c'est la vérité. »

A ce moment, au seuil du vestibule, se dressa l'uniforme d'un brigadier de gendarmerie que guidait un domestique du château.

« Pas un mot, murmura Dorothée. Je te défends de prononcer une seule parole. »

Le brigadier s'avança :

« Mademoiselle Dorothée...

— C'est moi, brigadier. Que désirez-vous ?

— Suivez-moi. Il serait nécessaire... »

Il fut interrompu par l'arrivée de la comtesse Octave, qui accourait en compagnie de son mari et de Raoul Davernoie.

« Non, non, brigadier, criait-elle, je m'oppose absolument à tout ce qui pourrait paraître un acte de défiance à l'égard de mademoiselle. Il y a là un malentendu. »

Raoul Davernoie protestait aussi. Mais le comte Octave prononça :

« Remarquez, chère amie, que c'est une simple formalité, une mesure générale que le brigadier est obligé de prendre. Un vol a été commis ? Par conséquent, il est juste que l'enquête se poursuive auprès de toutes les personnes...

— Mais c'est mademoiselle qui nous l'a révélé, ce vol. C'est elle qui, depuis une heure, nous prévient de tout ce qui se trame contre nous.

— Pourquoi ne pas l'interroger, comme tout le monde ? Ainsi que d'Estreicher le disait tout à l'heure, il se peut que vos boucles d'oreilles n'aient pas été prises dans votre coffre-fort. Il se peut que vous les ayez mises aujourd'hui à vos oreilles machinalement, et ensuite perdues dehors... où quelqu'un les aura ramassées... »

Le brigadier, un brave homme, qui semblait fort ennuyé de voir que le comte et la comtesse ne s'accordaient pas, ne savait que faire. Dorothée le tira d'embarras.

« Je vous approuve, monsieur le comte. Mon rôle peut vous paraître suspect, et l'on a le droit de se demander comment je connais le mot du coffre, et si mes talents de sorcière suffisent à expliquer ma clairvoyance. Il n'y a donc aucun motif pour qu'on fasse une exception en ma faveur. »

Elle se courba devant la comtesse, dont elle embrassa doucement la main :

« N'assistez pas aux recherches, madame. Ce n'est pas très joli. Pour moi, c'est un des risques que nous courons, nous autres saltimbanques. Mais cela vous ferait de la peine. Seulement je vous demanderai, pour des raisons que vous comprendrez tout à l'heure, de nous rejoindre quand on m'interrogera...

— Je vous le promets.

— A vos ordres, brigadier. »

Elle partit avec ses quatre compagnons et avec le brigadier de gendarmerie. Saint-Quentin avait l'air d'un condamné que l'on mène à l'échafaud. Le capitaine Montfaucon, les mains dans ses poches, une ficelle autour du poignet, traînait son chariot de colis et sifflait une chanson américaine, en garçon qui sait que toutes ces petites histoires-là finissent toujours bien.

Au bout de la cour, les derniers paysans s'en allaient par la grille ouverte, près de laquelle se trouvait le garde champêtre. Les forains étaient rassemblés autour de leurs baraques, et dans l'orangerie où le second gendarme examinait leurs papiers.

En arrivant devant sa roulotte, Dorothée aperçut d'Estreicher qui causait avec deux domestiques.

« C'est donc vous, monsieur, fit-elle gaiement, qui dirigez les recherches ?

— Ma foi oui, mademoiselle... dans votre intérêt, répliqua-t-il sur le même ton.

— Alors, je ne doute pas du résultat. »

Et s'adressant au brigadier :

« Aucune clef à vous donner. Le cirque Dorothée n'a pas de serrures. Tout est ouvert. Rien dans les mains, rien dans les poches. »

Le brigadier ne semblait pas aimer beaucoup cette besogne. Mais les deux domestiques s'y employèrent de leur mieux, et d'Estreicher ne se gênait pas pour les conseiller.

« Excusez-moi, mademoiselle, dit-il à la jeune fille, en la prenant à part. J'estime qu'on ne doit rien épargner pour vous mettre hors de cause.

— C'est grave, dit-elle avec ironie.

— En quoi ?

— Dame ! Souvenez-vous de notre conversation. Il y a un coupable : si ce n'est pas moi, c'est vous. »

Il fallait que d'Estreicher considérât la jeune fille comme un adversaire redoutable et qu'il craignît ses menaces, car, tout en restant très aimable, galant même, et tout en échangeant avec elle des plaisanteries, il fut acharné dans ses investigations. Sur un signe de lui, les domestiques descendirent les paniers et les caisses, et sortirent de pauvres hardes avec quoi formaient contraste, par leurs couleurs éclatantes, les foulards et les châles dont la jeune fille aimait à s'embellir.

On ne trouva rien.

On scruta les parois et le plafond de la roulotte, les matelas, les harnais de Pie-Borgne, le sac d'avoine, les provisions. Rien.

On fouilla les quatre garçons. Une femme de chambre palpa les vêtements de Dorothée. Recherches inutiles. Les boucles d'oreilles demeurèrent introuvables.

« Et cela ? » fit-il en désignant la vaste corbeille encombrée d'ustensiles sans valeur qui se balançait sous la voiture.

D'un coup de pied furtif sur les chevilles, Dorothée redressa Saint-Quentin qui titubait.

« Sauvons-nous, bégaya-t-il.

— T'es bête. Puisque les boucles n'y sont plus.

— J'ai pu me tromper.

— T'es bête. On ne se trompe pas dans ces cas-là.

— Alors, où se trouve le carton ?

— Tu as donc les yeux bouchés ?
— Tu le vois, toi ?
— Si je le vois ! Comme ton nez au milieu de ton visage.
— Dans la voiture ?
— Non.
— Où ?
— Par terre, à dix pas de toi, entre les jambes du barbu. »

Elle désignait du regard le chariot du capitaine Montfaucon que l'enfant avait abandonné pour jouer avec une toupie, et dont les petits colis, valises, malles en miniature, ballots ficelés, gisaient sur le sol, contre les talons de d'Estreicher.

Un de ces colis n'était autre que la boîte en carton qui contenait les boucles, et que le capitaine Montfaucon avait ajoutée, l'après-midi, à ce qu'il appelait son matériel de traction.

En livrant sa découverte imprévue à Saint-Quentin, Dorothée, qui ne soupçonnait pas la subtilité et la puissance d'observation de l'homme qu'elle combattait, commit une imprudence irréparable. Ce n'était point la jeune fille que d'Estreicher épiait à l'abri de ses lunettes, mais son camarade Saint-Quentin, dont il avait remarqué bien vite les inquiétudes et les défaillances. Dorothée, elle, demeurait impassible. Mais Saint-Quentin ne finirait-il pas par trahir quelque impression ?

Il en fut ainsi. Lorsqu'il reconnut la petite boîte au caoutchouc rouge, Saint-Quentin respira, brusquement soulagé. Il se dit que personne n'aurait l'idée de dépaqueter ces joujoux d'enfant qui traînaient sur le sable à la disposition du premier venu. Plusieurs fois, sans le moindre soupçon, d'Estreicher les heurta du pied et trébucha dans les roues, méritant du capitaine cette verte semonce :

« Dis donc, le monsieur, si t'avais une auto, et que je la bouscule, qu'est-ce que tu dirais ?... »

Saint-Quentin hocha la tête, goguenard. D'Estreicher suivit la direction de ses yeux, et, instinctivement, comprit. Les boucles d'oreilles étaient là, sous la protection du hasard et avec la complicité inconsciente du capitaine. Mais dans quel colis ? La boîte en carton lui parut plus suspecte. Sans dire un seul mot, il se baissa rapidement et la saisit. S'étant relevé, il l'ouvrit d'un geste furtif et aperçut, au milieu de petits cailloux blancs et de coquillages, les deux saphirs.

Il regarda Dorothée. Elle était très pâle.

CHAPITRE IV

L'INTERROGATOIRE

« Sauvons-nous, répéta Saint-Quentin, qui s'était assis sur une caisse et qui eût été incapable de faire un seul pas.

— Excellente idée, souffla Dorothée. Attelle Pie-Borgne, et cachons-nous tous les cinq dans la roulotte. Et ventre à terre jusqu'à la frontière belge ! »

Elle ne quittait pas des yeux son ennemi. Elle se sentait vaincue. D'un mot, il pouvait la livrer à la justice, la jeter en prison et rendre vaines toutes les menaces qu'elle lui avait faites. Que valent les accusations d'une voleuse ?

Le carton en main, il se dandinait d'un pied sur l'autre avec une satisfaction ironique. Il avait l'air d'attendre qu'elle faiblît et le suppliât. Que c'était mal la connaître ! Elle gardait au contraire une attitude de défi et de provocation, comme si elle avait eu l'audace de lui dire :

« Si tu parles, tu es perdu. »

Il haussa les épaules et, s'adressant au brigadier, qui n'avait rien vu de tout ce manège :

« Brigadier, félicitons-nous d'en avoir fini, et tout à l'avantage de mademoiselle, tudieu ! quel ouvrage désagréable !

— Il ne fallait pas l'entreprendre, dit la comtesse de Chagny qui venait de s'approcher, ainsi que le comte et que Raoul Davernoie.

— Mais si, chère cousine. Votre mari et moi, nous avions des doutes. Autant les éclaircir.

— Et vous n'avez rien découvert ? fit le comte Octave.

— Rien... moins que rien. Tout au plus une petite chose assez bizarre avec laquelle jouait le sieur Montfaucon et que Mlle Dorothée a bien voulu me donner. N'est-ce pas, mademoiselle ?

— Oui », fit Dorothée nettement.

Il montra la boîte en carton, autour de laquelle il avait rajusté le caoutchouc, et, la remettant à la comtesse :

« Gardez-la jusqu'à demain matin, voulez-vous, chère amie ?

— Pourquoi la garderais-je, et pas vous ?

— Ce ne serait pas la même chose, dit-il. La remettre entre vos mains, c'est lui apposer comme un cachet. Demain au déjeuner, nous l'ouvrirons ensemble.

— Vous y tenez ?

— Oui... une idée comme une autre.

— Soit, conclut Mme de Chagny. J'accepte, si mademoiselle m'y autorise ?

— Je vous le demande, madame, répliqua Dorothée, comprenant que le péril était retardé au lendemain. Ce carton ne contient rien d'intéressant, des cailloux blancs et des coquillages. Mais puisque ça divertit monsieur, et qu'il a besoin d'un contrôle, accordez-lui cette petite satisfaction. »

Cependant il restait une formalité qui, pour le brigadier, était essentielle en ces sortes d'enquêtes. L'examen des pièces d'identité, le dépouillement des papiers, le respect du règlement ; sur ce chapitre il ne plaisantait pas. D'autre part, si Dorothée flairait l'existence d'un secret entre les de Chagny et leurs cousins, il est certain que les hôtes de Roborey n'étaient pas moins intrigués par l'étrange personnalité qui, depuis quelques heures, les dominait et les troublait. Qui était-elle ? D'où venait-elle ? Quel était son nom véritable ? Comment expliquer que cette créature fine, intelligente, d'esprit souple et de manières distinguées, courût les routes en compagnie de quatre galopins ?

Elle avait pris dans un tiroir de la roulotte une couverture de registre qu'elle tenait sous son bras. Dès qu'ils furent tous entrés dans la grande salle de l'orangerie, qui était vide maintenant, elle sortit de cette couverture une feuille noircie de signatures et timbrée en tous sens et la tendit au brigadier.

« C'est tout ce que vous avez ? dit celui-ci au bout d'un instant.

— Ça ne suffit donc pas ? A la mairie, ce matin, le secrétaire s'en est contenté.

— Ils se contentent de tout, dans les mairies, dit-il avec dédain. Ainsi, qu'est-ce que c'est que ces noms ?... On ne s'appelle pas Castor et Pollux !... Et celui-là... Baron de Saint-Quentin, acrobate !... »

Dorothée sourit.

« C'est pourtant son nom et sa profession.

— Baron de Saint-Quentin ?

— Dame, il était le fils d'un plombier, qui habitait Saint-Quentin, et qui s'appelait Baron.

— Mais alors, il lui faut l'autorisation paternelle.

— Impossible.

— Pourquoi ?

— Parce que le père est mort pendant l'occupation.

— Et la mère ?

— Morte aussi. Aucune famille. Les Anglais avaient adopté l'enfant. Vers la fin de la guerre, il était aide-cuisinier dans un hôpital de Bar-le-Duc, où, moi, j'étais infirmière. Je l'ai recueilli. »

Le brigadier approuva d'un grognement, et continua son interrogatoire.

« Et Castor et Pollux ?

— Pour eux, je ne sais d'où ils viennent. En 1918, lors de la ruée allemande vers Châlons, ils ont été pris dans la tempête, et ramassés sur une route par des soldats français qui leur ont donné leurs sobriquets. La secousse avait été tellement grande qu'ils ont perdu la mémoire de toutes les années qui ont précédé ces jours-là. Sont-ils frères ? Se connaissaient-ils ? Où sont leurs familles ? On l'ignore. Je les ai recueillis.

— Ah ! » fit le brigadier un peu interloqué.

Et, regardant la feuille, il lut d'un ton de plaisanterie :

« Reste maintenant le sieur Montfaucon, capitaine de l'armée américaine, décoré de la croix de guerre.

— Présent », dit une voix.

Montfaucon se raidissait dans une attitude militaire, les talons joints et le petit doigt sur la couture de son vaste pantalon.

Dorothée le saisit sur ses genoux et l'embrassa fortement.

« Un marmot, dont on ne sait rien non plus. A quatre ans, il vivait avec une douzaine de soldats américains qui lui avaient confectionné comme berceau un sac de fourrure. Le jour de la grande attaque américaine, l'un de ces douze le chargea sur son dos, et il arriva que, de tous ceux qui allaient de l'avant, ce fut ce soldat-là qui alla le plus loin, et qu'on retrouva son cadavre, le lendemain, près du pic de Montfaucon. A côté, dans le sac de fourrure, l'enfant dormait, légèrement blessé. Sur le champ de bataille, le colonel le décora de la croix de guerre, et le baptisa capitaine Montfaucon, de l'armée américaine. Plus tard, j'eus l'occasion de le soigner à l'hôpital où il fut évacué. Trois mois après, le colonel voulut l'emmener en Amérique. Montfaucon refusa. Il ne voulait pas me quitter. Je le recueillis. »

Dorothée raconta cette histoire d'une voix un peu basse, où il y avait de l'attendrissement. Les yeux mouillés, la comtesse murmura :

« C'est bien, ce que vous avez fait, mademoiselle, c'est très bien. Seulement, cela vous donnait quatre orphelins à nourrir. Avec quelles ressources ? »

Dorothée répondit en riant :

« Nous étions riches.

— Riches ?

— Oui, grâce à Montfaucon. Avant de partir, son colonel lui avait laissé deux mille francs. Nous avons acheté une roulotte et un vieux cheval. Le cirque Dorothée était constitué.

— Métier difficile, qui nécessitait un apprentissage ?

— L'apprentissage eut lieu sous la direction d'un vieux soldat anglais, ancien clown, qui nous dressa et nous indiqua toutes les roueries et toutes les cocasseries du métier. Et puis j'avais ça dans le sang. La corde raide, la danse, j'y étais rompue depuis des années. Alors, on s'est mis en route à travers la France. C'est une vie un peu dure, mais on se porte à merveille, on ne s'ennuie jamais, et, somme toute, le cirque Dorothée réussit.

— Mais se trouve-t-il en accord avec les prescriptions ? demanda le brigadier à qui son souci des règlements permettait de dominer la sympathie qu'il éprouvait. Car enfin, ajouta-t-il, cette feuille n'a qu'une valeur de renseignements. Ce que je voudrais voir, c'est votre carte d'identité professionnelle.

— J'ai cette carte, brigadier.

— Etablie par qui ?

— Par la préfecture de Châlons, qui est le chef-lieu du département où je suis née.

— Montrez-moi. »

Visiblement la jeune fille hésita. Elle regarda le comte Octave, puis la comtesse. Elle les avait priés de venir justement pour qu'ils fussent témoins de son interrogatoire, et connussent les réponses qu'elle se proposait de faire, et voilà que, au dernier moment, elle en concevait quelque regret.

« Devons-nous nous retirer ? offrit la comtesse.

— Non, non, répliqua-t-elle vivement, au contraire, je tiens à ce que vous sachiez...

— Et nous ? demanda Raoul Davernoie.

— Oui, dit-elle en souriant. Il y a là un fait que mon devoir est de vous divulguer. Oh ! rien de très important. Mais... tout de même... »

Elle sortait de son registre une carte salie aux coins déchiquetés.

« Voici », dit-elle.

Le brigadier examina la carte avec attention, et prononça, du ton de quelqu'un à qui l'on n'en raconte pas :

« Mais ce n'est pas votre nom... C'est un nom de guerre, bien entendu... comme vos jeunes camarades ?...

— Nullement, brigadier.

— Voyons, voyons, vous ne me ferez pas croire...

— Voici mon bulletin de naissance à l'appui, brigadier, avec le timbre de la commune d'Argonne. »

Le comte de Chagny s'écria :

« Comment ! vous êtes du village d'Argonne ?

— Ou plutôt j'étais, monsieur le comte, car ce petit village ignoré, qui a donné son nom à toute la région de l'Argonne, n'existe plus. La guerre l'a supprimé.

— Oui... oui... je sais, fit le comte. Nous avions là un ami... un parent... N'est-ce pas, d'Estreicher ?

— Jean d'Argonne, sans doute ? demanda-t-elle.

— En effet... Jean d'Argonne, mort à l'hôpital de Chartres, des suites d'une blessure... le lieutenant prince d'Argonne... Vous l'avez connu ?

— Je l'ai connu.

— Où ? Quand ? Dans quelles conditions ?

— Mon Dieu, dit-elle, dans les conditions ordinaires où l'on connaît quelqu'un qui vous touche de près.

— Comment, vous aviez avec Jean d'Argonne des liens... des liens de parenté ?

— Des liens très étroits. C'était mon père.

— Votre père, Jean d'Argonne ! Que dites-vous ? C'est impossible. Voyons, quoi... la fille de Jean s'appelait Yolande.

— Yolande-Isabelle-Dorothée. »

Le comte arracha la carte que le brigadier tournait et retournait en tous sens, et, à haute voix, il lut, stupéfait :

« Yolande-Isabelle-Dorothée, princesse d'Argonne. »

Elle acheva en riant :

« Comtesse Marescot, baronne de la Hêtraie, de Beaugreval et autres lieux. »

Le comte s'empara également du bulletin de naissance et, syllabe par syllabe, de plus en plus confondu, il scanda lentement :

« Yolande-Isabelle-Dorothée, princesse d'Argonne, née à Argonne, le 14 octobre 1900, fille légitime de Jean Marescot, prince d'Argonne, et de Jessie Varenne. »

Le doute n'était plus possible. L'état civil auquel prétendait la jeune fille se justifiait par des preuves, que l'on pensait d'autant moins à récuser que la vérité imprévue expliquait précisément tout ce qui semblait inexplicable dans les manières et dans l'apparence même de Dorothée.

La comtesse s'abandonnait à son émotion.

« Yolande ? Vous êtes la petite Yolande dont Jean d'Argonne nous parlait si affectueusement !

— Il m'aimait bien, dit la jeune fille. Les circonstances ne nous ont pas permis de vivre toujours l'un près de l'autre, comme je l'aurais voulu. Mais je l'aimais comme si je l'avais vu chaque jour.

— Oui, dit la comtesse, on ne pouvait pas ne pas l'aimer. Je ne l'ai vu pourtant que deux fois dans ma vie, à Paris, au début de la guerre. Mais quel souvenir charmant j'ai conservé de lui ! Un être plein de gaieté et d'exubérance ! Comme vous, Dorothée ! D'ailleurs je le retrouve en vous... Les yeux... le sourire surtout. »

Dorothée montra deux photographies qu'elle tira de ses papiers.

« Son portrait, madame. Vous le reconnaissez ?

— Si je le reconnais ! Et l'autre, cette dame ?...

— Ma mère, morte depuis longtemps, et qu'il adorait.

— Oui, oui, je sais... Elle avait fait du théâtre autrefois, n'est-ce pas ? Je me rappelle. Nous causerons de tout cela, voulez-vous, et de votre existence, des épreuves qui vous ont forcée à vivre de la sorte. Et d'abord, comment êtes-vous ici ? Pourquoi ? »

Dorothée raconta par quel hasard elle avait vu sur une plaque indicatrice le mot même de Roborey, que son père répétait en mourant. Mais le comte Octave les interrompit.

C'était un homme d'ordinaire assez effacé, qui cherchait toujours à donner aux circonstances le plus de solennité possible, afin d'y jouer le rôle de premier plan que lui assignaient sa naissance et sa fortune. Pour la forme, il avait consulté ses deux cousins, et, sans écouter leurs réponses, il avait congédié le brigadier avec une désinvolture de grand seigneur. Il mit également dehors Saint-Quentin et les trois enfants, ferma soigneusement les portes, fit asseoir les deux femmes, et se promena devant elles les mains au dos, et l'air pensif.

Dorothée fut contente. Elle avait triomphé, obligeant ses hôtes à dire les paroles qu'elle souhaitait. Mme de Chagny la serrait contre elle étroitement. Raoul semblait un ami. Tout allait bien. Il y avait, certes, un peu à l'écart, hostile et redoutable, le gentilhomme barbu, dont les yeux durs ne la quittaient pas. Mais confiante en elle-même, acceptant la lutte, pleine d'audace et d'insouciance, elle ne consentait pas à fléchir sous la menace du danger terrible qui cependant pouvait l'écraser d'une minute à l'autre.

« Mademoiselle, prononça le comte de Chagny d'une voix importante, il nous a semblé, à mes cousins et à moi, puisque vous êtes la fille de notre regretté Jean d'Argonne, il nous a semblé, dis-je, que nous devions vous mettre, à notre tour, au courant d'événements qu'il connaissait, et dont il vous eût entretenue si la mort ne l'en avait empêché... dont il désirait même, nous le savons, que vous fussiez entretenue. »

Il fit une pause, heureux de son préambule. En ces occasions, il employait un langage pompeux et des termes choisis, s'appliquait à respecter les règles de la grammaire, et ne redoutait pas les subjonctifs. Il reprit :

« Mademoiselle, mon père, François de Chagny, mon grand-père, Dominique de Chagny, mon arrière-grand-père, Gaspard de Chagny, ont toujours vécu sur cette certitude que des richesses immenses leur seraient... comment dirais-je ?... leur seraient offertes, grâce à certaines circonstances ignorées, dont chacun se croyait sûr d'avance d'être le bénéficiaire. Et chacun s'en réjouissait d'autant plus et s'abandonnait à un espoir d'autant plus agréable que la révolution avait ruiné de fond en comble la maison des comtes de Chagny. Sur quoi cette conviction s'appuyait-elle? Ni François, ni Dominique, ni Gaspard de Chagny ne l'ont jamais su. Cela provenait de légendes vagues qui ne précisaient ni la nature des richesses ni l'époque où elles apparaîtraient, mais qui toutes, cependant, avaient ce caractère commun d'évoquer le nom de Roborey. Et ces légendes ne devaient pas remonter très haut, puisque ce château, qui s'appelait autrefois Chagny, ne fut appelé Chagny-Roborey que sous le règne de Louis XVI. Est-ce cette désignation qui provoqua les fouilles que l'on y fit de tout temps? C'est fort probable. Toujours est-il qu'au moment de la guerre, j'avais résolu de remettre en état ce château de Roborey qui n'était plus qu'un rendez-vous de chasse, et de l'habiter définitivement — bien que, je n'ai pas honte de le dire, mon récent mariage avec Mme de Chagny me permît d'attendre ces soi-disant richesses sans trop d'impatience. »

Le comte eut un sourire fin en faisant cette allusion discrète à la façon dont il avait redoré son blason, et il continua :

« Inutile de vous dire, n'est-ce pas, que pendant la guerre, le comte Octave de Chagny remplit son devoir de bon Français. En 1915, lieutenant de chasseurs à pied, j'étais à Paris en permission lorsqu'une série de coïncidences, produites par la guerre, me rapprocha de trois personnes que je ne connaissais pas, et dont j'appris fortuitement le lien de parenté avec les Chagny-Roborey. D'abord le père de Raoul, commandant Georges Davernoie. Puis Maxime d'Estreicher. Enfin Jean d'Argonne. Nous étions tous quatre cousins éloignés, tous quatre en permission ou en convalescence. Et c'est ainsi, au cours de nos entretiens, que nous sûmes, à notre grande surprise, que la même légende s'était transmise dans chacune de nos quatre familles. Comme leurs pères et leurs grands-pères, Georges Davernoie, d'Estreicher et

Jean d'Argonne attendaient la fortune fabuleuse qui leur était promise, et qui devait régler les dettes que cette conviction les avait entraînés à faire. D'ailleurs, même ignorance chez les quatre cousins. Aucune preuve, aucune indication... »

Après une nouvelle pause destinée à préparer un effet, le comte repartit :

« Si, cependant, une indication. Jean d'Argonne se souvenait d'une médaille en or dont son père lui avait signalé jadis l'importance. Son père était mort d'un accident de chasse quelques jours plus tard, sans lui en avoir dit davantage. Mais Jean d'Argonne affirmait que cette médaille portait quelques mots en inscription, et que l'un de ces mots, il se le rappelait tout à coup, était ce mot de Roborey autour duquel décidément se concentraient toutes nos espérances. Il nous annonça donc son intention de fouiller les quelque vingt malles qu'il avait pu, au mois d'août 1914, sauver du pillage imminent de sa gentilhommière et mettre à l'abri dans un hangar de Bar-le-Duc. Mais, auparavant, comme nous étions d'honnêtes gens, exposés aux hasards de la guerre, nous fîmes tous quatre le serment solennel que toutes nos découvertes relatives au fameux trésor seraient mises en commun. D'ores et déjà, le trésor, si la Providence consentait à nous l'accorder, nous appartenait à tous les quatre, et Jean d'Argonne, dont la permission expirait, nous quitta.

— C'était à la fin de 1915, n'est-ce pas ? demanda Dorothée. Nous avons passé huit jours ensemble, les meilleurs de ma vie. Je ne devais pas le revoir.

— Fin 1915, en effet, confirma M. de Chagny. Un mois plus tard, Jean d'Argonne, blessé dans le Nord, était évacué sur Chartres, d'où il nous écrivit, quelque temps après, une longue lettre... restée inachevée... »

Mme de Chagny eut un geste. Elle semblait désapprouver son mari.

« Si, si, je remettrai cette lettre, dit fermement le comte.

— Peut-être avez-vous raison... prononça Mme de Chagny. Cependant...

— Que craignez-vous, madame ? demanda Dorothée.

— Je crains que l'on ne vous fasse une peine inutile, Dorothée. La fin de ces pages vous révélera des choses très douloureuses.

— Que notre devoir est de lui communiquer », déclara le comte d'un ton péremptoire.

Et il tira de son portefeuille et déplia une lettre marquée du signe de la Croix-Rouge. Dorothée sentit son cœur qui se serrait. Elle reconnaissait l'écriture de son père. La comtesse lui pressa la main. Elle vit que Raoul Davernoie la regardait avec un air de compassion, et, la figure inquiète, cherchant moins à comprendre les phrases qu'elle entendait qu'à deviner la fin de cette lettre, elle écouta.

« Mon cher Octave,

« Je vous rassurerai tout d'abord sur ma blessure. Ce n'est rien. Pas de complication à craindre. A peine, le soir, un peu de fièvre, qui déconcerte le major, mais tout cela passera, n'en parlons plus, et arrivons tout de suite à mon voyage à Bar-le-Duc.

« Octave, je vous dirai sans retard qu'il n'a pas été inutile, et qu'après de patientes recherches, j'ai fini par dénicher, entre des piles de bottes et ces amas d'objets inutiles qu'on emporte quand on se sauve, la précieuse médaille. Dès la fin de ma convalescence et lors de mon passage à Paris, je vous la montrerai. Mais, dès maintenant, et tout en gardant secrètes les indications gravées sur une des faces, je puis vous dire que l'autre face porte ces trois mots latins : *In robore fortuna,* trois mots qui peuvent se traduire ainsi : “La fortune est dans la fermeté d'âme”, mais qui, par la présence du mot “robore” et malgré la différence d'orthographe, font sans doute allusion au château de Roborey où conséquemment serait cachée la fortune dont parlent nos légendes de famille.

« Ne voilà-t-il pas, mon cher Octave, un pas en avant dans la voie de la vérité ? Nous ferons mieux. Et peut-être y serons-nous aidés, de la façon la plus imprévue, par une jeune personne vraiment curieuse, avec laquelle je viens de passer quelques jours qui m'ont ravi... je veux dire ma chère petite Yolande.

« Vous savez, mon cher ami, que j'ai bien souvent regretté de n'avoir pas été le père que j'aurais voulu. Ma passion pour celle qui fut la mère de Yolande, mon chagrin de sa mort, ma vie errante durant les années qui suivirent, tout cela me tint éloigné de la modeste ferme que vous appelez une gentilhommière, et qui n'est plus, j'en suis sûr, qu'un monceau de ruines.

« Pendant ce temps, Yolande vivait sous la garde des fermiers, s'élevant elle-même, s'instruisant auprès du curé ou de l'instituteur, auprès de la nature surtout, aimant les bêtes, cultivant les fleurs, exubérante et très réfléchie. Plusieurs fois, au cours de mes visites à Argonne, elle m'avait étonné par son sens pratique et par son intelligence. Cette fois-ci, j'ai trouvé, dans l'ambulance de Bar-le-Duc, où elle s'est, de sa propre autorité, établie comme aide-infirmière, une jeune fille. Quinze ans à peine, et l'on n'imagine pas l'ascendant qu'elle exerce sur tous ceux qui l'entourent. Elle juge les événements comme une grande personne, elle se décide selon ses propres raisonnements, elle a une vision toujours juste de la réalité, non pas telle qu'on l'aperçoit, mais telle qu'elle est sous les apparences.

« Tu vois clair, lui disais-je. Tu as des yeux de chat qui se promène tranquillement dans les ténèbres.

« Mon cher Octave, quand la guerre sera finie, je vous amènerai Yolande et je vous assure que, avec nos amis, nous ferons de la bonne besogne... »

Le comte s'arrêta. Dorothée souriait tristement, émue par la tendresse et par l'admiration qui se dégageaient de cette lettre. Elle demanda :

« Ce n'est pas tout, n'est-ce pas ?

— En elle-même, répondit le comte, la lettre finit là. Datée du 15 janvier 1916, elle ne fut envoyée que le 30 ; je ne la reçus, moi, pour des raisons diverses, que trois semaines plus tard. Et j'appris par la suite que Jean d'Argonne avait eu, le soir même de ce 15 janvier, une crise de fièvre plus forte, de cette fièvre qui déroutait le major et qui indiquait l'infection subite de la blessure dont votre père est mort... ou du moins...

— Ou du moins ? demanda la jeune fille.

— Ou du moins dont votre père est mort officiellement, acheva le comte d'une voix plus basse.

— Qu'est-ce que vous dites ? Qu'est-ce que vous dites ? s'écria Dorothée. Mon père n'est pas mort de sa blessure ?

— Ce n'est pas certain... avança M. de Chagny.

— Mais alors, de quoi est-il mort ? Que prétendez-vous ? Que supposez-vous ? »

CHAPITRE V

L'ASSASSINAT DU PRINCE D'ARGONNE

Le comte se taisait.

Dorothée murmura anxieusement, avec cette appréhension que l'on éprouve à prononcer certaines paroles :

« Est-ce possible ?... On aurait tué ?... on aurait tué mon père ?...

— Tout porte à le croire.

— Et comment ?

— Le poison. »

Le coup était porté. La jeune fille pleurait. Le comte se pencha sur elle et lui dit :

« Lisez. Pour ma part, j'estime que votre père, entre deux accès de fièvre et de délire, a griffonné ces dernières pages. Quand il est mort, l'administration de l'ambulance, trouvant une lettre et une enveloppe toute prête, m'a expédié le tout sans en prendre connaissance. Regardez la fin... c'est une écriture de malade... tracée au hasard du crayon, et par un effort de volonté qui fléchissait à tout instant... »

Dorothée essuya ses larmes. Elle voulait savoir et juger par elle-même, et elle lut à mi-voix :

« Quel rêve... Mais est-ce bien un rêve ?... Ce que j'ai vu cette nuit, l'ai-je vu dans un cauchemar ? Ou l'ai-je vu réellement ? Les autres blessés... mes voisins... personne ne s'est réveillé... Pourtant, l'homme... les hommes ont fait du bruit... Ils étaient deux... Ils causaient tout bas... dans le jardin... au-dessous d'une fenêtre... qui était sûrement entrouverte à cause de la chaleur... Et puis, cette fenêtre a été poussée... Pour cela il a fallu qu'un des deux... monte sur les épaules de l'autre. Que voulait-il ? Il a essayé de passer le bras... Mais la fenêtre touchait à la table de nuit... Et alors il a dû retirer sa veste... Malgré tout, la manche de sa chemise est restée accrochée et c'est le bras seul... le bras nu qui a passé... précédé par une main qui cherchait de mon côté... du côté du tiroir... Alors j'ai compris... La médaille se trouvait là... Ah ! comme j'aurais voulu crier ! Mais ma gorge s'étranglait... Et puis autre chose me terrifiait. La main tenait un flacon... Il y avait sur la table un verre d'eau pour moi, avec un médicament à prendre... La main a versé quelques gouttes du flacon dans le verre. Oh! l'horreur!... Du poison, sans doute. Mais je ne prendrai pas ma potion, non, non... Et j'écris cela, ce matin, pour être sûr de me rappeler... J'écris que la main, ensuite, a ouvert le tiroir... Et tandis qu'elle s'emparait de la médaille... je voyais... je voyais sur le bras nu... au-dessus du coude... des mots inscrits... »

Dorothée dut se pencher, tellement l'écriture devenait tremblante, illisible, et c'est avec peine, syllabe par syllabe, qu'elle put déchiffrer :

« Trois mots inscrits... un tatouage... comme les marins... trois mots... Ah! mon Dieu, ces trois mots... les mots de la médaille... *In robore fortuna...* »

C'était tout. La page inachevée n'offrait plus que des signes incohérents, que Dorothée n'essaya même pas d'interpréter.

Longtemps elle se tint courbée, ses yeux à demi clos, laissant couler des pleurs. On sentait que les conditions dans lesquelles, en toute vraisemblance, son père était mort ravivaient son chagrin.

Le comte cependant reprit :

« La fièvre sera revenue... le délire... et, machinalement, il aura bu le poison. Ou du moins l'hypothèse est plausible..., car enfin, qu'est-ce que cette main d'homme aurait versé dans le verre? Mais j'avoue que nous n'avons pas obtenu de certitude à ce propos. D'Estreicher et le père de Raoul, prévenus aussitôt par moi, m'accompagnèrent à Chartres. Malheureusement l'administration, le major et les deux infirmières avaient été changés, de sorte que je me heurtai au document officiel qui attribuait la mort à des complications infectieuses. D'ailleurs devions-nous chercher plus loin? Ce ne fut pas l'opinion de mes deux cousins, ni la mienne. Un crime... comment le prouver? Par ces quelques lignes où un malade raconte le cauchemar qui l'a hanté ? Impossible. N'est-ce pas votre avis, mademoiselle ? »

Dorothée ne répondit pas, ce qui démonta quelque peu M. de Chagny. Il parut se défendre, non sans humeur :

« Mais nous ne le pouvions pas, mademoiselle ! A cause de la guerre, nous nous heurtions à des difficultés sans nombre. C'était impossible ! Nous devions nous en tenir au seul fait qui demeurait acquis et ne pas nous aventurer au-delà de cette chose réelle que je formulerai ainsi : en dehors de nous quatre, de nous trois plutôt, puisque d'Argonne, hélas ! n'était plus, il y avait une quatrième personne qui s'attaquait au problème que nous tâchions de résoudre et qui, même, avait sur nous une avance considérable. Un rival, un ennemi surgissait, capable des pires actions pour atteindre son but. Quel ennemi ?

« Les événements ne permirent pas de nous occuper de cette affaire, et pas davantage de vous retrouver comme nous l'aurions voulu. Deux lettres que j'écrivis à Bar-le-Duc restèrent sans réponse. Les mois s'écoulèrent. Georges Davernoie fut tué à Verdun, d'Estreicher blessé en Artois, et moi-même envoyé en mission à Salonique d'où je ne revins qu'après l'armistice. Dès l'année suivante, les travaux commencèrent ici. L'inauguration avait lieu hier, et c'est aujourd'hui que le hasard vous y amenait.

« Vous comprenez, mademoiselle, quelle fut notre stupéfaction lorsque, coup sur coup, nous apprîmes par vous, d'abord que des fouilles étaient pratiquées à notre insu, ensuite, que le lieu de ces fouilles s'expliquait par le mot *fortuna,* qui précisément complétait l'inscription que votre père avait lue deux fois, sur la médaille d'or et sur le bras de l'homme qui lui avait volé cette médaille. Notre confiance en votre extraordinaire lucidité devenait telle que Mme de Chagny et

Raoul Davernoie voulaient vous mettre au courant de toute cette histoire, et je dois reconnaître que Mme de Chagny faisait preuve d'intuition et de jugement, puisque la confiance que nous éprouvions s'adressait à cette Yolande d'Argonne que son père nous recommandait.

« Il est donc naturel, mademoiselle, que nous vous offrions de collaborer à nos efforts. Vous prenez la place de Jean d'Argonne, comme Raoul Davernoie a pris la place de Georges Davernoie. Notre association continue. »

Une ombre se mêlait au contentement que M. de Chagny ressentait de son discours et de sa proposition magnanime : Dorothée gardait un silence obstiné. Ses yeux regardaient dans le vide. Elle ne bougeait pas. Estimait-elle que le comte ne s'était pas donné beaucoup de peine pour retrouver la fille de son parent d'Argonne et pour la soustraire à la vie qu'elle menait ? Gardait-elle quelque rancune de l'humiliation qu'on lui avait fait subir en l'accusant du vol des boucles d'oreilles ? Mme de Chagny l'interrogea doucement :

« Qu'avez-vous, Dorothée ? Cette lettre vous a tout assombrie. La mort de votre père, n'est-ce pas ?...

— Oui, fit Dorothée, au bout d'un instant et d'une voix sourde... C'est une chose terrible...

— Vous croyez aussi qu'on l'a tué ?...

— Certes. Sans quoi on aurait retrouvé la médaille. D'ailleurs ces quelques pages sont formelles.

— Et, d'après vous, on aurait dû saisir la justice ?

— Je ne sais pas... je ne sais pas... dit la jeune fille.

— Mais si vous pensez ainsi, on peut reprendre l'affaire. Nous vous prêterons notre concours, soyez-en sûre.

— Non, dit-elle. J'agirai seule. Cela vaut mieux. Je découvrirai le coupable, et il sera puni. Je le promets à mon père... Je lui en fais le serment... »

Elle prononça ces mots avec une gravité réfléchie, et en avançant un peu la main.

« Nous vous y aiderons, Dorothée, affirma la comtesse. Car j'espère bien que vous ne partirez pas... Vous êtes ici chez vous. »

Dorothée hocha la tête.

« Vous êtes trop bonne, madame.

— Ce n'est pas de la bonté. C'est de l'affection. Vous avez tout de suite gagné mon cœur, et je vous demande votre amitié.

— Vous l'avez, madame, et tout entière. Mais...

— Comment ! vous refusez ! articula M. de Chagny, d'un ton vexé. Nous offrons à la fille de Jean d'Argonne, notre cousin, de vivre conformément à son nom et à sa naissance, et vous préférez reprendre cette existence misérable !

— Elle n'est pas misérable, je vous assure, monsieur. Mes quatre enfants et moi, nous en avons l'habitude, et leur santé l'exige... »

La comtesse insista :

« Voyons. C'est inadmissible ! Il y a quelque raison secrète.

— Aucune, madame, je vous assure.

— Alors vous allez rester, tout au moins quelques jours, et dès ce soir vous dînez et couchez au château.

— Je vous en prie, madame. Je suis un peu lasse... j'ai besoin d'être seule. »

De fait, elle semblait soudain harassée de fatigue. On n'eût jamais dit qu'un sourire pût animer cette figure morne et contractée.

Mme de Chagny ne s'obstina pas.

« Eh bien, remettons à demain toute décision. Envoyez-nous vos quatre enfants à dîner ce soir. Cela nous fera plaisir de les voir et de les gâter un peu... D'ici demain, vous réfléchirez et si vous persistez, je vous laisserai libre. Nous sommes d'accord, n'est-ce pas ? »

Dorothée s'était levée. Elle se dirigea vers la porte, accompagnée par M. et Mme de Chagny. Mais, au moment de sortir, elle eut une hésitation. Malgré son chagrin, la mystérieuse aventure, qui lui était révélée depuis quelques heures, continuait à la préoccuper pour ainsi dire à son insu, et elle déclara, jetant une première clarté dans les ténèbres :

« Je crois vraiment que toutes les légendes que nos familles se sont transmises correspondent à une réalité. Il doit y avoir quelque part des richesses enterrées ou cachées, et ces richesses seront, un jour ou l'autre, la propriété de celui ou de ceux qui seront possesseurs du talisman que représente cette médaille d'or dont mon père a été dépouillé. Et c'est pourquoi je voudrais savoir si en dehors de mon père, quelqu'un de vous a jamais entendu mêler à ces légendes une médaille d'or ? »

Ce fut Raoul Davernoie qui répondit :

« Je puis vous donner à ce sujet un renseignement, mademoiselle. Il y a une quinzaine de jours, j'ai vu entre les mains de mon grand-père, avec qui j'habite le Manoir-aux-Buttes, en Vendée, une large pièce d'or qu'il examinait, et qu'il a replacée aussitôt dans son écrin avec l'intention évidente de la dissimuler à mes yeux.

— Il ne vous a donné aucune explication ?

— Aucune. Cependant, la veille de mon départ, il m'a dit : "Lorsque tu seras de retour, j'aurai une révélation très grave à te faire. Je n'ai déjà que trop tardé."

— Vous croyez que c'était là une allusion à ce qui nous occupe ?

— Je le crois. Aussi, dès mon arrivée à Roborey, j'ai averti mes cousins de Chagny et d'Estreicher, qui m'ont promis de venir me voir à la fin de juillet, et à qui je ferai part alors de mes découvertes.

— C'est tout ?

— C'est tout, mademoiselle, et il me semble que tout cela confirme bien votre hypothèse ; il y a là un talisman dont il existe sans aucun doute plusieurs exemplaires.

— Oui... oui... sans aucun doute, murmura la jeune fille, et la mort de mon père s'explique par ce fait qu'il était possesseur de ce talisman.

— Mais, objecta Raoul Davernoie, ne suffisait-il pas qu'on le lui dérobât ? Pourquoi ce crime inutile ?

— Parce que la pièce d'or, rappelez-vous, donne certaines indications. En supprimant mon père, on restreignait le nombre de ceux qui, dans un avenir peut-être assez proche, seront appelés au partage des richesses. Qui sait même si d'autres crimes n'ont pas été commis ou ne seront pas commis ?

— D'autres crimes ? En ce cas, mon grand-père court des dangers ?

— Oui, monsieur », fit-elle nettement.

Le comte s'inquiéta, et, affectant de rire :

« Alors, nous aussi, mademoiselle, puisque Roborey offre des traces de fouilles récentes ?

— Vous aussi, monsieur le comte.

— Nous devons donc nous mettre en garde ?

— Je vous le conseille. »

M. de Chagny pâlit et, d'une voix mal assurée :

« Comment ? Par quel moyen ?

— Je vous le dirai demain, déclara Dorothée. Vous saurez demain ce que vous devez craindre et ce que vous devez faire pour vous défendre.

— Vous le promettez ?

— Je le promets. »

D'Estreicher, qui avait suivi attentivement toutes les phases de l'entretien, sans y prendre part, s'avança :

« Nous tenons d'autant plus à ce rendez-vous, mademoiselle, qu'il nous reste à résoudre ensemble un petit problème accessoire, relatif à cette boîte en carton. Vous ne l'avez pas oublié ?

— Je n'oublie rien, monsieur, dit-elle. Demain, à cette heure-là, cette petite chose, et d'autres choses, le vol des boucles d'oreilles entre autres, seront élucidées. »

Elle sortit.

Le jour commençait à baisser. La grille avait été rouverte et, leurs installations une fois défaites, les forains s'en étaient allés. Dorothée retrouva Saint-Quentin qui l'attendait impatiemment, et les trois enfants qui allumaient du feu. Lorsque la cloche du dîner sonna, elle les envoya au château et demeura seule à manger la soupe épaisse et les fruits qui composaient son repas. Le soir, en les attendant, elle s'éloigna dans la nuit, vers le parapet qui dominait le ravin, et sur lequel elle s'appuya de ses deux coudes.

La lune n'était pas visible, mais le voile des petits nuages qui flottaient au ciel s'imprégnait de clarté. Elle écouta longtemps le grand silence et, la tête nue, elle offrait à la fraîcheur du soir son front brûlant et ses cheveux qui palpitaient.

« Dorothée... »

Son nom avait été dit très bas, par quelqu'un qui s'était approché d'elle sans qu'elle l'entendît. Mais le son de cette voix, si assourdi qu'il fût, la fit tressaillir. Avant même de reconnaître la silhouette de d'Estreicher, elle devina sa présence.

Le parapet eût été moins haut et le ravin moins profond qu'elle eût tenté de s'enfuir, tellement cet homme lui faisait peur. Cependant, elle se raidit pour demeurer calme et pour le dominer.

« Que me voulez-vous, monsieur ? dit-elle sèchement. M. et Mme de Chagny ont eu la délicatesse de se prêter à mon désir de repos. Je m'étonne de vous voir ici. »

Il ne répondit pas, mais elle discerna son ombre plus proche, et répéta :

« Que me voulez-vous ?

— Vous dire quelques mots seulement, murmura-t-il.

— Il sera temps demain, au château.

— Non, ce que j'ai à vous dire ne peut être entendu que par vous, et vous pouvez l'entendre, mademoiselle, sans en être offensée, je vous le jure. Malgré l'hostilité incompréhensible que vous m'avez témoignée depuis la première heure, j'éprouve, moi, à votre égard, de l'amitié, de l'admiration, et un grand respect. Ne craignez donc ni mes paroles ni mes actes. Ce n'est pas à la jeune fille jolie et séduisante que vous êtes que je m'adresse, mais à la femme qui, tout ce jour, nous a déconcertés par son intelligence. Ecoutez-moi...

— Non, fit-elle, je ne veux pas. Vos paroles ne peuvent être qu'injurieuses. »

Il reprit plus fortement — et l'on sentait que sa nature s'accommodait mal de la douceur et du respect —, il reprit :

« Ecoutez-moi ! Je vous ordonne de m'écouter... et de me répondre tout de suite. Je ne suis pas pour les grandes phrases et j'irai droit au but, un peu rudement, s'il le faut, au risque de vous choquer. Donc, voici. Le hasard vous jette d'emblée dans une affaire que j'ai tous les titres à considérer comme une affaire qui m'appartient. Autour de nous, il y a des comparses dont je suis très résolu à ne tenir aucun compte quand le moment sera venu. Tous ces gens sont des imbéciles qui n'arriveront à rien. Chagny est un vaniteux ridicule... Davernoie un campagnard... Autant de poids morts que nous allons traîner, vous et moi. Alors, pourquoi travailler pour eux ?... Travaillons pour nous, voulez-vous, pour nous deux ? Vous et moi associés, amis, quelle besogne on ferait ! Mon énergie, mes forces au service de votre intelligence et de votre lucidité ! Et puis... et puis... tout ce que je sais ! Car le problème, je le connais, moi ! Ce que vous mettrez des semaines à trouver, ce que vous ne trouverez sans doute jamais, j'en suis le maître, moi. J'ai tous les éléments de la vérité entre les mains, sauf quelques-uns que je finirai bien par réunir. Aidez-moi, cherchons ensemble, et ce sera la fortune, la découverte des richesses fabuleuses, le pouvoir sans bornes... Voulez-vous... voulez-vous ?... »

Il s'était incliné un peu trop vers la jeune fille, et ses doigts frôlèrent le châle qu'elle portait. Dorothée, qui l'avait écouté en silence pour connaître la pensée secrète de l'adversaire, tressauta d'indignation à ce contact.

« Allez-vous-en... Laissez-moi... Je vous défends de me toucher... Vous, un ami ?... vous ! vous ! »

La répulsion qu'il inspirait à Dorothée le mit hors de lui, et, frémissant de colère, il scanda :

« Ainsi... ainsi... vous refusez ? Vous refusez malgré ce que j'ai surpris, malgré ce que je pourrais faire... et que je vais faire. Car enfin, les boucles d'oreilles volées, ce n'est pas seulement Saint-Quentin. Vous étiez là, dans le ravin, à surveiller son expédition. Et, tantôt, vous l'avez protégé comme un complice. Et la preuve existe, terrible, irréfutable. La boîte est entre les mains de la comtesse. Et vous osez, vous, une voleuse !... »

Il tendait les bras vers elle. Dorothée se baissa, glissa le long du parapet. Mais il put lui saisir les poignets et il l'attirait contre lui, quand il lâcha prise subitement, frappé par un jet de lumière qui l'aveuglait.

Juché sur le parapet, Montfaucon lui envoyait en pleine figure la clarté d'une lampe électrique.

D'Estreicher s'écarta : la clarté le poursuivit, comme une projection habilement braquée.

« Sale gosse ! mâchonna-t-il... Je te repincerai... Et toi aussi, la petite... Si demain, à deux heures, au château, tu ne mets pas les pouces, la boîte sera ouverte en présence des gendarmes. A toi de choisir, gredine. »

Il disparut dans le taillis.

Vers trois heures du matin, le guichet qui, de l'intérieur de la roulotte, donnait sur le siège fut ouvert, comme il l'avait été le matin précédent. Une main passa et secoua Saint-Quentin qui dormait dans ses couvertures.

« Lève-toi. Habille-toi. Pas de bruit. »

Il protesta :

« Dorothée, ce que tu veux faire est absurde.

— Flûte. »

Saint-Quentin obéit.

Dehors, il retrouva Dorothée toute prête. A la lumière de la lune, il vit qu'elle portait en bandoulière une sacoche de toile et un rouleau de corde.

Elle le conduisit jusqu'à l'endroit du parapet qui touchait aux grilles d'entrée. Ils attachèrent la corde à l'un des barreaux et se laissèrent glisser. Puis Saint-Quentin remonta sur l'esplanade et détacha la corde.

Par la rampe, ils descendirent dans le ravin et longèrent la falaise jusqu'à la crevasse que Saint-Quentin avait escaladée la veille.

« Montons, fit Dorothée. Tu dérouleras la corde au fur et à mesure, et tu m'aideras à monter. »

L'ascension ne fut pas très difficile. La fenêtre de l'office était ouverte. Ils entrèrent et Dorothée alluma sa lampe de poche.

« Prends cette petite échelle-là, dans le coin », dit-elle.

Mais Saint-Quentin, de nouveau, raisonna :

« C'est absurde. C'est fou. Nous nous jetons dans la gueule du loup.

— Va toujours.

— Mais enfin, Dorothée... »

Il reçut un coup de poing dans l'estomac.

« Assez. Réponds-moi. Tu es sûr que la chambre

de d'Estreicher est la dernière du couloir à gauche ?

— Sûr. D'après tes instructions, j'ai interrogé les domestiques, sans en avoir l'air, hier soir, après le dîner.

— Et tu as bien versé dans sa tasse de café la poudre que je t'ai donnée ?

— Oui.

— Donc d'Estreicher dort à poings fermés, et nous pouvons y aller carrément. Plus un mot. »

En route, ils s'arrêtèrent devant une petite porte. C'était le cabinet de débarras attenant au boudoir de la comtesse.

Saint-Quentin dressa l'échelle et passa par le vasistas.

Trois minutes plus tard, il revenait.

« Tu as trouvé la boîte en carton ? lui demanda Dorothée.

— Oui, sur la table. J'y ai pris les boucles d'oreilles et j'ai remis la boîte où elle était, avec son caoutchouc. »

Ils continuèrent.

Chaque chambre avait son cabinet de toilette et son débarras qui servait de garde-robe. Ils s'arrêtèrent devant le dernier vasistas. Saint-Quentin l'enjamba, puis ouvrit à Dorothée le cabinet de toilette.

Entre ce cabinet de toilette et la chambre, une porte. Dorothée l'entrebâilla et lança prudemment un jet de lumière.

« Il dort », dit-elle.

De la sacoche, elle tira un large mouchoir, déboucha un petit flacon de chloroforme et versa quelques gouttes sur le mouchoir.

En travers du lit, tout habillé, comme un homme assailli par le sommeil, d'Estreicher dormait si profondément que la jeune fille alluma l'électricité. Puis, d'un geste doux, elle lui posa le linge chloroformé sur la figure.

L'homme soupira, se débattit un peu, puis ne bougea plus.

Avec précaution, Saint-Quentin et Dorothée passèrent chacun de ses bras dans le nœud coulant d'une corde dont ils fixèrent les deux extrémités aux montants du fer de lit. Puis, vivement, sans plus se gêner, ils rabattirent les draps et les couvertures autour des jambes et du buste et nouèrent le tout avec le tapis de la table et les embrasses des rideaux.

Cette fois, d'Estreicher s'était réveillé. Il voulut se défendre. Trop tard. Il appela : Dorothée lui entoura d'une serviette le bas de la figure.

Le lendemain matin, M. et Mme de Chagny prenaient leur café avec Raoul Davernoie dans la grande salle du château, quand le concierge vint les avertir que, au lever du jour, la directrice du cirque Dorothée avait demandé qu'on lui ouvrît la grille et la roulotte s'en était allée. La directrice laissait une lettre adressée au comte de Chagny. Ils montèrent tous trois dans le boudoir de la comtesse. La lettre était ainsi conçue :

« Mon cousin (offusqué, le comte eut un haut-le-corps et reprit) :

« Mon cousin, j'ai fait un serment, et je le tiens. L'homme qui pratiquait les fouilles du château et, la nuit dernière, volait les boucles d'oreilles, est le même qui, il y a cinq ans, a dérobé la médaille et empoisonné mon père.

« Je vous le livre. Que la justice suive son cours...

« Dorothée, princesse d'Argonne. »

M. et Mme de Chagny et leur cousin se regardèrent avec stupeur. Qu'est-ce que cela voulait dire ? Qui était le coupable ? Comment et où l'avait-elle livré ?

« Dommage que d'Estreicher ne soit pas encore

descendu de sa chambre, observa M. de Chagny. Il est de bon conseil. »

La comtesse prit sur la cheminée la boîte en carton que d'Estreicher lui avait confiée et l'ouvrit résolument. La boîte contenait exactement ce qu'avait dit Dorothée : des cailloux blancs et des coquillages. Alors, pourquoi d'Estreicher semblait-il accorder tant d'importance à sa découverte ?

Quelqu'un frappa discrètement à la porte du boudoir. C'était le maître d'hôtel, l'homme de confiance de M. de Chagny.

« Qu'y a-t-il, Dominique ?

— Monsieur le comte, on a pénétré dans le château, cette nuit...

— Impossible ! affirma M. de Chagny d'un ton péremptoire. Les portes sont toujours fermées. Par où serait-on passé ?

— Je ne sais pas. Mais j'ai trouvé une échelle debout dans le couloir, devant l'appartement de M. d'Estreicher, et le vasistas de la garde-robe a été fracturé. Les malfaiteurs ont pénétré dans le cabinet de toilette, et sont repartis par la porte du couloir une fois leur besogne accomplie.

— Quelle besogne ?

— Je ne sais pas, monsieur le comte. Je ne me suis pas permis de pousser plus loin mon enquête. J'ai tout remis en place. »

M. de Chagny tira de sa poche un billet de cent francs.

« Pas un mot de tout cela, Dominique. Surveillez le corridor, pour que personne ne nous dérange. »

Raoul et sa femme le suivirent. La porte entre le cabinet de toilette et la chambre de d'Estreicher était également ouverte. Une odeur de chloroforme emplissait la pièce.

Le comte poussa un cri.

Sur son lit, d'Estreicher était étendu, bâillonné

et solidement attaché. Ses yeux roulaient, furieux. Il gémissait.

A côté de lui, il y avait le cache-nez que Dorothée avait décrit comme appartenant à l'homme qui pratiquait les fouilles.

Sur la table, bien en évidence, les boucles d'oreilles.

Mais quelque chose d'effrayant, de bouleversant, leur apparut à tous trois en même temps, quelque chose qui était la preuve irréfutable du crime commis contre Jean d'Argonne et du vol de la médaille. Le bras droit, nu, pendait le long du lit, attaché par le poignet. Et, sur ce bras, on lisait ces trois mots tatoués : In robore fortuna.

CHAPITRE VI

SUR LES ROUTES

Chaque jour, au pas nonchalant ou au trot paresseux de Pie-Borgne, le cirque Dorothée se déplaça, jouant l'après-midi, et flânant dans ces vieilles villes de France dont la jeune fille goûtait profondément le charme pittoresque : Domfront, Mortain, Avranches, Fougères, Vitré, cités féodales, ceinturées par endroits de leurs fortifications ou hérissées de leurs antiques donjons... Dorothée les visitait avec toute l'émotion d'un être qui comprend et qui s'enthousiasme à l'évocation du passé.

Elle les visita seule, de même qu'elle marchait seule sur les grandes routes, avec un désir si manifeste de se tenir à l'écart que les autres, tout en l'épiant d'un air anxieux et en mendiant un regard de leur maman, ne lui adressaient même pas la parole.

Cela dura une semaine, une bien sombre semaine pour les enfants. Le pâle Saint-Quentin conduisait Pie-Borgne comme il eût conduit le cheval d'un corbillard. Castor et Pollux ne se battaient plus. Quant au capitaine, il se plongeait dans la lecture de ses livres de classe et s'épuisait sur des additions et des soustractions, sachant que Dorothée, maîtresse d'école de la bande, était d'habitude fort sensible à ces crises d'application. Vains efforts. Dorothée pensait à autre chose.

Dès le matin, au premier village traversé, elle achetait un journal, le parcourait des yeux, et le froissait d'un geste irrité, comme si elle n'y eût point trouvé ce qu'elle attendait. Saint-Quentin le ramassait aussitôt et le feuilletait à son tour. Rien. Rien sur le crime qu'elle lui avait raconté en quelques mots. Rien sur l'arrestation de cet abominable d'Estreicher que tous les deux ensemble avaient ficelé sur son lit.

Enfin, le huitième jour, ainsi que le soleil se lève après d'interminables pluies, le sourire apparut. Il n'y avait à cela aucune raison extérieure. C'était la vie qui reprenait. L'esprit de la jeune fille se dégageait du drame lointain où son père avait trouvé la mort. Elle redevenait la Dorothée légère, exubérante et caressante. Castor, Pollux et Montfaucon furent embrassés à pleines joues. Saint-Quentin reçut force bourrades et poignées de main. A la représentation qui eut lieu sous les remparts de Vitré, elle se montra étourdissante de gaieté et de verve. Et, lorsque le public fut parti, elle bouscula ses quatre camarades et les entraîna dans une de ces rondes folles qui étaient pour eux la meilleure des récompenses.

Saint-Quentin pleurait de joie.

« Je croyais que tu ne nous aimais plus, disait-il.

— Pourquoi ne plus vous aimer, mes quatre gosses ?

— Parce que tu es princesse.

— L'étais-je pas avant, imbécile ? »

Et, l'emmenant vers les rues étroites du vieux Vitré, dans le pêle-mêle des maisons de bois bardées d'ardoises grossières, à bâtons rompus et pour la première fois, elle lui parla de ses jeunes années.

Elle avait toujours été heureuse, n'ayant jamais connu l'entrave, la gêne, la discipline, ce qui contrarie le libre instinct et déforme la nature. Désireuse de s'instruire, elle n'avait emprunté aux autres que ce qui lui plaisait de savoir, tirant du bon curé d'Argonne ce qu'il connaissait de latin, et lui laissant son catéchisme, apprenant beaucoup de choses avec le maître d'école, beaucoup d'autres dans les livres qu'on lui prêtait, et bien plus encore près du couple de vieux fermiers auxquels l'abandonnaient ses parents.

« C'est à ceux-là que je dois le plus, dit-elle. Sans eux, je ne saurais pas ce que c'est qu'un oiseau, une plante, un arbre, la signification des choses réelles. »

Saint-Quentin plaisanta :

« Ce n'est pas eux pourtant qui t'ont appris à danser sur la corde raide.

— La danse est en moi. Je tiens cela de ma mère, qui n'était pas du tout une grande dame de théâtre, mais simplement une brave petite danseuse, une "dancing girl" de music-hall et de cirque anglais. »

Bien qu'élevée à l'aventure, privée de guide et de conseils, n'ayant sous les yeux, comme exemple, que la vie frivole de ses parents, elle avait acquis de fortes notions morales, gardait toujours une grande dignité et demeurait sensible aux inquiétudes de la conscience. Ce qui est mal est mal. Pas de transaction là-dessus.

« On n'est heureux, disait-elle, que si on est d'accord avec les braves gens. Moi, je suis une brave fille. »

Longtemps ainsi, elle s'expliqua sur elle-même. Saint-Quentin l'écoutait, bouche béante.

« Mon Dieu ! Où as-tu appris tout cela ? Tu m'étonnes toujours, Dorothée. Et puis comment peux-tu deviner ce que tu devines ? L'autre jour, à Roborey, je n'y ai rien compris, rien de rien !

— Ah ! ça, c'est autre chose, dit-elle. C'est un besoin de combiner, d'organiser, de commander, un besoin d'entreprendre et de réussir. Quand j'étais enfant, je groupais tous les gosses du village et je formais des bandes. On se liguait contre un malfaiteur, on cherchait le mouton ou le canard dérobés à une pauvre femme, ou bien on s'ingéniait à faire des enquêtes. Ah ! les enquêtes, c'était mon fort. Avant que les gendarmes soient prévenus, je débrouillais une affaire, de telle sorte que les paysans des environs venaient consulter la gamine de treize à quatorze ans que j'étais. "Une vraie petite sorcière", disaient-ils. Mon Dieu, non ! tu le sais comme moi, Saint-Quentin, si je joue quelquefois à la voyante et à la cartomancienne, tout ce que je raconte aux gens, je le tire des faits que j'observe et que j'interprète... Et je le tire aussi, je dois le dire, d'une espèce d'intuition qui me montre les choses sous un aspect qui n'apparaît pas tout de suite aux autres. Oui, je vois bien souvent, avant de comprendre. Alors des histoires très compliquées me semblent à moi, du premier coup, très simples et je m'étonne toujours qu'on ne relève pas tel détail qui, cependant, porte en lui toute la vérité. »

Saint-Quentin, subjugué, réfléchissait. Il hocha la tête :

« C'est cela, c'est cela. Rien ne t'échappe, tu penses à tout. Et voilà comment les boucles d'oreilles, au lieu d'avoir été volées par Saint-Quentin, l'ont été par d'Estreicher. Et c'est d'Estreicher, et non pas Saint-Quentin, qui ira en prison, parce que tu l'as voulu ainsi. »

Elle se mit à rire.

« Je l'ai peut-être voulu ainsi. Mais la justice n'a pas l'air de se soumettre à mes volontés. Les journaux ne parlent de rien. Il n'est pas question du drame de Roborey.

— Alors, qu'est devenu ce misérable ?

— Je ne le sais pas.

— Et tu ne pourras pas le savoir ?

— Si, affirma-t-elle.

— Comment ?

— Par Raoul Davernoie.

— Tu vas donc le voir ?

— Je lui ai écrit.

— Où ?

— A Roborey.

— Il t'a répondu ?

— Oui. Un télégramme que j'ai été chercher à la poste avant la représentation.

— Et il nous rejoint ?

— Oui. En quittant Roborey et en retournant chez lui, il doit nous rejoindre à Vitré, vers trois heures. Il est trois heures. »

Ils étaient montés sur un point de la ville d'où l'on découvrait une route qui serpentait parmi des prairies et des bois.

« Tiens, dit-elle. Son auto ne doit pas tarder à paraître... c'est la route...

— Tu crois vraiment ?...

— Je crois vraiment que ce brave jeune homme ne manquera pas l'occasion de me revoir », fit-elle en souriant.

Saint Quentin, toujours un peu jaloux et qui s'inquiétait facilement, soupira :

« Tous ceux avec qui tu parles sont ainsi... aimables... empressés... »

Ils attendirent quelques minutes. Une auto surgit, entre deux haies. Ils allèrent au-devant, ce qui les rapprocha de la roulotte autour de laquelle jouaient les trois gamins.

Un instant passa. L'auto escalada la pente et déboucha d'un tournant, conduite par Raoul Davernoie. S'élançant à sa rencontre et, d'un geste, l'empêchant de descendre, Dorothée lui cria :

« Eh bien, qu'y a-t-il ? Arrêté ?

— Qui ? d'Estreicher ? fit Raoul, un peu interloqué par cet accueil.

— Evidemment, d'Estreicher... On l'a livré, n'est-ce pas ? Il est sous les verrous ?

— Non.

— Alors ? fit Dorothée.

— Il s'est échappé. »

La réponse lui donna un coup.

« D'Estreicher, libre !... libre d'agir !... Ah ! c'est effroyable. »

Et, entre ses dents :

« Mon Dieu... mon Dieu ! pourquoi ne suis-je pas restée ? j'aurais empêché cette évasion... »

Mais les plaintes ne servaient à rien, et Dorothée n'était pas femme à se lamenter longtemps. Sans tarder, elle interrogea le jeune homme :

« Pourquoi êtes-vous resté au château ?

— Précisément... à cause de d'Estreicher.

— Soit. Mais une heure après son évasion, il fallait partir et retourner chez vous.

— Quelle raison ?

— Votre grand-père... je vous ai prévenu à Roborey. »

Raoul Davernoie protesta :

« D'abord, je lui ai écrit de se mettre sur ses gardes, pour des raisons que je lui expliquerai. Et puis, vraiment, le danger qu'il court est un peu problématique.

— Comment ! Il est possesseur de cet indispensable talisman qu'est la médaille d'or. D'Estreicher le sait. Et vous ne croyez pas au danger ?

— Mais ce talisman, d'Estreicher en est aussi possesseur puisque, le jour où il a tué votre père, il lui a dérobé la médaille d'or. »

La jeune fille s'était plantée devant la portière, et tenait la poignée pour empêcher Raoul d'ouvrir. Et, d'un ton pressant, elle lui dit :

« Partez, je vous en prie. Certes, je ne comprends pas toute l'aventure. D'Estreicher, possesseur de la médaille, essaie-t-il d'en voler une seconde ? Celle qu'il a prise à mon père lui a-t-elle été reprise par un complice ? Je n'en sais encore rien. Mais j'ai la certitude que désormais, le véritable terrain de la lutte est là-bas, chez vous. A tel point que je m'y rendais également. Oui, tenez, voici la carte routière. Le Manoir-aux-Buttes, près de Clisson... encore cent cinquante kilomètres. Huit étapes pour la roulotte. Allez-y, vous arriverez ce soir. J'y serai, moi, dans huit jours. »

Il se laissait faire, dominé par elle.

« Peut-être avez-vous raison. J'aurais dû penser à tout cela. D'autant plus que mon grand-père est seul, ce soir.

— Seul ?

— Oui. Tous les domestiques sont en fête. L'un d'eux se marie au village voisin. »

Elle sursauta.

« D'Estreicher est au courant ?

— Je le crois. Il me semble bien avoir parlé de cette fête devant lui durant mon séjour à Roborey.

— Et quand a-t-il pris la fuite ?

— Avant-hier.

— Ainsi, depuis avant-hier ? »

Elle n'acheva pas. Se précipitant vers la roulotte, elle ressortit presque aussitôt avec une petite valise et un vêtement.

« Je pars, dit-elle. Je vous accompagne. Il n'y a pas un instant à perdre. »

Elle remit elle-même le moteur en marche, tout en donnant des ordres :

« Saint-Quentin, je te confie la roulotte et les trois gosses. Dirige-toi d'après la ligne rouge que j'ai marquée sur la carte. Double les étapes, pas de représentations. En cinq jours tu peux être là-bas. »

Elle prit place à côté de Davernoie. L'auto démarrait déjà quand elle cueillit le capitaine qui lui tendait les bras. Elle le jeta dans l'encombrement des paquets et des sacs à l'arrière de la voiture.

« Là... ne bouge pas... Au revoir, Saint-Quentin. Castor et Pollux, défense de se battre. »

Un dernier adieu de la main.

Toute la scène n'avait pas duré trois minutes.

L'auto de Raoul Davernoie était un peu ce qu'on appelle communément un « tacot ». Aussi l'allure ne fut-elle pas bien rapide, et Raoul, très heureux d'emmener cette délicieuse créature, qui était sa cousine, et avec qui les événements le mettaient d'un coup en rapports si étroits, Raoul put-il lui raconter par le menu ce qui s'était passé, la façon dont on avait retrouvé d'Estreicher, et les incidents de sa captivité.

« Ce qui l'a sauvé, dit-il, ce fut une blessure assez profonde qu'il se fit, le premier jour, à la tête, contre le fer du lit, en se débattant dans ses cordes. Il perdit beaucoup de sang. La fièvre se déclara, et mon cousin de Chagny, dont vous avez dû voir la nature timorée, nous dit aussitôt :

"Cela nous donne le temps.

— Le temps de quoi ? lui demandai-je.

— De réfléchir. Vous comprenez bien que tout cela va causer un scandale inouï, et que, pour l'honneur de nos familles, on pourrait peut-être l'éviter."

« Je m'oposai à tout délai. Je voulais qu'on téléphonât aussitôt à la gendarmerie. Mais Chagny était chez lui, n'est-ce pas ? et les jours s'écoulèrent dans l'attente d'une décision qu'il ne se résignait pas à prendre. D'ailleurs, le prisonnier semblait si faible ! Comment se défier d'un malade ? »

Dorothée demanda :

« Mais quelles explications donnait-il de sa conduite ?

— Aucune, pour ce motif qu'on ne l'interrogea pas.

— Il ne parla pas de moi ? Il n'essaya pas de m'accuser ?

— Non. Il jouait son rôle d'homme épuisé par la fièvre et par la douleur. Pendant ce temps, Chagny écrivait à Paris pour avoir des renseignements sur lui, car, somme toute, ses relations avec son cousin ne remontaient pas au-delà de 1915. Il y a trois jours, on reçut un télégramme :

« *Personnage extrêmement dangereux, recherché par la police. Lettre suit.*

« Du coup, Chagny se décida et, avant-hier matin, téléphona à la gendarmerie. Quand le brigadier arriva, il était trop tard. D'Estreicher avait pris la fuite par la fenêtre d'un office qui donne sur le ravin.

— Alors, les renseignements ?

— Très graves. Antoine d'Estreicher, jadis officier de marine, a été rayé des cadres pour vol qualifié. Plus tard, poursuivi comme complice dans une affaire de meurtre, il fut relâché faute de preuves. Au début de la guerre, il déserta. On a la preuve aujourd'hui — et une instruction est ouverte depuis quinze jours — que, durant la guerre, il a emprunté la personnalité d'un de ses parents, mort depuis plusieurs années, et c'est sous son nouveau nom de Maxime d'Estreicher qu'il est actuellement recherché par la police. »

Dorothée haussa les épaules.

« Quel dommage ! Un pareil bandit ! On l'avait sous la main, et on le laisse échapper !

— Nous le retrouverons.

— Oui, mais pourvu qu'il ne soit pas trop tard ! »

Raoul pressa l'allure. Ils filaient assez vite, traversant les villages sans ralentir et sautant sur les pavés des villes. La nuit s'annonçait quand ils arrivèrent à Nantes où ils devaient s'arrêter pour acheter de l'essence.

« Encore une heure », dit Raoul.

En route, elle se fit expliquer la topographie exacte du Manoir-aux-Buttes, la direction du chemin qui conduisait, par le verger, jusqu'au logis, l'emplacement du vestibule et de l'escalier. Et, de même, il dut donner des détails sur les habitudes de son grand-père, sur l'âge du vieillard (il avait soixante-quinze ans), sur son chien, Goliath (un molosse, terrible à voir, aux aboiements furieux, mais inoffensif et incapable de défendre son maître).

Au gros bourg de Clisson, on entrait dans la Vendée. Raoul eût voulu faire un détour et passer par le village où se trouvaient les domestiques. On eût ramené les deux valets de ferme. Dorothée s'y opposa.

« Mais enfin, s'écria-t-il, que craignez-vous ?

— Tout, répondit-elle. Tout, de cet homme-là. Nous n'avons pas le droit de perdre une minute. »

On quitta la grande route, et on s'engagea dans un chemin de campagne qui était plutôt une piste aux ornières profondes.

« C'est là-bas, dit-il. Il y a de la lumière à la fenêtre de la chambre. »

Presque aussitôt, il s'arrêta et sauta de la voiture. Un portail à tourelles, vestige d'une époque reculée, s'érigeait entre les hauts murs qui ceignaient le domaine. La porte était fermée. Tandis que Raoul s'occupait de l'ouvrir, ils perçurent, dominant le bruit assourdi du moteur, les aboiements du chien. D'après la nature de ce bruit, Raoul déclara que Goliath n'était pas à l'intérieur du Manoir, mais dehors, au pied du perron, et qu'il aboyait devant la maison close.

« Eh bien, lui cria Dorothée, vous n'ouvrez pas ? »

Il revint en hâte.

« C'est très inquiétant. On a mis le verrou, et on a tourné la clef dans la serrure.

— Ce n'est pas l'habitude ?

— Jamais. C'est quelqu'un d'étranger qui a fait cela... et puis vous entendez les aboiements ?

— Alors ?

— Il y a une autre porte à deux cents mètres.

— Et si elle est fermée ? Non, il faut agir tout de suite. »

Elle se mit au volant et dirigea l'auto de manière à la placer le long du mur, un peu plus loin à droite du portail. Là, elle monta debout sur le siège, après avoir rangé les uns au-dessus des autres les quatre coussins de cuir.

« Montfaucon ? » appela-t-elle.

Le capitaine avait compris. Quelques mouvements lui suffirent pour s'installer d'abord à genoux, puis debout sur les épaules de Dorothée. Ses mains atteignaient ainsi le faîte du mur.

Il s'y cramponna et se hissa, aidé par Dorothée. Quand il fut à califourchon, Raoul lui jeta une corde qu'il attacha autour de sa taille, et dont la jeune fille garda l'une des extrémités. En quelques secondes, l'enfant toucha terre et Raoul n'avait pas encore regagné le portail que la clef grinçait et que les verrous étaient tirés.

Raoul s'élança dans le verger.

Dorothée, qui le suivait, dit à Montfaucon :

« Tu feras le tour de la maison et si tu vois une échelle appuyée contre le mur, jette-la bas. »

Ils trouvèrent en effet, devant le perron, Goliath, qui grattait de ses pattes la porte close. On le fit taire et, dans le silence, ils entendirent, au-dessus d'eux, un bruit de lutte et de plaintes.

Rapidement, pour effrayer l'agresseur, le jeune homme tira un coup de revolver. Puis, avec sa clef, il ouvrit, et ils montèrent l'escalier en toute hâte.

Dans une des chambres de devant, qui était

éclairée par deux lampes, le grand-père de Raoul, étendu, la face au parquet, se convulsait en poussant de petits cris rauques.

Raoul se précipita à genoux, tandis que Dorothée, prenant une des lampes, courait dans une chambre située de l'autre côté du couloir, et dont elle avait aperçu la porte ouverte.

Cette chambre était vide. A la fenêtre, on voyait dépasser les bras d'une échelle.

Dorothée se pencha :

« Montfaucon !

— Je suis là, maman, répondit l'enfant.

— Tu as vu quelqu'un descendre et s'enfuir ?

— De loin, maman, comme je débouchais.

— Tu as reconnu l'homme ?

— L'homme était deux, maman.

— Ah ! il y en avait deux ?

— Oui... un autre... et puis le vilain monsieur... »

Le grand-père de Raoul n'était pas mort, et n'était même pas en danger de mort. On pouvait croire, d'après certains détails de la lutte, que d'Estreicher avait tenté, par des menaces et par des violences, de contraindre le vieillard à révéler ce qu'il savait et, sans doute, à livrer la pièce d'or. En particulier le cou portait les traces des doigts qui s'y étaient agrippés. Le bandit et son complice avaient-ils réussi au dernier moment ?

Les domestiques ne tardèrent pas à rentrer. Le médecin, prévenu, déclara qu'il n'y avait aucune complication à craindre. Mais, au cours de la journée, on constata que le vieillard ne répondait pas aux questions, semblait ne pas entendre, et ne s'exprimait que par des balbutiements incompréhensibles.

La commotion, la peur, la souffrance... il était fou.

CHAPITRE VII

LA DATE APPROCHE

Dans le pays plat où gît, sous la verdure, le Manoir-aux-Buttes, une gorge profonde, creusée par la rivière la Maine, enserre comme une boucle les prairies, les vergers et les bâtiments du Manoir. Des monticules, bossués de rocs et couverts de sapins, se dressent en hémicycle à l'intérieur de la propriété, et une dérivation de la Maine, coupant la boucle et isolant les Buttes, a formé un gracieux étang, qui reflète les pierres sombres, les briques roses et les ardoises de l'antique logis.

Aujourd'hui, c'est une ferme plutôt. Une partie du rez-de-chaussée abrite des celliers et des granges, témoignages d'une exploitation plus vaste, florissante jadis, mais très déchue depuis que s'en occupait le grand-père de Raoul.

Le vieux baron, comme on l'appelait — il avait droit au titre et à la particule, le domaine, avant la Révolution, constituant la baronnie d'Avernoie —, le vieux baron, grand chasseur et grand buveur, bel homme, aimant les femmes, se souciait fort peu de travailler, et son fils, le père de Raoul, avait hérité de ces habitudes insouciantes.

« J'ai fait ce que j'ai pu, une fois démobilisé, confia Raoul à la jeune fille, pour remonter le courant et ramener le bien-être ici. Mais que voulez-vous ? mon père et mon grand-père ont vécu sur cette idée, qui résulte évidemment de la légende que vous connaissez : "Un jour ou l'autre, nous serons riches. Alors pourquoi se gêner ?" Et ils ne se sont pas gênés. Actuellement nous sommes entre les mains d'un usurier qui a racheté toutes nos créances et je viens d'apprendre que, durant mon séjour à Roborey, mon grand-père a signé un contrat de vente qui permet à cet usurier de nous mettre à la porte dans six semaines ! »

C'était, lui, un garçon courageux, un peu lourd d'esprit, un peu embarrassé de manières, mais de nature droite, sérieuse et réfléchie. Tout de suite la grâce de Dorothée l'avait conquis, et, malgré une timidité invincible qui lui avait toujours interdit de traduire en paroles ses sentiments les plus vifs, il ne cachait ni son admiration ni son trouble. Tout ce qu'elle ordonnait était chose accomplie.

D'après ses conseils, il raconta l'agression dont son grand-père avait été victime et déposa une plainte contre inconnu. Autour de lui, il parla ouvertement de la fortune qu'il escomptait à brève échéance, et des recherches entreprises pour trouver une médaille d'or dont la possession était la condition première de réussite. Enfin, sans révéler le nom exact de Dorothée, il ne dissimula pas sa parenté lointaine avec elle, et les raisons qui attiraient la jeune fille au Manoir.

Trois jours après, Saint-Quentin, ayant exigé de Pie-Borgne des étapes doubles, arriva en compagnie de Castor et de Pollux. Dorothée n'accepta point d'autre domicile que sa chère roulotte, laquelle fut installée au centre de la cour, et la vie recommença entre les cinq camarades, vie heureuse et nonchalante. Castor et Pollux se battaient avec moins de vigueur. Saint-Quentin pêchait dans l'étang. Le capitaine, toujours très important, avait pris sous sa garde le vieux baron et lui racontait ainsi qu'à Goliath d'interminables histoires.

Quant à Dorothée, elle observait. On la sentait mystérieuse, jalouse de ses réflexions et de ses procédés. Elle passait des heures à jouer avec ses camarades ou à diriger leurs exercices. Puis, les yeux fixés sur le vieux baron qui, accompagné de son chien fidèle, les jambes vacillantes et le regard inerte, allait s'adosser à un arbre du verger, elle épiait tout ce qui pouvait être chez lui manifestation de l'instinct ou survivance du passé.

Plusieurs jours de suite, elle vécut dans une soupente du grenier où il y avait quelques rayons de bibliothèque, et, sur ces rayons, des paperasses, des dossiers et des brochures imprimées au siècle dernier, histoires de la région, rapports communaux, archives de paroisse.

« Eh bien, demandait Raoul en riant, nous avançons ? J'ai l'impression que vos yeux commencent à mieux voir.

— Peut-être... je ne dis pas non... »

Les yeux de Dorothée ! Dans cet ensemble de jolies choses qui composaient son visage, c'était à cela surtout que l'on s'attachait. Raoul ne voyait plus qu'à travers eux, et ne s'intéressait plus guère qu'à ce qu'ils exprimaient. Et peut-être Dorothée se laissait-elle contempler avec une certaine satisfaction. L'amour de ce grand garçon timide la touchait par son respect, elle qui n'avait connu jusqu'ici que l'hommage brutal de la convoitise.

Un jour elle le fit monter dans une petite barque amarrée au bord du lac et, la laissant glisser au fil du courant, elle lui dit :

« Nous approchons.

— De quoi ? fit-il tout agité.

— De la date que tant de choses annoncent depuis si longtemps !

— Vous croyez ?

— Je crois, Raoul, que vous ne vous êtes pas trompé le jour où vous avez vu entre les mains du baron cette médaille d'or dans laquelle semblent se résumer toutes les traditions de famille. Malheureusement le pauvre homme a perdu la raison avant que vous soyez mis au courant, et le fil qui reliait le passé à l'avenir a été rompu.

— Alors qu'espérez-vous, si on ne retrouve pas cette médaille ? Nous avons cherché partout, dans sa chambre, dans ses vêtements, dans la maison, dans les vergers. Rien.

— Il ne se peut pas qu'il garde le mot de l'énigme, dit-elle. Si sa raison est morte, ses instincts survivent. Et quel instinct que celui qui est formé par des siècles ! Sans doute a-t-il mis la pièce à portée de sa main ou de ses yeux : à l'heure voulue, un geste inconscient nous révélera la vérité. »

Raoul objecta :

« Et si d'Estreicher lui a pris la médaille ?

— Non, car alors nous n'aurions pas entendu le bruit de la lutte. Votre grand-père a résisté jusqu'au bout, et c'est notre venue seule qui a mis d'Estreicher en fuite.

— Ah ! ce bandit, s'écria Raoul, si je le tenais ! »

La barque glissait doucement. Dorothée fit, à voix très basse et sans bouger :

« Silence ! Il nous écoute.

— Hein ? Que dites-vous ?

— Je dis qu'il est là, et qu'il ne perd pas une de nos paroles. »

Raoul était stupéfait.

« Voyons, voyons, que signifie ? Vous l'apercevez ?...

— Non, mais je le devine, et, lui, il nous aperçoit.

— De quel endroit ?

— D'un endroit situé dans les Buttes. J'ai toujours pensé que ce nom de Manoir-aux-Buttes faisait allusion à quelque retraite impénétrable, et j'en ai découvert la preuve dans un vieux livre, qui parle précisément d'une retraite où les Vendéens se terraient et que l'on place aux environs de Tiffauges et de Clisson.

— Mais comment la connaîtrait-il ?

— Rappelez-vous que, le jour de l'agression, votre grand-père était seul ou se croyait seul. Se promenant dans les Buttes, il aura démasqué l'une des issues. Or d'Estreicher l'épiait. Et depuis, le misérable se sert de ce refuge. Regardez le terrain, tout bossué et raviné. A droite, à gauche, de tous côtés, il y a place, dans le roc, pour des sortes d'observatoires d'où l'on peut tout voir et tout entendre de ce qui se passe en dessous, dans les limites du domaine. D'Estreicher est là.

— Qu'y fait-il ?

— Il cherche, affirma-t-elle, et, plus encore, il surveille mes recherches. Lui aussi (bien que je n'en puisse deviner exactement la raison) il veut la pièce d'or. Et il craint que je ne le devance. »

Raoul prononça :

« Mais il faut avertir la police !

— Pas encore. Le terrier doit avoir plusieurs issues dont quelques-unes, peut-être, passent sous la rivière. Si on donne l'éveil au bandit, il s'échappe.

— Alors, votre plan ?

— Le faire sortir de ce terrier et le prendre au piège.

— Comment ? Quand ?

— Le plus tôt possible. J'ai vu l'usurier, le sieur Voirin, et il m'a montré l'acte de vente. Si le 31 juillet, à 17 heures, le sieur Voirin qui, toute sa vie, a désiré acquérir le Manoir-aux-Buttes, n'a pas reçu la somme de trois cent mille francs en espèces ou en titres sur l'Etat, le Manoir lui appartiendra.

— Je sais, fit Raoul, et comme il n'y a aucune raison pour qu'en un mois je devienne riche...

— Si, il y a une raison, celle qui a toujours soutenu votre grand-père. "Voirin, ne vous réjouissez pas, a-t-il dit. A la date du 31 juillet, je vous paierai rubis sur l'ongle." Raoul, c'est la première fois que nous sommes en face d'une précision. Jusqu'ici des mots, une tradition confuse. Aujourd'hui, un fait. Un fait qui prouve que, d'après votre grand-père, toutes les légendes qui tournent autour de ces richesses promises aboutissent rigoureusement à un jour quelconque du mois de juillet. »

La barque touchait le rivage. Dorothée sauta légèrement et s'écria, sans crainte d'être entendue :

« Raoul, nous sommes le 27 juin. Dans quelques semaines, vous serez riche. Moi aussi. Et d'Estreicher sera pendu haut et court, ainsi que je le lui ai prédit. »

A la fin de cette même journée, la nuit commençant à tomber, la jeune fille se glissa hors du Manoir et gagna furtivement un chemin bordé de haies très hautes, qui la conduisit, en une heure, devant un petit jardin au fond duquel brillait une lumière.

Les investigations particulières de Dorothée lui avaient révélé le nom d'une vieille dame, Juliette Azire, que la rumeur publique désignait comme une des anciennes amies du baron. Avant de tomber malade, le baron lui rendait encore visite, bien qu'elle fût sourde, mal portante, et d'esprit un peu faible. De plus, d'après une indiscrétion de la bonne qui la servait et que Saint-Quentin avait interrogée, Juliette Azire possédait une médaille du même genre de celle que l'on cherchait au Manoir.

L'idée de la jeune fille était de profiter d'une absence que faisait la bonne une fois par semaine pour frapper à la porte et interroger tout droit Juliette Azire. Mais le hasard en décida autrement. La serrure n'était pas fermée à clef et, lorsque Dorothée eut franchi le seuil de la salle basse et confortable où se tenait la vieille dame, elle s'aperçut qu'elle dormait sous la lumière de sa lampe, la tête baissée sur le canevas qu'elle était en train de broder.

« Si je cherchais ? pensa Dorothée. A quoi bon lui poser des questions auxquelles elle ne répondrait sans doute pas ! »

Elle regarda autour d'elle, examina les gravures

accrochées au mur, la pendule sous son globe de verre, les candélabres.

Plus loin un escalier conduisait aux chambres. Elle s'y dirigeait lorsqu'un grincement se produisit du côté de la porte. Et, tout de suite, bien qu'elle n'eût aucun indice, elle fut certaine que d'Estreicher allait apparaître. Peut-être l'avait-il suivie ? Peut-être l'avait-il attirée là, par un ensemble de machinations... Elle eut peur et ne songea qu'à la fuite. L'escalier ? Les chambres du premier étage ? Elle n'avait pas le temps. Près d'elle, il y avait une porte vitrée, sans doute celle qui menait à la cuisine, et, de là, à quelque issue par où elle pourrait se sauver.

Elle entra, et aussitôt s'avisa de son erreur. C'était un cabinet obscur, un placard plutôt, contre les planches duquel il lui fallut s'aplatir pour que le battant pût être fermé. Elle se trouvait prisonnière.

En même temps, très doucement, la porte principale était poussée. Deux hommes s'introduisirent avec précaution, et l'un d'eux souffla au bout d'un moment :

« La vieille dort. »

A travers les vitres que recouvrait un morceau d'étoffe déchiré, Dorothée reconnut aisément d'Estreicher, malgré son col relevé et sa casquette dont les ailes rabattues se nouaient au-dessous du menton. Son complice également enfouissait dans un cache-nez la moitié de son visage.

« Ce que t'en fais des bêtises pour cette donzelle ! dit celui-ci.

— Des bêtises, non, grogna d'Estreicher. Je la surveille, voilà tout.

— Allons donc, t'es toujours dans son ombre. T'en perds la tête... jusqu'au jour où elle te la fera perdre pour de bon.

— Je ne dis pas non. Elle y a déjà presque réussi à Roborey. Mais j'ai besoin d'elle.

— Pourquoi ?

— Pour la médaille. Elle seule est capable de mettre la main dessus.

— Pas ici, en tout cas. Voilà deux fois qu'on fouille la maison.

— Mal, sans doute, puisque voilà qu'elle y vient, elle aussi. Quand nous l'avons aperçue, elle se dirigeait de ce côté. Elle aura eu vent du bavardage de la bonne, et elle aura choisi le jour où la vieille était seule.

— Ah ! tu y tiens, à ta mijaurée !

— Si j'y tiens, articula d'Estreicher sourdement. Qu'elle me tombe entre les griffes, et je te jure que la belle ne l'oubliera pas de sitôt ! »

Dorothée frémit. Il y avait dans l'accent de cet homme à la fois une haine et une violence de désir, qui l'épouvantaient.

Il se taisait maintenant, posté derrière la porte, l'oreille aux aguets.

Quelques minutes s'écoulèrent. Juliette Azire dormait toujours, la tête de plus en plus inclinée sur son ouvrage.

A la fin d'Estreicher murmura :

« Elle ne viendra pas. Elle aura changé d'idée en cours de route.

— Eh bien, décampons, proposa le complice.

— Non.

— T'as une idée ?

— Une volonté... Découvrir la médaille.

— Mais puisque, deux fois déjà...

— On s'y est mal pris. Il faut changer de procédé. Tant pis pour la vieille ! »

Il frappa du poing sur la table, au risque de réveiller Juliette Azire.

« Enfin quoi, c'est trop bête ! La bonne l'a bien dit : "Il y a une médaille dans la maison, quelque chose comme on en cherche une au Manoir." Alors, profitons de l'occasion, hein ? Ce qui n'a pas réussi avec le baron peut réussir aujourd'hui.

— Comment! tu voudrais?...

— La faire parler, oui, comme on a essayé de faire parler le baron. Seulement, c'est une femme, elle. »

D'Estreicher avait enlevé sa casquette. Son visage mauvais exprimait une cruauté sauvage. Il marcha vers la porte, dont il ferma la serrure à double tour, et dont il mit la clef dans sa poche. Puis il revint jusqu'au fauteuil où la bonne femme dormait, la considéra un moment, et soudain, s'abattit sur elle, l'étreignit à la gorge, et la renversa contre le dossier.

Le complice ricana.

« T'as pas besoin de te donner tant de peine! Si tu serres trop, tu vas la tuer, la malheureuse! »

D'Estreicher ouvrit un peu les doigts. La vieille écarquillait les yeux et gémissait faiblement.

« Parle, ordonna d'Estreicher. Le baron t'a confié une médaille. Où l'as-tu mise? »

Juliette Azire ne comprenait pas bien ce qui lui arrivait. Elle se débattit. Exaspéré, il la secoua.

« Vas-tu bavarder, hein? Où est la médaille, celle de ton ancien amoureux? Il te l'a remise, hein? Ne dis pas non, vieille carcasse. Ta bonne le raconte à qui veut l'entendre. Allons, parle. Sans quoi... »

Il ramassa sur les dalles du foyer un des chenets de fer à boule de cuivre, et le brandit en criant :

« Un... deux... trois... A vingt, je te casse la tête! »

CHAPITRE VIII

SUR LE FIL DE FER

Le battant derrière lequel s'abritait Dorothée fermait mal. L'ayant poussé doucement, elle vit et entendit toute la scène, bien que la figure de Juliette Azire lui demeurât cachée. La menace du bandit ne l'inquiéta pas beaucoup, car elle savait qu'il ne l'exécuterait pas. Et, de fait, d'Estreicher compta jusqu'à vingt sans que la vieille soufflât mot. Mais cette résistance redoubla sa fureur au point que, ayant rejeté la masse de fer, il saisit la main de Juliette Azire et la tordit violemment. Juliette Azire hurla de douleur.

« Ah ! Ah ! fit-il, tu commences à comprendre, et tu vas peut-être répondre... Où est la médaille ?... »

Elle se tut.

Il donna un nouvel effort.

La vieille tomba à genoux et le supplia avec des mots incohérents.

« Parle ! parle ! cria-t-il. Je tournerai jusqu'à ce que tu parles... »

Elle bredouilla quelques syllabes.

« Qu'est-ce que tu dis ? prononce mieux, hein ! Faut-il que je tourne encore ?

— Non... non... implora-t-elle. Voilà... C'est au Manoir... dans la rivière...

— Dans la rivière ? Quelle blague ! Vous auriez jeté ça dans la rivière ? Tu te fiches de moi, hein ? »

Il la tenait sous lui, un genou sur la poitrine de la malheureuse, et leurs deux mains crispées l'une autour de l'autre. De son poste, Dorothée les voyait avec horreur, impuissante en face de ces deux hommes, et ne pouvant néanmoins se résigner à l'inaction.

« Alors, je tourne, hein ? grondait le bandit. Tu aimes mieux ça que de parler ?... Je tourne ? »

Il eut un mouvement brusque qui arracha un cri à Juliette Azire. Et tout à coup elle se souleva, montra son visage convulsé de terreur, agita les lèvres, et réussit à bégayer :

« Le placard... le placard... les dalles... »

La phrase ne fut pas achevée, bien que la bouche continuât à remuer nerveusement, mais il arriva ceci d'étrange que l'effroyable visage se calma peu à peu, prit une sérénité inconcevable, devint heureux, souriant, et que, tout à coup, Juliette Azire éclata de rire. Elle ne sentait plus la torture de son poignet meurtri, et elle riait doucement, sans soubresaut, avec une expression de béatitude.

Elle était folle.

« T'as pas de chance, plaisanta le complice. Dès que tu veux faire chanter les gens, c'est un couac qui se produit. Le baron, loufoque. Sa bonne amie, folle. Tu vas bien. »

Exaspéré, d'Estreicher repoussa la vieille, qui trébucha et alla tomber en tournoyant derrière un fauteuil et tout contre Dorothée, et il s'exclama rageusement :

« Pas de chance, tu l'as dit. Mais, cette fois, il y a peut-être un filon. Avant que son cerveau claque, elle a parlé d'un placard et de dalles. Lequel ? Celui-ci ou celui-là ? Les deux sont pavés de dalles. »

Il désignait alternativement l'espèce de cabinet où Dorothée se dissimulait, et une armoire située à gauche de la cheminée.

« Je commence par cette armoire. Occupe-toi de l'autre... dit-il. Ou plutôt non... tiens, aide-moi, et finissons-en avec celle-ci. »

Il s'accroupit près de la cheminée, ouvrit le battant de l'armoire, et, avec un tison de fer, attaqua l'une des rainures entre les dalles que le complice essayait de soulever.

Dorothée n'hésita pas. Elle savait qu'ils allaient

venir vers son placard et qu'elle était perdue si elle ne prenait pas la fuite. La vieille, étendue à côté d'elle, exhalait de petits rires qui s'éteignaient peu à peu tandis que les hommes travaillaient.

A l'abri du fauteuil, et sans le moindre bruit, Dorothée tendit le bras, détacha le bonnet de dentelles qui recouvrait les cheveux de Juliette Azire et le mit sur sa tête. Ensuite, elle prit les lunettes, puis tira le fichu, s'enveloppa les épaules, et réussit à cacher sa taille et sa jupe dans un large tablier de serge noire. Juliette, à ce moment, se taisant, ce fut au tour de Dorothée d'exhaler le même petit rire égal et joyeux. Les deux hommes redoublaient d'efforts. Elle se leva, et, courbée comme une vieille, trottina, tout en riant, à travers la pièce.

D'Estreicher grogna :

« Qu'est-ce qu'elle fait, la folle ? Qu'elle ne s'en aille pas, hein ?

— Comment s'en irait-elle ? observa le complice. T'as la clef en poche.

— La fenêtre ?

— Beaucoup trop haute, et puis quoi, elle n'a pas du tout envie de quitter sa chaumière. »

La jeune fille s'arrêta devant la croisée dont le rebord, très élevé, se trouvait à la hauteur de ses yeux. Les volets n'étaient pas clos. D'un geste lent, elle réussit à tourner l'espagnolette. Là elle fit une pause. Elle savait que, aussitôt ouverte, la croisée laisserait s'engouffrer l'air et les bruits du dehors, ce qui donnerait l'éveil aux complices. En quelques secondes, elle calcula donc et décomposa les mouvements qu'elle devait accomplir. Sûre d'elle, et se fiant à son extraordinaire agilité, elle regarda du côté de ses ennemis, puis rapidement, sans une erreur de tactique, sans une hésitation, elle ouvrit toute grande la croisée, bondit sur le rebord et sauta dans le jardin.

Deux cris derrière elle, des exclamations

furieuses. Mais il fallait aux hommes le temps de comprendre, d'examiner, de heurter le corps de la véritable Juliette... La jeune fille en profita. Trop habile pour filer par le jardin et par la barrière, elle contourna la maison, franchit un talus, s'écorcha aux ronces d'une haie, et sortit dans la campagne.

A ce moment des coups de feu retentirent. D'Estreicher et son camarade tiraient au hasard sur des ombres confuses...

Lorsque Dorothée eut rejoint Raoul et les enfants qui, anxieux de son absence, l'attendaient aux abords de la roulotte, et qu'elle eut raconté sommairement son expédition, elle conclut :

« Maintenant, il s'agit d'en finir. Dans une semaine exactement, la partie définitive se jouera. »

Ces quelques jours furent très doux aux deux jeunes gens. Tout en demeurant sur la réserve, Raoul s'enhardissait à causer, et montrait mieux le fond de sa nature à la fois grave et passionnée. Dorothée s'abandonnait avec une certaine joie à cet amour dont elle sentait toute la sincérité. Fort inquiets, Saint-Quentin et ses camarades manifestaient de la mauvaise humeur.

Le capitaine hochait la tête.

« Dorothée, je crois que j'aime encore moins celui-là que le vilain monsieur, et si tu m'écoutais...

— Que ferions-nous, mon petit ?...

— On attellerait "Pie-Borne" et on décamperait.

— Et le trésor ? car tu sais que nous cherchons un trésor.

— Le trésor, c'est toi, maman. Et j'ai peur qu'on nous le prenne.

— Sois tranquille, mon gosse. Mes quatre enfants passeront toujours avant tout. »

Mais les quatre enfants n'étaient pas tranquilles. Le sentiment d'un danger pesait sur eux. On respirait, dans cet enclos, entre les murs du Manoir-aux-Buttes, une atmosphère lourde qui les troublait. Le danger provenait certes de Raoul, mais aussi d'autre chose, qui prenait corps peu à peu dans leur esprit, car, deux fois, ils virent une silhouette se glisser le soir parmi les fourrés des Buttes.

Le 30 juin, elle pria Raoul de donner congé à tout son personnel pour le lendemain, qui était un jour de grande fête religieuse au bourg de Clisson. Trois des domestiques choisis parmi les plus solides et armés de fusils auraient l'ordre de revenir furtivement à quatre heures de l'après-midi, et de se grouper à proximité d'une petite auberge, l'auberge Masson, située à cinq cents mètres du Manoir.

Le lendemain, Dorothée se montra plus exubérante que jamais. Elle dansa des gigues dans la cour et chanta des chansons anglaises. Elle en chanta d'autres sur la barque où elle avait entraîné Raoul, et fit alors de telles extravagances que, plusieurs fois, ils manquèrent de chavirer. C'est ainsi qu'en jonglant avec ses trois bracelets en corail, elle en laissa tomber un dans l'eau. Elle voulut le rattraper, trempa jusqu'à l'épaule son bras nu, et resta là, immobile, la tête penchée vers le fond de l'étang, comme attentive à quelque spectacle.

« Que regardez-vous ainsi ? demanda Raoul.

— Il n'a pas plu depuis longtemps, le niveau a baissé, et l'on voit plus distinctement les pierres et les graviers du fond. Or j'ai remarqué déjà que quelques-unes de ces pierres sont disposées dans un certain ordre. Regardez.

— En effet, dit-il. Et ce sont des pierres taillées, régulières. On croirait que cela forme des lettres immenses.

— Oui, et ces lettres forment des mots que l'on

peut deviner : *In robore fortuna.* J'ai consulté, à la mairie, une ancienne carte topographique. Là où nous sommes, c'était jadis la pelouse principale d'un jardin creux, et, à même cette pelouse, un de vos ancêtres avait fait inscrire cette devise en blocs de pierre. Depuis, on a attiré jusqu'ici les eaux de la Maine. L'étang remplace la pelouse. La devise est recouverte... »

Et Dorothée ajouta entre ses dents :

« Ainsi que les quelques mots et que les chiffres qui sont au-dessous de l'inscription, et que je n'avais pas encore aperçus. Et c'est cela qui m'intéresse. Vous voyez ?

— Oui. Mais mal.

— Evidemment. Nous sommes trop près. Il faudrait contempler l'image de haut.

— Montons sur les Buttes.

— Non. De biais, l'image serait déformée par l'eau.

— Alors, dit-il en riant, montons en aéroplane. »

A l'heure du déjeuner, ils se séparèrent. Quand son repas fut fini, Raoul assista au départ du char à bancs qui emmenait à Clisson tout le personnel du Manoir, puis il retourna vers l'étang où il avisa la petite troupe de Dorothée en train de se démener sur les rives. Un fil de fer assez gros était tendu au-dessus de l'étang à trois ou quatre mètres de hauteur, fixé d'un côté au pignon d'une grange, et de l'autre à un anneau qui se trouvait scellé dans une roche des Buttes.

« Diable ! fit-il, ça m'a tout à fait l'air d'un exercice de cirque que vous nous préparez ?

— Très juste, répondit-elle gaiement. N'ayant point d'aéroplane, je me rejette sur la voltige aérienne.

— Comment ! s'écria-t-il avec inquiétude, vous avez l'intention... Mais la chute est inévitable.

— Je sais nager.

— Non, non, je m'y oppose absolument.

— De quel droit ?

— Vous n'avez même pas de balancier.

— Un balancier ? dit-elle en s'esquivant, et quoi encore ? Un filet ? Une corde de sauvetage ? »

Elle monta par l'escalier intérieur de la grange et apparut sur le rebord du toit. Elle riait, comme d'habitude, quand elle se livrait à un de ses exercices, devant la foule. Elle était vêtue d'une robe de toile, à larges raies blanches et rouges, et son fichu de soie écarlate était croisé sur sa poitrine.

Raoul s'agitait fiévreusement.

Le capitaine s'approcha de lui.

« Veux-tu rendre service à maman Dorothée ? dit-il d'un ton de confidence.

— Certes.

— Eh bien, va-t'en, monsieur. »

Dorothée, cependant, avança la jambe. Son pied, qui était nu dans une sandale d'étoffe fendue après le gros orteil, tâta le fil de fer comme le pied d'une baigneuse tâte l'eau froide. Et, très vite, elle s'engagea, fit quelques pas en glissant et s'arrêta.

Elle salua de droite et de gauche, affectant de croire à la présence d'un nombreux public, et glissa de nouveau, avec un rythme régulier des jambes et une oscillation du buste et des bras qui la berçait comme le battement d'ailes d'un oiseau. Elle arriva ainsi au-dessus de l'étang. Le fil de fer, moins tendu, fléchissait sous son poids et la relançait en l'air. Et, une seconde fois, quand elle fut arrivée au milieu, elle s'arrêta.

C'était le plus dur de sa tentative. Elle ne pouvait plus s'accrocher du regard, pour ainsi dire, à un point fixe des Buttes, et appuyer son équilibre sur quelque chose de stable. Il lui fallait baisser les yeux, chercher dans l'eau mouvante et miroitante, se soustraire à la fascination des reflets du soleil, lire des mots et des chiffres. Besogne terriblement dangereuse! Elle dut s'y prendre à plusieurs fois, et se redresser au moment même où elle semblait pencher sur le vide. Une minute ou deux s'écoulèrent, vraiment pleines d'angoisse. Elle y mit fin par un salut de ses deux bras qui se déployèrent harmonieusement, et par un cri de victoire, et, aussitôt, elle se remit en marche.

Raoul avait franchi le pont qui enjambe l'extrémité de l'étang et il était déjà là, quand elle atteignit les Buttes, sur l'espèce de plate-forme où aboutissait le fil de fer. Elle fut frappée de sa pâleur et touchée de son émotion.

« Et alors? dit-il.

— Alors, j'ai bien lu la devise, soulignée par cette date que nous ne réussissions pas à déchiffrer : 12 *juillet* 1921. Nous savons donc que le 12 juillet de cette année est le grand jour annoncé depuis si longtemps. Mais il y a mieux, je crois... »

Elle appela Saint-Quentin et lui dit quelques mots à voix basse. Saint-Quentin courut jusqu'à la roulotte et en sortit, quelques instants plus tard, vêtu d'un de ses maillots d'acrobate. Il monta dans la barque avec Dorothée qui le conduisit au milieu de l'étang. Rapidement, il se laissa glisser dans l'eau, plongea, reparut, et jeta dans la barque un objet assez lourd que Dorothée saisit vivement et qu'elle tendit à Raoul, lorsqu'ils eurent abordé de nouveau sur les Buttes.

C'était un disque de métal, fer ou cuivre rouillé, de la grandeur d'une soucoupe, et bombé comme une montre énorme. Il devait se composer de deux plaques réunies, mais les bords de ces plaques avaient été soudés, de sorte qu'on ne pouvait ouvrir le disque.

Dorothée frotta l'une des faces et, avec sa main, fit voir à Raoul un mot gravé grossièrement : *Fortuna*.

« Je ne me suis pas trompée, dit-elle, et la vieille

Juliette Azire ne mentait pas, en parlant d'abord de la rivière. Au cours d'une de leurs dernières rencontres, le baron aura jeté ici, dans son écrin de métal, la médaille d'or. Quelle meilleure cachette que le fond de l'étang, jusqu'au jour prochain où il devait utiliser la médaille ? Le premier gosse venu la lui eût repêchée. »

Toute joyeuse, elle lança le disque en l'air et s'en servit avec trois cailloux pour jongler. Mais le capitaine fit observer que c'était fête à Clisson, et qu'on devrait bien s'y rendre en auto pour célébrer la victoire.

Ils redescendirent tous en hâte vers le Manoir. Saint-Quentin alla changer de costume. Raoul mit en marche l'auto et la sortit du garage. Tandis que les trois garçons y prenaient place, il rejoignit Dorothée qui s'était assise devant une petite table, sur la terrasse qui longeait la maison.

« Vous ne venez donc pas avec nous », dit-il.

Depuis le début de la journée, il avait l'impression bizarre que tout ce qui se produisait n'était pas très naturel. Les incidents se suivaient dans un ordre parfait, et avec une logique et une précision mathématique que la réalité ne connaît pas. Certes, sans comprendre le jeu de Dorothée, il devinait le dénouement où tendait la jeune fille et qui était la capture de d'Estreicher. Mais grâce à quel stratagème ?

« Ne m'interrogez pas, dit-elle. Nous sommes épiés. Donc, pas de gestes, pas de protestations. Ecoutez. »

Elle s'amusait à faire tourner le disque sur la table et, très calmement, elle lui dévoila une partie de ses desseins et de ses manœuvres.

« Voici, j'ai écrit en votre nom, il y a quelques jours, au procureur de la République, le prévenant que le sieur d'Estreicher, recherché par la police, coupable de tentative de meurtre contre le baron Davernoie et contre la dame Juliette Azire, serait aujourd'hui au domaine des Buttes. Je demandais l'envoi de deux agents qui vous retrouveraient à quatre heures à l'auberge Masson. Il est quatre heures moins le quart. Allez, Raoul, vos trois domestiques y seront également.

— Que ferai-je ?

— En hâte, vous reviendrez ici avec les deux agents et avec les trois domestiques, et cela, non point par la route directe, mais par des sentiers que vous indiqueront Saint-Quentin et ses camarades. A ces endroits, il y a déjà des échelles. Vous les dresserez contre le mur. D'Estreicher et son complice seront là. Vous les tiendrez en respect avec vos fusils, pendant que les agents viendront les arrêter.

— Etes-vous sûre que d'Estreicher sortira des Buttes ? si tant est que les Buttes lui servent de refuge.

— Absolument sûre. Voici la médaille. Il sait qu'elle est entre mes mains. Comment ne profiterait-il pas de l'occasion pour la reprendre, alors que nous touchons au grand événement ? »

Elle s'exprimait avec une tranquillité déconcertante. Bien qu'elle attirât, contre elle seule, toutes les menaces d'un combat qui s'annonçait redoutable, elle n'avait même pas l'air d'être en danger, et sa présence d'esprit était telle qu'en apercevant le vieux baron qui passait devant eux et pénétrait dans le manoir, suivi de son fidèle Goliath, elle fit part de ses observations à Raoul.

« Avez-vous remarqué comme votre grand-père est plus agité depuis quelques jours ? Lui aussi, dans son instinct profond, il sent l'approche de l'événement, et il voudrait agir, il se débat, il lutte contre le mal qui l'immobilise à l'heure même de l'action. »

Malgré tout, Raoul hésitait. L'idée de la laisser seule en face de d'Estreicher lui était infiniment pénible.

« Vous avez tout préparé pour aujourd'hui, dit-il. La police est avertie. Mes domestiques sont prévenus. Le rendez-vous est fixé. Soit. Cependant vous ne pouviez pas savoir que la découverte de ce disque aurait lieu précisément une heure avant le rendez-vous ?

— Obéissez, Raoul. Vous savez que je n'agis pas à la légère, et revenez tous en hâte, car d'Estreicher n'apparaîtra pas ici seulement pour s'emparer de la médaille, mais aussi pour une chose à laquelle il tient peut-être tout autant.

— Quoi ?

— Moi, Raoul ! »

L'argument précipita la décision du jeune homme. L'auto démarra et traversa le verger. Saint-Quentin ouvrit le grand portail qui fut ensuite refermé après le passage de la voiture.

Dorothée était seule.

Elle devait ainsi rester seule et sans défense durant un espace de temps qui pouvait être de douze à quinze minutes.

Le dos tourné aux Buttes, elle ne bougea pas de sa chaise. Elle semblait très occupée à manier le disque, à en vérifier la soudure, comme une personne qui cherche le secret ou le point faible d'un mécanisme. Mais, de toutes ses oreilles, de tous ses nerfs surexcités, elle tâchait de recueillir les bruits ou le froissement des feuilles que la brise pouvait lui transmettre.

Tour à tour la soutenait une certitude inébranlable, ou l'assaillaient le doute et le découragement. Oui, d'Estreicher allait venir. Il était inadmissible qu'il ne vînt point. La médaille l'attirait comme un appât auquel il ne pouvait résister.

« Et puis, non, se disait-elle, il se défiera. Mon petit manège est vraiment trop puéril. Cet écrin, cette médaille qu'on retrouve au moment fatidique, ce départ de Raoul et des enfants, et puis moi qui demeure seule dans la ferme vide, alors que mon unique souci devrait être, au contraire, de protéger ma découverte contre l'ennemi... En vérité tout cela est forcé. Un vieux renard comme d'Estreicher évitera le piège. »

Et aussitôt l'autre face du problème surgissait.

« Il viendra. Peut-être est-il déjà sorti de sa tanière. C'est inévitable. Evidemment le danger lui apparaîtra, mais après, quand il sera trop tard. A la minute actuelle, il n'est pas libre d'agir ou de ne pas agir. Il obéit. »

Ainsi, une fois de plus, Dorothée se dirigeait d'après la forte vision qu'elle prenait des événements, en dépit de ce que pouvait lui apprendre sa raison. Les faits se groupaient devant son esprit suivant un ordre logique et avec une méthode rigoureuse, mais elle en voyait l'accomplissement alors qu'ils n'étaient qu'en formation. Les mobiles qui conduisaient les autres lui semblaient toujours très clairs. Son intuition les lui montrait, et sa vive intelligence les adaptait instantanément aux circonstances.

Et puis, comme elle l'avait dit, la tentation de d'Estreicher était double. S'il réussissait à se dérober au piège de la médaille, comment échapper à la proie merveilleuse et si facile à prendre qu'était Dorothée elle-même ?

Elle se redressa avec un sourire. Quelque part des pas avaient craqué. Ce devait être sur le pont de bois qui franchissait la rivière à hauteur de l'étang.

L'ennemi approchait...

Mais presque en même temps, elle perçut un autre bruit sur sa droite. Et puis un autre sur sa gauche. D'Estreicher avait deux complices. Elle était cernée.

Sa montre marquait quatre heures moins cinq.

CHAPITRE IX

FACE À FACE

« S'ils se jettent sur moi, pensa-t-elle, si l'intention de d'Estreicher est de m'enlever, séance tenante, rien à faire. Avant que je puisse être secourue, ils m'emporteront dans leur souterrain, et de là, je ne sais où !... »

Et pourquoi en eût-il été autrement ? Maître de la médaille, et maître de Dorothée, le bandit n'avait qu'à s'enfuir.

Elle comprit tout à coup les défauts de son plan. Aussi bien, tant pour obliger d'Estreicher à risquer une sortie, que pour s'emparer de lui pendant cette sortie, elle avait imaginé des ruses beaucoup trop subtiles, que la réalité ou que la malice du hasard pouvaient déjouer. Une bataille qui dépend du nombre plus ou moins grand de secondes perdues ou gagnées est bien compromise.

Rapidement, elle rentra dans la maison, et, sous un amas d'objets qui encombraient une petite pièce de débarras, elle poussa le disque. Les recherches nécessaires retarderaient d'autant la fuite de l'ennemi. Mais quand elle voulut s'en aller, d'Estreicher était sur le seuil de la porte, ironique et grimaçant sous ses lunettes et sous sa barbe épaisse.

Dorothée ne portait jamais de revolver. Elle ne voulait se confier dans la vie qu'à son seul courage et à sa seule intelligence. Elle le regretta, à cette minute effroyable où elle se trouvait face à face avec l'homme qui avait tué son père. Son premier mouvement eût été de lui brûler la cervelle.

Devinant sa pensée haineuse, vivement il lui saisit le bras et le tordit, comme il avait fait à la vieille Azire. Puis, se penchant sur elle, la voix saccadée :

« Dépêche-toi... Où l'as-tu mise ? »

Elle ne songea même pas à résister, tant la douleur était forte, et elle le conduisit vers la petite pièce, en désignant du doigt l'amas des objets. Il trouva aussitôt le disque, le soupesa, l'examina d'un air satisfait et dit :

« Tout va bien. C'est la victoire ! Vingt années d'efforts qui aboutissent. Et, par-dessus le marché, toi, Dorothée, toi, la plus magnifique et la plus désirable des récompenses. »

Il tâta sa robe pour s'assurer qu'elle n'était pas armée, puis la saisit à bras-le-corps, et, avec une énergie dont il ne semblait pas capable, la chargea sur son épaule, par-derrière lui, la tête pendant en avant.

« Tu m'inquiètes, Dorothée, ricana-t-il. Comment ! pas la moindre résistance ? Quelle sagesse, ma fille ! Il doit y avoir quelque embûche là-dessous. Aussi, je détale... »

Dehors, elle avisa les deux hommes qui gardaient le grand portail. L'un d'eux était le complice qu'elle connaissait pour l'avoir vu chez Juliette Azire. L'autre, la figure plaquée contre le grillage d'un petit guichet, surveillait la route.

D'Estreicher leur cria :

« Ouvrez l'œil, les amis. Faut pas se laisser prendre dans la bergerie. Et quand je sifflerai, rabattez-vous vivement vers les Buttes. »

Lui-même, à grands pas, s'y dirigea, sans faiblir sous le fardeau. La jeune fille respirait l'odeur de ses vêtements que l'humidité des grottes avait imprégnés. Il la tenait par le cou, d'une main dure qui la meurtrissait.

Ils atteignaient le pont de bois, et ils allaient s'y engager. A cent mètres de là, peut-être, devait s'ouvrir, parmi les fourrés et les roches, l'une des issues souterraines. Déjà l'homme portait son sifflet à la bouche.

D'un mouvement preste, Dorothée agrippa le

disque de métal qu'il avait mis dans sa poche et qui dépassait, et elle le lança vers l'étang. Le disque roula sur le sol, dégringola le long de la berge, et s'enfonça dans l'eau.

« Cré coquine, gronda l'homme en la jetant à terre avec violence. Si tu bouges, je te casse la tête. »

Il descendit la pente et pataugea dans la boue gluante de la rive, tout en surveillant Dorothée et en l'invectivant.

La jeune fille ne songeait pas à fuir. Tour à tour, elle observait la crête de la muraille aux endroits où devaient surgir les policiers ou les domestiques.

L'heure était certainement dépassée depuis cinq minutes et personne n'apparaissait. Elle gardait confiance néanmoins, dans l'espoir que d'Estreicher, qui avait perdu tout sang-froid, se laisserait aller à quelque faute dont elle saurait tirer parti.

« Oui, oui, grinçait-il. Tu veux gagner du temps, ma petite. Et après ? Crois-tu que je te lâcherai ? Jamais de la vie ! Je vous tiens tous les deux, la pièce d'or et toi, et ce n'est pas ton campagnard de Raoul qui me fera lâcher prise. D'ailleurs tant pis pour lui, s'il arrivait. Mes hommes ont la consigne : un bon coup de matraque sur la tête... »

Il chercha encore, puis poussa une exclamation de triomphe et se releva, le disque à la main.

« Voilà, chérie. Décidément la veine est pour moi et tu as manqué ton coup. En route, cousine Dorothée. »

La jeune fille glissa un regard du côté des murailles. Personne. Instinctivement, à l'approche de l'homme exécré, elle ébaucha un geste de recul qui le fit rire, tellement toute résistance semblait absurde.

Violemment, il rabattit les deux bras raidis, et, de nouveau, la chargea sur son épaule, d'un mouvement où il y avait autant de haine que de convoitise.

« Dis adieu à ton amoureux, Dorothée, car il t'aime, ce brave Raoul. Dis-lui adieu. Si jamais tu le revois, il se sera passé quelque chose de plus agréable pour moi que pour lui. »

Il franchit le pont et s'engagea dans les Buttes.

C'était fini. Encore une trentaine de secondes, et, en cas même d'attaque, d'Estreicher, n'étant plus visible des points du mur où les hommes armés de fusils devaient surgir, aurait le temps d'atteindre l'orifice des souterrains. Dorothée avait perdu la bataille. Raoul et les policiers arriveraient trop tard.

« Tu ne peux pas savoir, chuchota d'Estreicher, comme c'est bon de te sentir là, toute frissonnante, et de t'emporter avec moi, contre moi, sans que tu puisses éviter l'inévitable. Mais qu'est-ce que tu as ? Tu pleures ? Faut pas, ma petite. Après tout, quoi ? Tu te serais bien laissée dorloter, un jour ou l'autre, sur la poitrine du beau Raoul... Alors, il n'y a pas de raison pour que je te dégoûte plus que lui, hein ? Mais, ah ! ça mais ! s'écria-t-il avec irritation, t'as pas fini de sangloter. »

Il la retourna sur son épaule, et lui saisit la tête.

Il fut confondu.

Dorothée riait.

« Qu'est-ce qu'il y a ? Pourquoi ris-tu ? Est-il possible que tu aies le cœur de rire ? Qu'est-ce qu'il y a donc ? »

Ce rire l'effrayait comme une menace de danger. La gueuse, pourquoi riait-elle ? Une rage subite le souleva et, l'ayant assise contre un arbre, bêtement, de son poing fermé où pointait une bague, il la frappa sur le front, parmi les cheveux, avec tant de force que le sang gicla.

Elle riait encore, tout en balbutiant sous son bâillon :

« Quelle brute vous faites !

— Si tu ris, je te mords la bouche, coquine », grinça-t-il, courbé sur les lèvres rouges qu'il avait libérées du bâillon.

Il n'osait pas encore accomplir un tel geste, respectueux malgré lui et presque intimidé par elle. Cependant elle eut peur et reprit son sérieux.

« Qu'est-ce qu'il y a ? Qu'est-ce qu'il y a ? répéta-t-il. Tu devrais pleurer, et tu ris. Pourquoi ?

— Je ris, dit-elle, à cause des assiettes.

— Quelles assiettes ?

— Celles qui forment l'écrin de la médaille.

— Celles-là ?

— Oui.

— Eh bien ?

— Eh bien, toutes deux ce sont des assiettes du cirque Dorothée, avec lesquelles je jonglais... »

Il parut interloqué.

« Qu'est-ce que tu chantes ?

— Oui, n'est-ce pas, expliqua-t-elle, Saint-Quentin et moi, nous les avons soudées ensemble. J'ai gravé au couteau la devise magique, et, cette nuit, nous les avons jetées à l'eau.

— Mais tu es folle... je ne comprends pas. Dans quel but as-tu fait cela ?

— Comme la vieille Azire, torturée par vous, avait bredouillé des aveux où il était question de la rivière, je ne doutais pas que vous ne tombiez dans le piège.

— Quel piège ?

— Je voulais vous faire sortir d'ici.

— Tu savais donc que j'étais ici ?

— Parbleu ! et je savais que vous assistiez au repêchage. Alors j'étais sûre de ce qui se passerait. Croyant que cet écrin, retrouvé au fond de l'eau, sous vos yeux mêmes, contenait la médaille, et voyant, d'autre part, que Raoul s'en allait et que j'étais seule au Manoir, vous ne pouviez pas ne pas venir. Vous êtes venu. »

Il bredouilla :

« La pièce d'or... elle n'est donc pas dans cet écrin ?

— Mais non, il est vide.

— Et Raoul?... Raoul, tu l'attends?
— Oui.
— Seul?
— Avec des policiers. Ils ont rendez-vous. »
Il serra les poings et grinça :
« Misérable, tu m'as dénoncé?
— Je vous ai dénoncé. »
Pas une seconde d'Estreicher ne pensa qu'elle pouvait mentir. Il tenait le disque de métal entre ses mains, et il lui eût été facile, avec la pointe de son couteau, d'en percer la soudure. A quoi bon? Le disque de métal était vide. Il le savait. Il comprenait soudain toute la comédie qu'elle avait jouée sur l'étang, et il s'expliquait la sorte de malaise et d'inquiétude qu'il avait éprouvée en assistant à des péripéties dont l'enchaînement lui semblait étrange.
Pourtant il était venu. Il s'était jeté, aveuglément, la tête basse, dans le piège qu'elle avait préparé devant lui avec tant d'audace. De quel pouvoir miraculeux disposait-elle donc? Et comment passerait-il à travers les mailles du filet qui l'enveloppait de plus en plus?
« Allons-nous-en », dit-il, impatient de se soustraire au danger.
Mais il subissait comme une lassitude de toute sa volonté et, au lieu de reprendre sa victime, il la questionna :
« Le disque est vide, soit. Mais tu sais où est la médaille?
— Parbleu! » fit Dorothée, qui ne pensait qu'à gagner du temps, et dont le regard furtif interrogeait le faîte du mur.
Les yeux de l'homme brillèrent.
« Ah! tu sais... Quelle imprudence de m'avouer cela! Du moment que tu sais, tu vas parler, ma petite. Sinon... »
Il tira son revolver.
Elle plaisanta :

« Comme avec Juliette Azire, n'est-ce pas ? Vous comptez jusqu'à vingt. Pas la peine, ça ne prend pas.

— Je te jure, crebleu...

— Des mots ! »

Non, décidément, la bataille n'était pas perdue. Dorothée, quoique épuisée, la figure en sang, se cramponnait à tous les incidents possibles avec une énergie farouche. Elle sentait bien que d'Estreicher, dans sa fureur, était capable de la tuer. Mais elle sentait aussi très nettement son désarroi et toute sa domination sur lui. Il n'avait pas le courage de partir et d'abandonner cette médaille fatidique pour laquelle il avait lutté si désespérément. Que son hésitation durât quelques minutes encore, et Raoul ne pouvait manquer d'apparaître !

A ce moment, il se produisit un incident qui parut intéresser la jeune fille au plus haut point, car elle se pencha pour mieux suivre la scène. Le vieux baron sortit du manoir, portant une valise et vêtu, non pas, comme à l'ordinaire, d'une blouse, mais d'un veston de drap, et coiffé d'un chapeau de feutre. Cela prouvait de sa part un choix, c'est-à-dire un effort de pensée. Il y en eut un autre. Goliath n'était pas avec lui. Il l'attendit, frappa du pied, et, quand le chien apparut, il le saisit au collier, s'orienta, et se dirigea vers le portail.

Les complices lui barrant la route, il marmotta quelques grognements et voulut passer. On le repoussa, il se mit en colère et, à la fin, s'éloigna parmi les arbres, sans lâcher Goliath, mais en abandonnant la valise.

Son manège était facile à comprendre, et Dorothée, comme d'Estreicher, se rendait bien compte que le bonhomme avait voulu s'en aller à la conquête du trésor. Malgré sa folie, il n'avait pas oublié l'aventure. La date solennelle s'imposait à lui, et, au jour qu'il s'était fixé, il bouclait sa valise et se mettait en route comme une mécanique qu'on a remontée et qui se déclenche à l'heure dite.

D'Estreicher appela ses complices et leur cria :

« Fouillez ses affaires. »

Et comme on ne trouvait rien, aucune médaille, aucune indication, il se promena un instant devant Dorothée, indécis sur la conduite à tenir, et enfin s'approcha d'elle.

« Réponds-moi, Raoul t'aime. Toi pas. Sans quoi j'aurais mis le holà à votre petit flirt, depuis quinze jours. Mais tout de même, tu as des scrupules à son égard en ce qui concerne la médaille et le trésor, et vous avez partie liée. Bêtises, ma petite, et je vais te mettre à l'aise, car il y a une chose que tu ignores et qu'il faut que je te révèle. Après quoi tu parleras, j'en suis sûr. Donc, réponds. Cette médaille, cela doit t'étonner que je la cherche, puisque, d'après ce que tu sais, je l'aurais dérobée à ton père. Que supposes-tu ?

— Je suppose qu'elle vous a été reprise.

— En effet. Mais sais-tu par qui ?

— Non.

— Par le père de Raoul, par Georges Davernoie. »

Elle tressaillit et riposta :

« Vous mentez.

— Je ne mens pas, affirma-t-il fortement. Tu te rappelles la dernière lettre de ton père, que notre cousin Chagny nous a lue à Roborey ? Le prince d'Argonne racontait sa nuit d'hôpital, la nuit où il entendit deux hommes qui parlaient sous sa fenêtre, où il vit une main qui se glissait vers la table et qui subtilisait la médaille. Or l'homme qui attendait en bas et qui avait accompagné l'autre dans son expédition, c'était Georges Davernoie. Et ce coquin-là, Dorothée, la nuit même qui suivit, dépouillait son camarade. »

Dorothée fut secouée d'indignation et de révolte.

« Mensonge ! Le père de Raoul ! Lui, faire ce métier ? Lui, un voleur ?

— Mieux que cela, Dorothée. Car l'expédition n'avait pas pour but seulement un vol... et si celui des deux hommes qui a versé le poison et dont le prince d'Argonne a vu le bras tatoué ne renie pas ses actes, il n'oublie pas que c'est l'autre qui a fourni le poison.

— Vous mentez ! vous mentez ! c'est vous le seul coupable ! C'est par vous seul que mon père a été tué !

— Tu ne me crois pas ? Tiens, voici une lettre de lui au vieux baron, c'est-à-dire à son père. Lis cette lettre que j'ai trouvée dans les papiers du baron :

"J'ai enfin mis la main sur la pièce d'or indispensable. A ma prochaine permission, je l'apporterai."

« Et regarde la date ! Huit jours après la mort du prince d'Argonne ! Es-tu convaincue, hein ? Et ne penses-tu pas que nous pouvons nous entendre en dehors de cette poule mouillée de Raoul ? »

La révélation éprouvait durement la jeune fille. Cependant elle se redressa et, faisant bonne contenance, elle questionna d'Estreicher :

« Que voulez-vous dire ?

— Ceci. La pièce d'or apportée au baron, confiée un moment par lui à son ancienne bonne amie, puis cachée je ne sais où, t'appartient. Raoul n'a aucun droit sur elle. Je te l'achète.

— Quel prix ?

— Ce que tu voudras... la moitié des bénéfices, si tu l'exiges. »

Dorothée vit aussitôt le parti qu'elle pouvait tirer de la situation. Là encore s'offrait le moyen de gagner quelques minutes, les minutes décisives, peut-être, moyen pénible et coûteux puisqu'elle risquait de livrer le talisman. Mais pouvait-elle hésiter ? D'Estreicher perdait patience. Il s'effarait à l'idée de l'attaque imminente qui le menaçait. Qu'un accès de peur instinctive le soulevât, et c'était la fuite irrémédiable.

« Une association entre nous, jamais ! Un partage... quelque chose qui fasse de moi votre alliée, non, mille fois non, je vous exècre. Mais un accord pour quelques instants, peut-être.

— Tes conditions ? dit-il. Et dépêche-toi. Profite de ce que je te laisse poser tes conditions.

— Ce sera bref. Votre but est double. La médaille et moi. Il faut choisir. Que voulez-vous par-dessus tout ?

— La médaille.

— En ce cas, que je sois libre, et je vous la donne.

— Jure-moi sur l'honneur que tu sais où elle est.

— Je le jure.

— Depuis combien de temps ?

— Depuis cinq minutes. Tout à l'heure, je l'ignorais. Je sais maintenant. Un petit fait s'est produit qui m'a renseignée. »

Il la crut. Il ne put pas ne pas la croire. Tout ce qu'elle disait ainsi, quand elle vous regardait au fond des yeux, était l'exacte vérité.

« Parle.

— A votre tour, d'abord, jurez-moi qu'aussitôt ma promesse exécutée, je serai libre. »

Le regard du bandit clignota. L'idée de tenir un serment lui semblait tout à fait comique, et Dorothée n'ignorait pas non plus que ce serment n'aurait aucune espèce de valeur.

« Je le jure », dit-il.

Et il répéta :

« Parle. Je ne me rends pas bien compte de ce que tu mijotes, mais tout cela ne m'a pas l'air catholique. Aussi je me défie. Souviens-t'en, ma belle. »

Entre eux la lutte était à son point le plus aigu, et ce qui donnait à cette lutte son caractère particulier, c'est que chacun d'eux lisait ouvertement dans le jeu de son adversaire. Dorothée ne doutait pas que Raoul, après un retard imprévu, ne fût en route vers le Manoir, et d'Estreicher, qui n'en doutait pas non plus, savait que Dorothée appuyait toute sa conduite sur cette intervention immédiate. Mais il y avait une toute petite chose qui rendait égales leurs chances de victoire. D'Estreicher se croyait en pleine sécurité parce que ses deux complices, collés aux guichets du portail, surveillaient la route et l'arrivée de l'auto. Or la jeune fille avait eu l'admirable précaution de prescrire à Raoul l'abandon de l'auto et le choix des routes dissimulées. Tout l'espoir de Dorothée venait de ce détail.

Elle donna donc tranquillement son explication, en obéissant d'ailleurs toujours au souci de faire traîner l'entretien.

« Je n'ai jamais cessé de croire, dit-elle, et je suis sûre que vous pensiez comme moi, que le baron *ne quittait pour ainsi dire pas la médaille.*

— J'ai fouillé partout, objecta d'Estreicher.

— Moi aussi. Mais je ne prétends pas qu'il gardait la médaille sur lui. Je prétends *qu'il la gardait, et qu'il la garde encore à la portée de sa main.*

— Comment ?

— Oui, il a toujours fait en sorte de n'avoir, pour la saisir, qu'à tendre le bras.

— Impossible. Nous l'aurions vue.

— Non, puisque, tout à l'heure encore, vous n'avez rien vu.

— Tout à l'heure ?

— Oui, quand il s'en allait, forcé par l'ordre de son instinct, quand il s'en allait au jour même qu'il s'était fixé avant de tomber malade.

— Il partait mais sans la médaille.

— Avec la médaille.

— On a fouillé la valise.

— Il ne partait pas seulement avec la valise.

— Avec quoi, alors, sacré nom ! Tu étais à plus de cent mètres de lui. Tu n'as rien vu ?

— J'ai vu qu'il tenait autre chose que sa valise.

— Quoi ?

— Goliath. »

D'Estreicher se tut, frappé par ce simple mot et par tout ce qu'il signifiait.

« Goliath, continua Dorothée, Goliath qui *ne le quittait jamais,* Goliath toujours *à portée de sa main,* et qu'il tenait en s'en allant, qu'il tient en ce moment. Regardez-le. Ses cinq doigts se crispent sur le collier de la bête. Vous entendez, *au collier* ! »

Cette fois encore, d'Estreicher ne douta point. L'affirmation de la jeune fille lui sembla immédiatement correspondre à toutes les données que présentait la réalité. Cette fois encore, Dorothée apportait la lumière. En dehors de cette lumière, rien que ténèbres et contradictions.

D'Estreicher reprit tout son sang-froid. Sa volonté d'agir fut immédiate et, en même temps, il voyait clairement toutes les précautions à prendre pour réduire les risques de la tentative.

Il tira de sa poche une fine cordelette avec laquelle il ficela Dorothée et un foulard qu'il noua sur sa bouche.

« Si tu t'es trompée, tant pis pour toi, ma chérie. Tu paieras ton erreur. »

Et il ajouta, d'une voix sarcastique :

« Si tu ne t'es pas trompée, d'ailleurs, tant pis pour toi également. Je suis de ceux qui ne lâchent pas leur proie. »

Il héla ses complices :

« Attention, vous autres ! Personne sur la route ?

— Personne.

— Ouvrez l'œil ! Dans trois minutes, nous partons. A mon coup de sifflet, rendez-vous à l'entrée du souterrain. J'emporterai la petite. »

La menace, si terrible qu'elle fût, n'émut pas la

jeune fille. Pour elle tout le drame se déroulait là-bas, sous ses yeux, entre d'Estreicher et le baron.

D'Estreicher descendit les Buttes en courant, traversa la rivière et s'élança vers le vieillard qui était assis sur un des bancs de la terrasse, la tête de Goliath posée contre ses genoux.

Dorothée sentit que son cœur battait éperdument. Non pas qu'elle redoutât la découverte de la médaille. La pièce d'or se trouvait dans le collier, elle en était sûre. Mais encore fallait-il que cet effort suprême pour arracher un dernier délai ne fût pas inutile.

« Si le canon d'un fusil n'apparaît pas au faîte du mur avant une minute, d'Estreicher est mon maître. »

Et comme elle se serait tuée plutôt que d'accepter la déchéance, c'était sa vie qui se jouait dans l'espace de cette minute.

Le répit accordé par les circonstances fut plus long. D'Estreicher, s'étant jeté sur le chien, rencontra chez le baron une résistance inattendue. Le vieillard le repoussa avec fureur, tandis que Goliath hurlait et se dérobait à l'étreinte du bandit.

Le combat se prolongea. Dorothée en suivait les phases avec des alternatives de crainte et d'espoir, encourageant de toute sa volonté le grand-père de Raoul, et maudissant l'énergie et l'obstination du bandit. Enfin le vieux baron se fatigua et parut tout à coup se désintéresser de ce qui pouvait advenir.

On eût cru que Goliath éprouvait la même impression de lassitude. Il se coucha aux pieds de son maître et se laissa toucher avec une sorte d'insouciance. De ses doigts dont on voyait le tremblement fébrile, d'Estreicher saisit le collier, sous l'épaisse toison, et tâta le cuir que hérissaient des têtes de clous. Ainsi l'agrafe fut-elle dégagée.

Mais il n'alla pas plus loin. Le coup de théâtre se

produisait. Une silhouette maigre surgissait au haut du mur, et une voix criait :

« Haut les mains ! »

De nouveau, Dorothée souriait avec une sensation de joie indicible et de délivrance. Son plan retardé par des obstacles réussissait. Près de Saint-Quentin qui était apparu le premier, une autre silhouette se dressait et le canon d'un fusil s'allongeait.

Instantanément, d'Estreicher avait abandonné sa besogne et regardait d'un air effaré.

Deux autres clameurs jaillirent :

« Haut les mains !... Haut les mains ! »

Deux nouveaux fusils étaient braqués, aux endroits désignés par la jeune fille, et les trois tireurs visaient directement et seulement d'Estreicher.

Il hésitait cependant. Une balle siffla à ses oreilles. Il leva les bras. Les complices déjà se sauvaient, sans qu'on s'occupât d'eux, franchissaient le pont et se dirigeaient vers un monticule isolé qu'on appelait le Labyrinthe.

Le grand portail s'ouvrit brusquement. Raoul se précipita, suivi par deux hommes que Dorothée ne connaissait point, mais qui devaient être les policiers envoyés sur sa dénonciation.

D'Estreicher ne bougea pas, les bras toujours levés, et sans doute n'eût-il pas opposé de résistance si une fausse manœuvre ne lui avait laissé quelque liberté. Ses trois agresseurs l'entouraient, le masquant ainsi, durant deux ou trois secondes, aux domestiques qui le visaient. Il en profita et, de son revolver subitement braqué, tira coup sur coup quatre balles. Trois se perdirent, mais la quatrième atteignit à la jambe Raoul qui tomba avec un gémissement de douleur.

Sursaut de colère et de violence bien inutile, du reste. Aussitôt assailli, d'Estreicher fut désarmé et réduit à l'impuissance.

On lui passa le cabriolet de fer. Pendant ce temps, il cherchait des yeux Dorothée, presque invisible derrière un fouillis de plantes où elle s'était glissée, et son regard avait une expression de haine épouvantable.

Ce fut Saint-Quentin, suivi de Montfaucon, qui découvrit Dorothée, et déjà ils s'empressaient autour d'elle, bouleversés par la vue de son visage en sang.

« Silence ! ordonna-t-elle, pour couper court à leurs questions. Oui, je suis blessée. Mais ce ne sera rien. Capitaine, galope jusqu'auprès du baron, approche-toi de Goliath, caresse-le et détache son collier. Dans ce collier, tu trouveras, sous la plaque de métal où son nom est inscrit, une pochette formant doublure et contenant la médaille que nous cherchons. Apporte-la-moi. »

L'enfant partit.

« Saint-Quentin, continua Dorothée, les agents m'ont-ils vue ?

— Non.

— Il faut faire croire à tout le monde que j'ai quitté le Manoir tantôt, et que vous devez me retrouver au chef-lieu, à La Roche-sur-Yon. Je ne veux pas être mêlée à l'enquête. On m'interrogerait, et c'est du temps perdu.

— Mais M. Davernoie ?

— Dès que tu le pourras, avertis-le. Dis-lui que je suis partie pour des raisons qu'il saura plus tard et que je lui demande le silence en tout ce qui me concerne. D'ailleurs, il est blessé, et, dans le désarroi, personne ne pensera à moi. On va fouiller les Buttes pour s'emparer des complices. Il ne faut pas qu'on me voie. Recouvre-moi de branches, Saint-Quentin. Bien... Maintenant, ce soir, venez me chercher tous les quatre, vous me transporterez dans la roulotte et nous partirons dès le matin. Peut-être serai-je malade quelques jours. Un peu de surmenage, trop d'émotions. Vous ne devrez pas vous inquiéter. C'est entendu, mon petit ?

— Oui, maman. »

Comme elle l'avait prévu, les deux policiers, après avoir enfermé d'Estreicher dans le Manoir, passèrent non loin d'elle, conduits par un des domestiques.

On entendit leurs exclamations. Sans nul doute, ils avaient découvert l'issue du labyrinthe par où les complices s'étaient enfuis.

« Poursuite inutile, murmura Dorothée. Le gibier a trop d'avance. »

Elle se sentait très lasse. Pour rien au monde, cependant, elle n'eût faibli avant le retour de Montfaucon. Elle demanda à Saint-Quentin les raisons qui avaient reculé l'heure de l'attaque.

« Un hasard, n'est-ce pas ?

— Oui, fit-il. Les agents se sont trompés d'auberge et les trois domestiques se sont attardés à la fête... Il a fallu réunir tout le monde, et l'on a eu une panne d'auto. »

Montfaucon accourait. Dorothée dit encore :

« Saint-Quentin, il y aura peut-être sur la médaille un nom de ville, ou plutôt un nom de château. En ce cas, renseigne-toi et dirige la roulotte d'après cette indication. Capitaine, tu as trouvé ?

— Oui, maman.

— Donne, mon chéri. »

Quelle émotion Dorothée ressentit en touchant la médaille si âprement convoitée par tous, et que l'on pouvait considérer comme le plus précieux des talismans, comme la garantie même du succès.

C'était une médaille deux fois plus grande qu'une pièce de cinq francs, et surtout beaucoup plus épaisse, moins régulière qu'une médaille moderne, modelée plus grossièrement, et d'un or plus éteint, sans reflets.

Sur une des faces il y avait la devise :
« *In robore fortuna.* »
Sur l'autre face, ces lignes :

12 juillet 1921
A midi
Devant l'horloge du Château de
La Roche-Périac

« Douze juillet, chuchota Dorothée, j'ai le temps de m'évanouir. »
Elle s'évanouit.

CHAPITRE X

VERS LA TOISON D'OR

Ce n'est guère que trois jours plus tard que Dorothée surmonta l'espèce d'engourdissement physique, aggravé de fièvre, qui l'avait terrassée. Les quatre garçons donnaient alors une représentation dans la banlieue de Nantes. Montfaucon remplaçait la directrice comme grand premier rôle, spectacle de moindre saveur, mais où le capitaine montra tant de verve cocasse que la recette fut bonne.

Saint-Quentin exigea que Dorothée prît encore deux jours de repos. A quoi bon se presser ? Le village de La Roche-Périac se trouvait tout au plus à 120 kilomètres de Nantes, ce qui permettait de ne partir que six jours avant la date.

Elle se laissait commander, gardant comme une courbature à la suite de tant d'événements contraires et d'émotions si violentes. Elle pensait beaucoup à Raoul Davernoie, mais avec de la colère et de la révolte contre les sentiments de tendresse que l'intimité de ces quelques semaines lui avait inspirés pour le jeune homme. Si étranger qu'il fût au drame où le prince d'Argonne avait trouvé la mort, il n'en était pas moins le fils de celui qui avait assisté d'Estreicher dans l'exécution du crime. Comment oublier cela? Comment pardonner?

La douceur du voyage apaisa la jeune fille. Sa nature ardente et heureuse eut raison des mauvais souvenirs et des fatigues passées. A mesure qu'elle approchait du but, elle retrouvait toutes ses forces, sa joie de vivre, sa gaieté d'enfant et sa volonté de mener jusqu'au bout l'œuvre entreprise.

« Saint-Quentin, disait-elle en plaisantant, nous allons à la conquête de la Toison d'or. Te rends-tu compte de la solennité des jours qui s'écoulent? Encore quatre... encore trois... encore deux... et la Toison d'or est à nous. Baron de Saint-Quentin, dans une quinzaine, vous serez vêtu comme un dandy.

— Et toi comme une princesse », répondait Saint-Quentin que ces perspectives de fortune, présages d'une intimité moins grande avec son amie, ne semblaient guère réjouir.

Elle pensait bien que d'autres épreuves l'attendaient, et qu'elle aurait encore des obstacles à renverser et peut-être des ennemis à combattre. Mais, pour l'instant, il y avait trêve et répit. La première partie du drame était terminée. D'autres aventures commençaient. Curieuse et pleine d'entrain, elle souriait à l'avenir mystérieux qui s'ouvrait devant elle.

Le quatrième jour, ils franchirent la Vilaine, dont ils suivirent désormais la rive droite, sur les pentes qui dominent la rivière. C'était un pays assez ingrat, peu habité, où ils avançaient lentement sous un soleil de feu qui accablait Pie-Borgne.

Enfin, le lendemain, onze juillet, ils virent sur un poteau :

« La Roche-Périac, vingt kilomètres. »

« Nous y coucherons ce soir », déclara Dorothée.

Etape pénible... La chaleur était suffocante. En route, ils recueillirent un chemineau qui gémissait sur l'herbe poussiéreuse. Une femme et une enfant au pied tordu marchaient à cent mètres devant eux, sans que Pie-Borgne pût les rattraper.

A tour de rôle, les quatre garçons et Dorothée s'asseyaient dans la roulotte près du chemineau. C'était un pauvre vieux, usé par la misère, dont les haillons ne tenaient que par des bouts de ficelle. Au milieu de la broussaille des cheveux et de la barbe inculte, les yeux cependant conservaient une certaine lueur, et, lorsque Dorothée l'interrogea sur son existence, il prononça cette phrase qui la confondit :

« Faut pas se plaindre. Mon père, qu'était rémouleur de grand-route, me disait toujours : "Hyacinthe (c'est mon nom), Hyacinthe, on n'est pas malheureux quand on est courageux. J'te donne le secret que m'a passé mon père à moi : La fortune est dans le courage." »

Dorothée cacha son trouble et dit :

« L'héritage n'est pas lourd. On ne vous a laissé que ce secret ?

— Oui, expliqua l'homme très naturellement, oui, et puis un conseil : Aller, tous les ans, le 12 juillet, devant l'église de La Roche-Périac et attendre quelqu'un qui me donnera des mille et des cents. J'y vais chaque année. Je n'ai jamais reçu que des sous. Tout de même, ça soutient, cette idée-là. Et j'y serai demain, comme l'année dernière... et comme l'année prochaine. »

Le bonhomme retomba dans ses réflexions. Dorothée se tut. Mais une heure plus tard, elle offrait l'abri du siège à la femme et à l'enfant au pied tordu, qu'ils avaient fini par rejoindre. Et, ayant interrogé cette femme, elle apprit que c'était une ouvrière parisienne qui s'en venait à l'église de La Roche-Périac pour que le pied de son enfant fût guéri.

« Dans ma famille, dit l'ouvrière, et du temps de mon père et de mon grand-père, on faisait la même chose : quand un enfant est malade, on l'amène le 12 juillet dans la chapelle de Saint-Fortunat à La Roche-Périac. C'est comme s'il était guéri. »

Ainsi, par ces deux autres voies, la légende avait passé jusqu'à cette femme du peuple, et jusqu'à ce chemineau, mais une légende déformée, où il ne restait plus que des bribes de la vérité initiale. L'église remplaçait le château. Saint-Fortunat remplaçait la fortune. Seule la date du jour comptait, sans qu'il fût question du millésime.

Et chacun faisait un pèlerinage vers ces lieux dont tant de familles avaient attendu l'assistance miraculeuse. Aucune allusion à la médaille d'or.

Le soir, la caravane atteignit le village, et, tout de suite, Dorothée se renseigna sur le château de La Roche-Périac.

On ne connaissait sous ce nom que des ruines situées neuf kilomètres plus loin, au bord de l'océan, dans une petite presqu'île isolée.

« Couchons ici, décida la jeune fille. Nous partirons de bon matin. »

Ils ne partirent pas de bon matin. Au milieu de la nuit, sous la grange où ils avaient remisé la roulotte, Saint-Quentin fut réveillé par une odeur de fumée et par des crépitements.

Il se leva. La grange brûlait. Il appela. Il cria au secours. Des paysans qui, par un hasard heureux, passaient sur la route accoururent.

Il était temps. Quand ils eurent tiré la roulotte, le toit s'effondra. Dorothée et ses camarades n'eurent aucun mal. Mais Pie-Borgne, à moitié roussie, refusa énergiquement de se laisser atteler, les brancards avivant ses plaies, et ce n'est qu'à sept heures que la roulotte s'ébranla, traînée par un mauvais cheval de louage et suivie par Pie-Borgne.

En traversant la place de l'Eglise, ils aperçurent, au bas du porche, l'ouvrière et son enfant à genoux, et le chemineau qui quêtait. Pour ceux-ci l'aventure n'irait pas plus loin.

Il n'y eut plus d'incidents. Sauf Saint-Quentin, assis sur son siège, ils dormirent tous dans la roulotte, assoupis les uns contre les autres. A neuf heures et demie, on stoppa. Ils arrivaient devant une chaumière décorée du nom d'auberge, et sur la porte de laquelle on lisait : « Ici, la veuve Amouroux loge à pied, à cheval et en voiture. »

A quelques centaines de mètres, au bas d'une pente qui finissait en falaise peu élevée, la petite presqu'île de Périac allongeait dans l'océan cinq promontoires qui semblaient les cinq doigts d'une main. A gauche l'embouchure de la Vilaine.

Pour les enfants, c'était le terme de l'expédition. On se restaura dans une pièce à demi obscure, munie d'un comptoir de zinc et qui servait de café. Puis, tandis que Castor et Pollux s'occupaient de Pie-Borgne, Dorothée interrogea, sur les ruines de La Roche-Périac, la veuve Amouroux, grosse paysanne réjouie et bavarde qui s'écria aussitôt :

« Ah! vous y allez aussi, ma jolie demoiselle?

— Je ne suis donc pas la première? demanda Dorothée.

— Ma foi non. Il y a déjà un vieux monsieur et sa dame. Le vieux monsieur, je l'ai déjà vu d'autres années. Une fois il a couché ici. C'est un de ceux qui cherchent.

— Qui cherchent quoi?

— Sait-on! Un trésor, qu'on dit. Ceux du pays

n'y croient pas. Mais il vient des gens de très loin, qui fouillent les bois et qui soulèvent les pierres.

— C'est donc permis ?

— Pourquoi pas ? L'île de Périac — je dis l'île, parce qu'à marée haute, le chemin est recouvert — appartient à des moines dont le couvent est à Sarzeau, deux lieues plus loin. Il paraît même qu'ils vendraient bien les ruines et toutes les terres. Seulement qui voudrait de ça ? Rien que de l'inculte, du sauvage.

— Il y a une autre route que celle-ci ?

— Oui, un chemin pierreux, qui part de la falaise, et qui rejoint la route de Vannes. Mais je vous le dis, ma jolie demoiselle, c'est un pays perdu, abandonné. Je ne vois pas dix voyageurs par an. Quelques bergers, voilà tout. »

Enfin, à dix heures, l'installation faite, et malgré les supplications de Saint-Quentin qui eût voulu l'accompagner, et à qui elle confia les enfants, Dorothée, vêtue de sa plus belle robe et parée de son fichu le plus éclatant, se mit en campagne.

La grande journée débutait. Journée de triomphe ou de déception ? De ténèbres ou de clarté ? Quoi qu'il en fût, pour une femme comme Dorothée, d'esprit toujours en éveil et d'une sensibilité frémissante, la minute était délicieuse. Son imagination créait un palais fantastique, animé de mille fenêtres ouvertes, peuplé de bons et de mauvais génies, de princes charmants et de fées bienfaisantes.

Une brise légère soufflait de la mer, et mêlait sa fraîcheur aux rayons du soleil. A mesure qu'elle avançait, Dorothée voyait plus distinctement les contours déchiquetés des cinq promontoires et de la presqu'île où ils prenaient racine dans un fouillis d'arbres et de roches verdâtres. La silhouette efflanquée d'une tour à moitié démolie dominait le faîte des arbres, et l'on distinguait aussi çà et là la pierre grise d'une ruine.

Mais la pente devint plus raide. La route de Vannes s'embrancha sur la côte qui dévalait au creux de la falaise, et Dorothée vit que la mer, très haute à ce moment, venait presque baigner le pied de cette falaise, recouvrant d'une eau calme et peu profonde l'amorce de la presqu'île.

Tout en haut se tenaient, debout, le vieux monsieur et la dame que la veuve Amouroux avait signalés. Dorothée fut stupéfaite de reconnaître le grand-père de Raoul Davernoie et son ancienne amie Juliette Azire.

Le vieux baron! Juliette Azire! Comment avaient-ils pu s'en aller du Manoir, échapper à Raoul, voyager, et parvenir au seuil des ruines?

Elle arriva près d'eux sans qu'ils parussent même remarquer sa présence. Ils avaient des yeux vagues, dont le regard contemplait avec étonnement cette nappe d'eau qui entravait leur marche.

Dorothée en fut tout attendrie. Deux siècles d'espoirs et de chimères avaient légué au vieux baron des ordres si formels qu'ils survivaient à la mort de sa pensée. Il était venu ici de très loin, malgré des fatigues terribles et des efforts surhumains pour atteindre le but, à tâtons, dans l'ombre, et accompagné d'une autre créature, démente comme lui. Et voilà que l'un et l'autre s'arrêtaient devant un peu d'eau comme devant un obstacle infranchissable.

Elle lui dit doucement :

« Voulez-vous me suivre? Ce n'est rien à traverser. »

Il l'observa en hochant la tête et ne répondit pas. La femme aussi garda le silence. Ni elle ni lui ne pouvaient comprendre. Plutôt que des êtres vivants, c'étaient des automates, animés d'une volonté qui était en dehors d'eux. Ils étaient venus sans savoir, ils s'arrêtaient et ils repartiraient sans savoir.

L'heure pressait; Dorothée n'insista pas. Elle

releva sa jupe et l'épingla entre ses jambes. Elle défit ses souliers et ses bas, et elle entra dans l'eau, qui était si peu profonde que ses genoux ne furent pas mouillés.

Quand elle parvint à l'autre rive, le vieux couple n'avait pas bougé et regardait toujours d'un air ahuri l'obstacle imprévu. Malgré elle, compatissante et souriante, Dorothé leur tendit les bras. Le vieux baron hocha la tête de nouveau. Juliette Azire ne remuait pas plus qu'une statue.

« Adieu », fit Dorothée, presque heureuse de leur inaction, et d'être seule à tenter l'entreprise.

L'accès de la presqu'île de Périac se trouve étranglé par deux marais, réputés fort dangereux, selon la veuve Amouroux, et entre lesquels une étroite bande de terrain porte l'unique sentier. Ce sentier, qui est à même le roc, escalade ensuite un ravin boisé, qu'un vieil écriteau de bois désignait comme le *Mauvais Pas,* et débouche sur un plateau couvert d'ajoncs et de bruyères. Au bout de vingt minutes, Dorothée franchit les quelques débris de mur qui marquaient l'ancienne enceinte du château.

Elle ralentit. A chaque pas en avant, il lui semblait pénétrer dans un domaine de plus en plus mystérieux, où le temps avait accumulé plus de silence et plus de solitude. Les arbres se serraient davantage les uns contre les autres. L'ombre des fourrés était si dense qu'aucune fleur n'y poussait. Qui donc avait vécu là jadis, construit ces murs et planté ces arbres dont quelques-uns étaient d'essence précieuse et d'origine étrangère ?

Le chemin se divisa en trois sentiers, sentiers de chèvres, où l'on devait quelquefois marcher en se courbant sous les frondaisons basses. Au hasard, elle choisit celui du milieu, et traversa une série d'enclos délimités par de petits murs de pierres sèches. Des assises de bâtiments se voyaient sous les lourdes draperies de lierre.

Elle ne douta pas que le but ne fût très proche, et son émoi fut si grand qu'elle dut s'asseoir, comme un pèlerin qui arriverait en vue du lieu sacré vers lequel il avance depuis le début de sa vie.

Et au fond d'elle se posait cette question :

« Si je me suis trompée ? Si tout cela ne signifie rien ? Oui, dans le petit sachet de cuir que j'ai mis dans ma poche, il y a une médaille avec le nom d'un château, le chiffre d'une année, et la date d'un jour. Et voici l'emplacement de ce château, et nous sommes à la date fixée, mais, tout de même, qu'est-ce qui me prouve que tous mes raisonnements soient justes et qu'il va se passer quelque chose ? Cent cinquante ou deux cents ans, c'est interminable, et que d'événements ont pu balayer les combinaisons que j'ai cru entrevoir ! »

Elle se leva. Pas à pas et très lentement, elle avança. Un dessin de briques entrecroisées revêtait le sol. Un portail isolé, tout nu, ouvrait son arche très haute. Dorothée passa et, aussitôt, dans le fond d'une cour plus large, elle aperçut — et elle n'aperçut que cela — le cadran d'une horloge.

A ce moment sa montre marquait onze heures et demie, et il n'y avait personne dans les ruines.

Et vraiment, il semblait qu'il ne pût jamais y avoir personne en ce coin de monde perdu, où ne devaient s'aventurer que des voyageurs ignorants ou des bergers en quête d'herbe grasse pour leurs troupeaux. Plutôt que des ruines, en effet, c'étaient des vestiges de ruines, enveloppés de lierre et de ronces. Ici un porche, là une voûte, plus loin le manteau d'une cheminée, plus loin encore, le squelette d'un pavillon.

Seuls témoins vénérables du temps où il y avait une demeure précédée d'une cour, flanquée de communs, et entourée d'un parc, seuls se dressaient plus loin, en groupes ou par tronçons d'avenues, de beaux vieux arbres, des chênes surtout, largement épanouis, vénérables et majestueux.

Sur l'un des côtés de la cour, dont on voyait la forme au dessin des constructions écroulées, un pan de façade intact, adossé à un monticule de ruines, portait, à la hauteur d'un premier étage très bas, cette horloge qui avait échappé par miracle aux ravages des hommes.

Les deux grandes aiguilles allongeaient leurs flèches couleur de rouille. La plupart des heures, inscrites contre l'habitude en chiffres romains, étaient effacées. De la mousse et des pariétaires poussaient entre les pierres disjointes du cadran. Tout au fond, sous l'auvent d'une petite niche arrondie, une cloche attendait le choc du marteau.

Horloge morte, dont le cœur avait cessé de battre. Dorothée eut l'impression que le temps s'était arrêté là depuis des siècles, suspendu à ces aiguilles immobiles, à ce marteau qui ne frappait plus, à cette cloche muette au creux de son abri. Cependant elle avisa au-dessous, sur une plaque de marbre, certains caractères à peine lisibles, et, gravissant un tas de pierres, elle put déchiffrer ces mots : *In robore fortuna !*

In robore fortuna ! La belle et noble devise que l'on retrouvait partout, à Roborey, au Manoir, au château de La Roche-Périac, et sur la médaille ! Dorothée avait donc raison ! L'ordre donné par la médaille était donc valable ? Et c'était bien un rendez-vous auquel on était convié, à travers le temps et l'espace, devant cette horloge morte ?

Elle se domina et dit en riant :

« Un rendez-vous auquel je viendrai seule. »

Si ardente que fût sa conviction, elle ne croyait guère à l'arrivée de ceux qui, comme elle, avaient été convoqués. La série formidable de hasards grâce auxquels, peu à peu, elle était parvenue au cœur même de l'aventure énigmatique, ne pouvait être logiquement renouvelée en faveur d'un autre privilégié. La chaîne des traditions avait dû s'interrompre dans les autres familles, ou bien aboutir à des fragments de vérité, comme le prouvaient les exemples du chemineau et de l'ouvrière.

« Personne ne viendra, répéta-t-elle. Il est onze heures trente-cinq. Par conséquent... »

Elle n'acheva pas. Un bruit venait du côté de la terre, un bruit assez proche, qui ne se confondait avec aucun de ceux que produisent les vagues de la mer ou l'effort du vent. Elle écouta. Cela retentissait avec un rythme égal et de plus en plus distinct.

« Quelque paysan... quelque bûcheron », pensa-t-elle.

Non, c'était autre chose. Elle s'en rendit compte à mesure que l'on avançait... c'était le pas lent et cadencé d'un cheval dont les sabots heurtaient le sol plus dur du sentier. Dorothée en suivait la marche progressive au milieu des enclos du vieux domaine, puis sur les briques entrecroisées. Un claquement de langue résonnait parfois, encouragement du cavalier à sa monture.

Les yeux fixés sur l'arche béante, Dorothée attendait avec une petite fièvre de curiosité.

Et, soudain, le cavalier apparut. Bizarre cavalier qui semblait si grand sur son cheval si menu, que l'on eût cru plutôt qu'il avançait avec l'aide de ses longues jambes pendantes, et que le menu cheval était porté par lui comme un jouet d'enfant. Son costume à carreaux, sa culotte courte, ses gros bas de laine, son visage rasé, la pipe qu'il tenait à ses lèvres, son flegme, tout indiquait sa nationalité anglaise.

Avisant Dorothée, il fit, en lui-même, et sans avoir l'air surpris :

« Aoh ! »

Et il eût continué sa route si la vue de l'horloge ne l'eût frappé. Il tira sur la bride :

« Stop, boy ! Stop ! »

Pour descendre, il n'eut guère qu'à se hausser sur la pointe des pieds tandis que le menu cheval glissait sous lui. Il noua la bride autour d'une racine, consulta sa montre, et vint prendre place non loin de l'horloge, exactement comme s'il se fût mis en faction.

« Voilà un monsieur qui n'est pas bavard, pensa Dorothée. Un Anglais, pour sûr... »

Elle se rendit bien compte, au bout d'un instant, qu'il la regardait, mais comme on regarde une femme que l'on trouve jolie, et non pas quelqu'un avec qui les circonstances exigeraient que l'on causât.

Sa pipe étant éteinte, il la ralluma, et ils restèrent ainsi trois ou quatre minutes, l'un près de l'autre, gravement et sans bouger. La brise poussait vers elle la fumée de la pipe.

« C'est trop bête, se dit Dorothée, car enfin, quoi, ce gentleman taciturne et moi, il est tout à fait probable que nous avons rendez-vous. Ma foi, tant pis, je me présente... Sous quel nom ? »

Cette question la jeta dans un cruel embarras. Devait-elle se faire connaître comme princesse d'Argonne ou comme Dorothée, danseuse de corde ? La solennité des circonstances justifiait une présentation cérémonieuse et l'énoncé du titre. Mais, d'autre part, le costume bariolé et la jupe très courte exigeaient moins de pompe. Décidément « danseuse de corde » suffisait.

Toutes ces réflexions dont elle sentait elle-même le comique avaient amené sur son visage un sourire que le jeune homme remarqua.

Il sourit également. Tous deux ouvrirent la bouche, et ils allaient parler en même temps quand un incident coupa court à leurs effusions. Quelqu'un débouchait dans la cour par le sentier, un piéton qui avait une figure glabre, très pâle, un bras en bandoulière sous un veston beaucoup trop large et une casquette de soldat russe.

Lui aussi, la vue de l'horloge le cloua sur place. Apercevant Dorothée et son compagnon, il eut un large sourire qui lui fendit la bouche jusqu'aux oreilles, et il ôta sa casquette, découvrant un crâne tout rasé.

Pendant ce temps, un bruit de moteur avait crépité à quelque distance. Les détonations s'accentuèrent, et, toujours par l'ouverture de l'arche, une motocyclette jaillit, qui bondit sur le terrain inégal, et qui s'arrêta net. Le motocycliste avait avisé l'horloge.

Tout jeune, solide et bien pris dans son costume de voyage, grand, élancé, de visage joyeux, il était certainement, comme le premier, de race anglo-saxonne. Ayant calé sa motocyclette, il se dirigea vers Dorothée, la montre à la main, comme s'il eût été sur le point de dire :

« Vous noterez que je ne suis pas en retard. »

Mais il fut interrompu par deux autres arrivées qui se produisirent coup sur coup.

Un second cavalier déboucha au trot d'une grande bête efflanquée et, frappé à son tour par la rencontre des personnes groupées devant l'horloge, donna un coup violent de rênes en prononçant :

« Piano, piano... »

Celui-là était de silhouette fine et de physionomie aimable, et, lorsqu'il se fut débarrassé de sa bête, il avança, chapeau bas, comme un homme qui va présenter ses devoirs à une femme.

Mais, monté sur un âne, un cinquième individu apparut, qui avait suivi une direction différente de celle de tous les autres, et qui, au seuil de la cour, demeura interdit, stupide, les yeux écarquillés derrière ses lunettes.

« Est-ce possible ! balbutiait-il. Est-ce possible !... On est venu !... Tout cela n'est pas une fable ! »

Il avait bien une soixantaine d'années. Vêtu d'une redingote, coiffé d'un chapeau de paille noire, la face flanquée de deux favoris, il portait sous le bras une serviette de cuir fort usée, et il ne cessait de répéter avec ahurissement :

« On est venu !... On est venu au rendez-vous !... C'est à n'y pas croire... »

Jusqu'ici Dorothée avait gardé le silence, parmi les exclamations et les allées et venues de ses compagnons. Le besoin d'explications et de paroles semblait décroître en elle à mesure qu'elle était plus entourée. Elle devenait sérieuse, grave. Ses yeux pensifs exprimaient une émotion intense. Chaque apparition lui semblait un événement aussi formidable que si un miracle se fût produit. Comme le monsieur à la redingote et à la serviette de cuir, elle murmurait :

« Est-ce possible ! On est venu au rendez-vous !... »

Elle consulta sa montre.

Midi.

« Ecoutez, dit-elle, le doigt tendu. Ecoutez... l'*Angelus* qui sonne quelque part... à l'église du village... »

Ils se découvrirent, et, en même temps qu'ils écoutaient le tintement de la cloche qui leur arrivait par bouffées irrégulières, on eût dit qu'ils attendaient que l'horloge arrêtée se remît en marche et rattachât aux minutes présentes le fil des minutes d'autrefois.

Dorothée tomba à genoux. Son émotion était si forte qu'elle pleurait.

XI

LE TESTAMENT DU MARQUIS DE BEAUGREVAL

Larmes de joie, larmes qui détendaient ses nerfs exaspérés et la baignaient d'une grande douceur. Les cinq hommes s'agitaient, ne sachant que faire ni que dire.

« Mademoiselle... Qu'y a-t-il, mademoiselle?... »

Et ils semblaient tous si interloqués par les sanglots de cette jeune fille, et par leur propre présence autour d'elle, que Dorothée passa subitement des larmes au rire, et, cédant aux impulsions de sa nature, se mit à danser sur place, sans se soucier de savoir si elle leur apparaîtrait comme une princesse ou comme une danseuse de corde.

Et plus cette manifestation imprévue augmentait l'ahurissement de ses compagnons, plus elle redoublait de gaieté. Fandango, gigue, bourrée, tout défila en l'espace d'une minute, avec simulation de castagnettes, accompagnement de chansons anglaises et de ritournelles auvergnates, et surtout avec les éclats de rire qui réveillaient les échos de La Roche-Périac.

« Mais riez donc aussi, tous les cinq! dit-elle en les apostrophant. Vous avez l'air de cinq momies. Riez donc! C'est moi qui vous le demande, moi Dorothée, danseuse de corde, princesse d'Argonne. Monsieur le notaire, dit-elle en s'adressant au monsieur à la redingote, allons, prenez une mine plus réjouie. Je vous assure qu'il y a de quoi se réjouir. »

Elle s'était élancée vers le bonhomme, lui secouait la main, et lui disait, comme pour le convaincre de sa qualité :

« Vous êtes le notaire, n'est-ce pas? Le notaire chargé d'exécuter une disposition testamentaire?

Mais oui, tout cela est moins obscur que vous ne croyez... On vous expliquera... Hein, vous êtes le notaire?

— En effet, bredouilla le monsieur, maître Delarue, notaire à Nantes.

— A Nantes? Parfait, nous sommes d'accord. Et il s'agit, n'est-ce pas? d'une pièce d'or... une pièce d'or que chacun a reçue comme convocation au rendez-vous?

— Oui!... Oui... fit-il de plus en plus ahuri. Une pièce d'or... un rendez-vous...

— Le 12 juillet 1921?

— Oui... oui... 1921...

— A midi?

— A midi. »

Il voulut regarder sa montre. Elle l'en empêcha.

« Pas la peine, maître Delarue, nous avons entendu l'*Angelus*. Vous êtes exact au rendez-vous... Nous aussi... Tout est régulier... Chacun a sa pièce d'or... Ils vont vous la montrer. »

Elle entraîna maître Delarue vers l'horloge, et dit aux jeunes gens avec une verve croissante :

« Voilà... c'est maître Delarue, le notaire... *You understand?* Vous ne comprenez pas? Je puis parler anglais, vous savez, l'italien aussi... et le javanais... »

Ils protestèrent. Tous quatre comprenaient le français.

« A merveille, dit-elle. On s'entendra mieux. Donc, c'est maître Delarue, c'est le notaire, celui qui a été chargé de présider notre réunion. En France, les notaires représentent les morts. Or comme c'est un mort qui nous réunit, vous voyez le rôle considérable de maître Delarue... Vous ne saisissez pas? Comme c'est drôle! Tout cela me paraît si clair et si amusant! si étrange! C'est la plus jolie aventure que je connaisse... la plus émouvante aussi. Pensez donc! nous sommes de la même famille... quelque chose comme des cousins. Alors, n'est-ce pas, nous avons le droit de nous réjouir, et d'être ensemble comme des parents qui se retrouvent. D'autant plus... mais oui, je ne me trompe pas... tous les quatre décorés!... la croix de guerre française!... Alors, vous avez combattu tous les quatre? combattu en France?... et vous avez défendu mon cher pays? »

Elle leur serrait les mains à tous, en leur offrant son regard affectueux, et comme l'Américain et l'Italien lui répondaient avec la même effusion, brusquement, d'un geste spontané, elle se haussa vers eux et les embrassa sur les deux joues.

« Tenez, cousin d'Amérique... tenez, cousin d'Italie, soyez les bienvenus dans mon pays. Et vous aussi, les deux autres, je vous embrasse... Hein! c'est convenu, n'est-ce pas, nous sommes des camarades? des amis? »

Tout cela se passait dans la joie et dans la belle humeur d'êtres jeunes et pleins de vie, qui se retrouvent vraiment, comme les membres épars d'une famille. Il n'y avait plus entre eux la gêne d'une première rencontre. Ils se connaissaient depuis des années et des années (depuis des siècles! s'écria Dorothée en battant des mains). Aussi, les quatre jeunes gens se pressaient-ils autour d'elle, à la fois attirés par sa grâce et son exubérance, et surpris par tout ce qu'elle apportait de lumière dans l'histoire ténébreuse qui les unissait tout à coup les uns aux autres. Tous les obstacles étaient abolis. Il n'y eut pas la lente infiltration de sentiments qui vous pénètrent peu à peu de confiance et de sympathie, mais l'invasion soudaine d'une camaraderie pleine d'abandon. Chacun voulait plaire, et chacun sentait qu'il plaisait.

Dorothée les sépara et les plaça sur un rang, comme pour une revue.

« A tour de rôle, mes amis. Excusez-moi, maître Delarue, c'est moi qui fais l'appel, et qui vérifie les pouvoirs. Eh, le numéro un, monsieur l'Américain, qui êtes-vous? Votre nom? »

L'Américain répondit :

« Archibald Webster, de Philadelphie.

— Archibald Webster, de Philadelphie, vous avez reçu de votre père une médaille d'or?

— De ma mère, mademoiselle, mon père étant mort depuis longtemps.

— Et votre mère la tenait de qui?

— De son père.

— Et ainsi de suite, n'est-ce pas? »

Archibald Webster confirma en un français excellent, et comme si un devoir impérieux l'obligeait à répondre à la jeune fille :

« Et ainsi de suite, en effet, mademoiselle. Une tradition de famille, qui remonte à une époque que nous ignorons, prétend que nous sommes d'origine française, et veut qu'une certaine médaille soit transmise à l'aîné des enfants, sans que jamais plus de deux personnes en sachent l'existence.

— Mais que signifie-t-elle, selon vous, la tradition?

— Je ne sais. Ma mère m'a dit que la pièce d'or nous donnait droit au partage d'un trésor. Mais elle m'a dit cela en riant, et elle m'a envoyé en France plutôt par curiosité.

— Montrez-moi votre médaille, Archibald Webster. »

L'Américain sortit la pièce de la poche de son gilet. Elle était exactement pareille à celle que Dorothée possédait. Mêmes inscriptions, même grandeur, même couleur éteinte. Dorothée la fit voir à maître Delarue, puis la rendit à l'Américain, et poursuivit son interrogatoire :

« Numéro deux... Anglais, n'est-ce pas?

— George Errington, de Londres.

— Dites-nous ce que vous savez, George Errington, de Londres. »

L'Anglais secoua sa pipe, la vida et répondit, en bon français également :

« Je n'en sais pas davantage. Orphelin dès ma naissance, j'ai reçu la pièce, il y a trois jours, des mains de mon tuteur, frère de mon père. Il m'a dit que, d'après mon père, il s'agissait d'un héritage à recueillir, et que, d'après lui, tout cela n'était pas sérieux, mais que je devais obéir.

— Vous avez eu raison d'obéir, George Errington, de Londres. Montrez-moi votre médaille. Bien, vous êtes en règle... Le numéro trois, Russe, sans doute ? »

L'homme à la casquette de soldat comprenait, mais ne parlait pas le français. Il présenta, avec son large sourire, un bout de papier de propreté douteuse, sur lequel étaient inscrits ces mots : Kourobelef. Guerre de France. Salonique. Guerre avec Wrangel.

« La médaille ? demanda Dorothée. Parfait, mon brave. Nous sommes d'accord. Et la médaille du numéro quatre, du signor italien ?

— Marco Dario, de Gênes, répondit celui-ci en montrant sa pièce d'or. Je l'ai trouvée sur le cadavre de mon père, en Champagne, un jour où nous avions combattu côte à côte. Il ne m'en avait jamais parlé.

— Et vous êtes venu ici, cependant...

— Je n'en avais pas l'intention. Et puis, malgré moi, comme j'étais retourné en Champagne sur la tombe de mon père, j'ai pris le train pour Vannes...

— Oui, dit-elle, comme les autres, vous vous êtes soumis à l'ordre de notre ancêtre commun. Quel ancêtre ? Et pourquoi cet ordre ? C'est ce que maître Delarue, ici présent, va nous révéler. Allons, maître Delarue, tout est en règle. Nous avons tous le mot de passe. Nous sommes en droit, maintenant, de vous réclamer des explications.

— Quelles explications ? demanda le notaire, encore tout étourdi par tant de surprises. Je ne sais pas trop...

— Comment ! vous ne savez pas ! s'écria-t-elle. Mais alors, pourquoi cette serviette de maroquin ?... Et pourquoi avez-vous fait le voyage de Nantes à La Roche-Périac ? Allons, ouvrez-la, votre serviette de maroquin, et donnez-nous lecture des documents qu'elle ne peut pas manquer de contenir.

— Vous croyez, en vérité ?...

— Si je crois ! Nous avons tous les cinq, ces messieurs et moi, accompli notre devoir en venant ici et en vous renseignant sur notre identité. A vous de remplir votre mission. Nous sommes tout oreilles. »

La gaieté de la jeune fille suscitait autour d'elle tant de cordialité que maître Delarue lui-même en ressentait les effets bienfaisants. Somme toute, l'affaire était débrouillée. Il entrait de plain-pied sur un terrain où la jeune fille avait tracé, au milieu de fourrés inextricables en apparence, une route qu'il n'avait plus qu'à suivre en toute tranquillité.

« Mais oui... dit-il. Mais oui... il n'y a plus autre chose à faire... et je dois vous communiquer ce que je sais... tout ce que je sais... Excusez-moi... Cette histoire est si déconcertante !... »

Remis de son effarement, il reprit toute la dignité qui convient à un notaire. On lui prépara une place d'honneur, sur une sorte de gradin formé par l'aspérité du sol. Il s'y assit. On forma le cercle. Selon les instructions de Dorothée, il entrouvrit sa serviette d'un air important, en homme qui a l'habitude que les yeux se fixent sur lui et que les oreilles recueillent ses moindres paroles, et, sans plus se faire prier, il débita un discours évidemment préparé pour le cas où, contre toute attente et toute logique, il se trouverait en présence de quelqu'un au rendez-vous fixé.

« Mon préambule sera bref, dit-il, car j'ai hâte d'arriver à l'objet même de cette réunion. Le jour

— il y a de cela quatorze ans — où je m'installai à Nantes dans l'étude de notaire dont j'avais fait l'acquisition, mon prédécesseur, après m'avoir mis au courant de certaines affaires plus compliquées, s'écria : "Ah ! mais, j'allais oublier... Oh ! cela n'a guère d'importance, d'ailleurs... Mais, tout de même... Tenez, mon cher confrère, voici le plus vieux dossier de l'étude. Maigre dossier, puisqu'il se compose d'une lettre, comme vous voyez, une simple lettre sous enveloppe cachetée avec cette mention que je ne veux pas tarder à vous lire :

« "*Missive confiée à la bonne garde du sieur Barbier, tabellion, et de ses successeurs, pour être ouverte le 12 juillet 1921, à midi, devant l'horloge du château de La Roche-Périac, et pour être lue en présence de tous possesseurs de la médaille d'or frappée par mes soins.*"

« Voilà. Pas d'autres explications, mon prédécesseur n'en ayant point reçu de celui dont il avait acheté l'étude. Tout au plus put-il m'apprendre que, d'après ses recherches parmi les vieux registres de la paroisse de Périac, le sieur Barbier (Hippolyte-Jean), tabellion, vivait au début du XVIIIe siècle. A quelle époque son étude fut-elle fermée ? Pour quelles raisons les dossiers furent-ils transportés à Nantes ? Peut-être devons-nous supposer qu'à la suite de certaines circonstances, un des châtelains de La Roche-Périac a quitté le pays et s'est installé à Nantes avec ses meubles, ses chevaux, son personnel, et jusqu'au tabellion du village. Toujours est-il que, depuis près de deux cents ans, la lettre confiée à la bonne garde du tabellion Barbier et à celle de ses successeurs dormait au fond des tiroirs et des casiers, sans que personne eût cherché à surprendre le secret demandé par celui qui l'avait écrite ! Et il advenait que selon toute vraisemblance ce devait être à moi d'en couper le cachet ! »

Maître Delarue fit une pause et observa ses

auditeurs. Ils étaient, comme on dit, suspendus à ses lèvres. Content de l'impression produite, il tapota la serviette de cuir, et continua :

« Vous dirai-je que, bien souvent ma pensée s'arrêta sur cette perspective et que j'étais curieux de savoir le contenu d'une pareille lettre ? Un voyage que je fis ici même ne me fournit aucune indication, malgré mes fouilles personnelles dans les archives des villages et des bourgs de la région.

« Et l'époque arriva. Avant tout, j'allai consulter mon président de tribunal civil. Une question se posait en effet. Si la lettre était considérée comme l'expression d'une disposition testamentaire, peut-être ne devais-je l'ouvrir qu'en présence de ce magistrat. Tel était mon avis. Ce ne fut pas le sien. Le président estima qu'on se trouvait en face d'une manifestation fantaisiste (il prononça même le mot de "fumisterie") qui échappait aux méthodes légales, et que je devais agir, tout bonnement.

« "On vous donne rendez-vous sous l'orme à midi, le 12 juillet 1921, conclut-il en plaisantant. Allez-y, maître Delarue, décachetez votre missive selon l'ordonnance, et vous viendrez me mettre au courant. Et je vous promets de ne pas rire si vous revenez bredouille."

« C'est ainsi, dans des dispositions d'esprit fort sceptiques, que je pris le train pour Vannes, puis la diligence, puis, je ne sais où, un âne pour les ruines. Vous comprendrez mon étonnement en voyant que je n'étais pas seul au rendez-vous et que, sous l'orme, ou plutôt, sous l'horloge, vous étiez plusieurs qui attendiez. »

Les quatre jeunes gens riaient de bon cœur. Marco Dario, de Gênes, dit :

« Tout de même, l'affaire devient sérieuse. »

George Errington, de Londres, ajouta :

« Peut-être l'histoire du trésor n'est-elle pas si absurde.

— La lettre de maître Delarue va nous le dire », déclara Dorothée.

Ainsi le moment était venu. On resserra le cercle autour du notaire. A la gaieté des jeunes visages se mêlait un peu de gravité, qui s'affirma davantage quand maître Delarue fit passer sous les yeux de tous une de ces vastes enveloppes carrées que l'on confectionnait autrefois soi-même avec une feuille épaisse. Celle-ci était d'une teinte décolorée et luisante, comme le temps seul peut en donner au papier. Cinq cachets la fermaient, rouges autrefois peut-être, composés maintenant d'une matière gris violacé que fendillaient mille petites cassures semblables à un enchevêtrement de rides. Dans le haut à gauche, la formule de transmission avait dû être repassée plusieurs fois et rechargée d'encre par les successeurs du tabellion Barbier.

« Les cachets sont bien intacts, fit observer maître Delarue. On arrive même à déchiffrer les trois mots latins de la devise...

— *In robore fortuna,* dit Dorothée.

— Ah! vous savez?... demanda le notaire surpris.

— Mais oui, mais oui, maître Delarue, ce sont les mêmes que l'on retrouve sur les pièces d'or, et que j'ai retrouvés tout à l'heure, à moitié effacés, sur le cadran de l'horloge.

— Il y a là vraiment, estima le notaire, un rapport indiscutable qui relie entre elles toutes les parties de l'aventure et lui confère une authenticité...

— Ouvrez donc! ouvrez, maître Delarue », prononça Dorothée impatiente.

Trois des cachets sautèrent. L'enveloppe fut dépliée. Elle contenait une grande feuille de parchemin brisée en quatre, et dont les morceaux tenaient si peu les uns aux autres qu'ils se séparèrent, et qu'il fallut les rassembler.

De haut en bas, et des deux côtés, la feuille de

parchemin était remplie d'une grosse écriture à jambages indépendants, et qui, certainement, avait été tracée à l'aide d'une encre indélébile. Les lignes se touchaient presque, et les lettres étaient si serrées que l'ensemble donnait l'impression d'une ancienne page d'imprimerie à caractères énormes.

« Je vais lire, murmura maître Delarue.

— Et, pour l'amour de Dieu, sans perdre une seconde ! » s'écria Dorothée.

Il prit un deuxième lorgnon qu'il assujettit par-dessus le premier, et il articula :

« *Ecrit ce jourd'hui, 12 juillet 1721...*

— Deux siècles ! soupira le notaire, qui répéta aussitôt :

« *Ecrit ce jourd'hui, 12 juillet 1721, dernier jour de mon existence, pour être lu le 12 juillet 1921, premier jour de ma résurrection.* »

Maître Delarue s'interrompit. Les jeunes gens se regardèrent d'un air stupéfait. Archibald Webster, de Philadelphie, déclara :

« Ce gentilhomme était fou.

— Le mot de résurrection est peut-être employé dans un sens symbolique, proposa maître Delarue. La suite va nous l'apprendre. Je continue :

« Mes enfants... »

Il s'arrêta de nouveau, et il dit :

« Mes enfants... C'est à vous tous qu'il s'adresse...

— Ah ! Maître Delarue, s'écria Dorothée, je vous en conjure, ne vous interrompez plus ! Tout cela est passionnant.

— Néanmoins...

— Mais non, maître Delarue, les commentaires sont inutiles. Nous avons hâte de savoir ; n'est-ce pas, camarades ? »

Les quatre jeunes gens l'approuvèrent vivement.

Le notaire reprit alors et poursuivit sa lecture, avec des hésitations et des redites imposées par les difficultés du texte :

« Mes enfants,

« Au sortir d'une séance de l'Académie des Sciences de Paris, à laquelle M. de Fontenelle avait bien voulu me convier, l'illustre auteur des *Entretiens sur la pluralité des mondes* me saisit dessous le bras et me dit :

« Marquis, refuserez-vous de m'éclairer sur un point à propos duquel vous gardez, paraît-il, une réserve farouche ? D'où provient cette blessure à votre main gauche, ce quatrième doigt coupé à la racine même ? On prétend que vous avez laissé ce doigt au fond d'une de vos cornues, en faisant quelque expérience, car vous passez, marquis, pour être quelque peu alchimiste, et pour chercher, entre les murs de votre château de La Roche-Périac, l'élixir de longue vie.

« — Je ne le cherche pas, répondis-je, monsieur de Fontenelle, je le possède...

« — En vérité ?

« — En vérité, monsieur de Fontenelle, et, si vous me permettez de vous faire tenir une petite fiole, la Parque impitoyable devra bien attendre que vos cent ans soient révolus.

« — J'accepte de bon cœur, dit-il en riant, sous condition que vous me tiendrez compagnie. Nous sommes du même âge, ce qui nous fait quarante belles années à vivre de conserve.

« — Pour moi, monsieur de Fontenelle, vivre plus longtemps ne me dit rien qui vaille. A quoi bon s'entêter dans un monde où nul spectacle nouveau ne peut nous surprendre et où le jour qui vient sera le même que le jour qui s'achève ? Ce que je veux, c'est revivre, revivre dans un siècle ou deux, connaître les enfants de mes petits-enfants, et voir ce que les hommes ont fait après nous. Il y aura de grands changements ici-bas, dans le gouvernement des empires aussi bien que dans la pratique des choses. Je les connaîtrai.

« — Bravo, marquis ! s'écria M. de Fontenelle,

qui s'égayait de plus en plus. Bravo ! Et c'est un autre élixir qui vous donnera ce pouvoir merveilleux ?

« — Un autre, affirmai-je, que j'ai rapporté de mon voyage aux Indes où j'ai passé, comme vous savez, dix années de ma jeunesse, ami des grands prêtres de cc pays merveilleux d'où nous viennent toute religion et toute révélation. Ils m'ont initié à quelques-uns de leurs grands secrets.

« — Pourquoi pas à tous leurs secrets ? demanda M. de Fontenelle, avec une pointe d'ironie.

« — Il en est, répondis-je, qu'ils ont refusé de me révéler, comme le pouvoir de communiquer avec ces autres mondes dont vous avez si bien parlé, monsieur de Fontenelle, et comme le secret de revivre.

« — Cependant, marquis, ne prétendez-vous point ?...

« — Ce secret-là, monsieur de Fontenelle, je l'ai dérobé, et c'est pour me punir qu'ils me condamnèrent à subir le supplice de l'arrachement de tous mes doigts. Le premier doigt enlevé, on m'offrit le pardon, si je consentais à rendre le flacon dérobé. J'en indiquai la cachette, mais j'avais eu le soin, par avance, d'en changer le contenu et de recueillir l'élixir dans une autre fiole.

« — De sorte, fit M. de Fontenelle, qu'au prix d'un de vos doigts, vous avez acheté une manière d'immortalité... dont vous comptez faire usage, n'est-ce pas, marquis ?

« — Dès que j'aurai mis mes affaires en bon ordre, répondis-je, c'est-à dire dans une couple d'années environ.

« — Pour revivre ?

« — En l'an de grâce 1921. »

« L'histoire divertit fort M. de Fontenelle qui, prenant congé de moi, me promit de la relater dans ses mémoires comme une preuve de ma vive imagination... Sans doute aussi de ma folie, devait-il penser à part lui... »

Maître Delarue reprit haleine un moment, et, du regard, interrogea ses auditeurs.

Marco Dario, de Gênes, hochait la tête en riant. Le Russe montrait ses dents blanches. Les deux Anglo-Saxons semblaient s'amuser infiniment.

« Good joke! » ricana Errington, de Londres.

« Oui, excellente farce », traduisit Archibald Webster, de Philadelphie.

Dorothée ne disait rien, les yeux songeurs.

Maître Delarue poursuivit, dans le silence :

« M. de Fontenelle avait tort de rire, mes enfants. Il n'y avait point là d'imagination ni de folie. Les grands prêtres des Indes savent ce que nous ne savons pas et que nous ne saurons jamais, et je suis maître d'un de leurs secrets les plus prodigieux. L'heure est venue d'en faire usage. J'y suis résolu. L'an dernier, la marquise de La Roche-Périac, mon épouse, a péri par accident, me laissant d'amers regrets. Mes quatre fils, comme moi d'humeur aventureuse, bataillent ou font commerce à l'étranger. Je demeure seul. Vais-je traîner ici une vieillesse inutile et sans agrément? Non. Tout est prêt pour le départ... et pour le retour. Mes vieux serviteurs, Geoffroy et sa femme, fidèles compagnons de ma vie, confidents de mes projets, m'ont juré obéissance. Je dis adieu à mon siècle.

« Mes enfants, apprenez les événements qui vont se dérouler au château de La Roche-Périac. A deux heures après midi, je tomberai en syncope. Le médecin, amené par Geoffroy, constatera que mon cœur ne bat plus. Je serai bien mort, selon la vérité des connaissances humaines, et mes serviteurs m'enfermeront dans le cercueil qui m'attend.

« La nuit venue, Geoffroy et son épouse me délivreront et me porteront, sur un brancard, dans les ruines de la tour Cocquesin, le plus vieux donjon des seigneurs de Périac. Puis ils rempliront mon cercueil de pierres et le refermeront.

« De son côté, maître Barbier, exécuteur de mes volontés et administrateur de mes domaines, trouvera dans mon tiroir toutes instructions lui donnant charge de notifier mon décès à mes quatre fils et de leur adresser les quatre parts leur revenant de mon héritage. En outre, il devra faire tenir à chacun d'eux par courrier spécial une pièce d'or toute neuve que j'ai fait frapper de ma devise et qui portera la date du 12 juillet 1921, jour de ma résurrection.

« Cette médaille sera transmise de main en main à travers les générations, en commençant par l'aîné des enfants ou des petits-enfants, sans que jamais plus de deux personnes en connaissent le secret. Enfin, maître Barbier gardera la missive présente que je vais cacheter de cinq cachets, et qui sera transmise de tabellion en tabellion jusqu'à la date fixée.

« Mes enfants, quand vous lirez cette lettre, c'est que l'heure de midi du 12 juillet 1921 aura sonné. Vous serez réunis sous l'horloge de mon château, à quelques centaines de pas de la vieille tour Cocquesin où je dormirai depuis deux siècles, et que j'ai choisie comme lieu de repos, estimant que si les révolutions que je prévois détruisent les demeures, elles respecteront ce qui n'est plus déjà que ruines et décombres.

« Alors, après avoir suivi l'avenue de chênes que mon père a plantée, vous marcherez jusqu'à cette tour, qui sera sans doute ce qu'elle est aujourd'hui. Vous vous arrêterez sous l'arche où jadis se relevait le pont-levis, et l'un de vous comptant, à gauche, après la rainure de la herse, la troisième pierre en hauteur, la poussera doucement, bien droit devant lui, pendant qu'un autre comptant à droite, toujours près de la herse, la troisième pierre en hauteur, fera comme le premier. Sous cette double poussée, exercée en même temps, le milieu de la paroi de droite basculera dans l'intérieur, et formera une pente qui vous mènera au bas d'un escalier taillé dans l'épaisseur du mur.

« Eclairés par une torche, vous monterez cent trente-deux marches. Elles vous conduiront devant une cloison de plâtre édifiée, après ma mort, par Geoffroy. Vous la démolirez avec un pic de fer ramassé sur la dernière marche, et vous verrez une petite porte massive dont la clef ne tourne que si l'on appuie à la fois sur les trois briques qui font partie de cette marche.

« Vous entrerez ainsi dans une chambre où il y aura un lit, derrière des rideaux. Vous écarterez ces rideaux. Je dormirai là.

« Ne vous étonnez pas, mes enfants, de me voir plus jeune peut-être que le portrait que voulut bien faire de moi l'an dernier M. Nicolas de Largillière, peintre du roi, et qui est suspendu au chevet de mon lit. Deux siècles de sommeil, le repos de mon cœur qui ne battra qu'à peine, auront, je n'en doute pas, comblé mes rides et rendu la jeunesse à mes traits. Ce n'est pas un vieillard que vous contemplerez.

« Mes enfants, la fiole sera sur l'escabeau voisin, enveloppée dans de l'étoffe, bouchée de cire vierge. Vous en casserez le collet sur-le-champ. Tandis qu'un de vous, avec la pointe d'un couteau, desserrera mes dents, un autre versera l'élixir, non pas goutte à goutte, mais en un mince filet de liquide, qui devra couler au fond de ma gorge. Quelques minutes s'écouleront. Puis la vie reviendra peu à peu. Les battements de mon cœur se précipiteront. Ma poitrine se soulèvera et mes paupières s'ouvriront.

« Peut-être, mes enfants, devrez-vous parler à voix basse et ne pas m'éclairer d'une clarté trop vive, pour que mes oreilles et mes yeux ne soient frappés d'aucun choc. Peut-être, au contraire, ne vous verrai-je et ne vous entendrai-je qu'indistinctement, avec ces organes bien affaiblis. Je ne sais. Je prévois une période d'engourdissement et de malaise pendant laquelle mon esprit devra rassembler ses idées comme on fait au sortir du sommeil.

« Je ne me hâterai pas, d'ailleurs, et vous demande en grâce de ne point chercher à tendre mes efforts. Des journées paisibles, une nourriture plus abondante, me ramèneront insensiblement aux douceurs de la vie.

« Ne craignez point du reste que je sois à votre charge, mes enfants. A l'insu des miens, j'ai rapporté des Indes quatre diamants de grosseur extraordinaire, quatre diamants rouges de Golconde, que j'ai mis dans l'endroit le plus impénétrable qui soit, et sur lesquels il me suffira d'emprunter pour tenir mon rang et jouir grandement de l'existence.

« Comme je dois penser que ma mémoire n'aura peut-être pas gardé le souvenir de cet endroit mystérieux, j'ai marqué le secret en quelques lignes placées ci-inclus, sous une enveloppe intérieure, portant la désignation de "codicille".

« Ce codicille, je n'en ai pas soufflé mot, même à mon serviteur Geoffroy et à son épouse. Si, par faiblesse bien humaine, ils léguaient à leurs enfants quelque récit faisant confidence de mon histoire secrète, ils ne pourraient cependant révéler la cachette de ces quatre diamants merveilleux qu'ils ont souvent admirés et qu'ils chercheront en vain après mon départ.

« Donc l'enveloppe intérieure me sera remise dès mon retour à la vie. Dans le cas, impossible à mon sens, mais que néanmoins votre intérêt m'oblige à considérer, où la destinée m'aurait trahi et où vous ne trouveriez pas trace de moi, vous ouvririez vous-mêmes l'enveloppe et, connaissant la cachette, prendriez possession des diamants.

« D'ores et déjà, j'en reconnais la pleine propriété à ceux de mes descendants qui présenteront la médaille d'or, sans que personne ait le droit d'intervenir dans le juste partage qu'ils feront entre eux, et je leur demande de régler cette affaire eux-mêmes, seuls, et suivant leur conscience.

« J'ai dit ce que j'avais à dire, mes enfants. Je vais entrer dans le silence et attendre votre venue. Nul doute que vous ne veniez de tous les coins de la terre à l'appel impérieux de la pièce d'or. Issus du même sang, soyez entre vous comme des frères et des sœurs. Approchez gravement de celui qui repose, et délivrez-le des liens qui le retiennent dans le royaume des ténèbres...

« Ecrit de ma propre main, en parfaite santé d'esprit et de corps, ce jourd'hui 12 juillet 1721. Sur quoi je signe de mon nom. Jean-Pierre-Augustin de la Roche, marquis de... »

Maître Delarue se tut, examina de plus près le papier, puis, après un instant, murmura :

« La signature n'est guère lisible... Le nom commence-t-il par un B ou par un R... ? Le parafe brouille toutes les lettres. »

Dorothée prononça lentement :

« Jean-Pierre-Augustin de la Roche, marquis de Beaugreval.

— Mais oui, mais oui, s'écria aussitôt le notaire... c'est bien cela... Marquis de Beaugreval. Comment le savez-vous ?

— C'est un des noms de ma famille.

— Un des noms de votre famille ?... »

CHAPITRE XII

L'ÉLIXIR DE RÉSURRECTION

Dorothée ne répondit pas, tout absorbée encore par l'étrange missive du marquis. Ses compagnons, les yeux fixés sur elle, semblaient attendre que la jeune fille exprimât une opinion, et, comme elle se taisait, George Errington, de Londres, répéta :

« Good joke ! »

Elle secoua la tête :

« Est-ce bien sûr, cousin, que ce soit une plaisanterie ?

— Oh ! mademoiselle, pensez donc ! cette résurrection !... l'élixir !... les diamants cachés !...

— Ça, je ne dis pas, fit Dorothée en souriant, le bonhomme me paraît un peu détraqué. Toujours est-il que la lettre qu'il nous adresse est certainement authentique, qu'après deux siècles nous sommes venus à son rendez-vous, comme il l'avait prévu, et que, en définitive, nous sommes bien de la même famille.

— Je crois qu'on pourrait s'embrasser de nouveau, mademoiselle...

— Mon Dieu, répliqua Dorothée, si notre aïeul le permet, je veux bien, moi.

— Mais il nous le permet !

— Allons le lui demander. »

Maître Delarue protesta :

« Vous irez sans moi, mademoiselle, je vous l'assure. Comprenez bien que je ne vais pas aller voir si Jean-Pierre-Augustin de la Roche, marquis de Beaugreval, est encore en vie à l'âge de deux cent soixante-deux ans !

— Mais ce n'est pas si vieux que cela, maître Delarue. Nous ne devons pas compter les deux cents ans de sommeil. Alors, quoi, soixante-deux ans, c'est tout à fait normal. Son ami, M. de Fontenelle, est bien mort à cent ans, comme le lui avait prédit M. de Beaugreval, et grâce à un élixir de longue vie. »

Marco Dario demanda :

« Enfin, vous n'y croyez pas, mademoiselle ?

— Non. Mais tout de même il doit y avoir quelque chose.

— Quelle autre chose ?

— Nous le saurons tout à l'heure. Pour l'instant, je vous assure à ma honte que je voudrais bien auparavant...

— Quoi ? » lui demanda-t-on.

Elle se mit à rire.

« Eh bien, voilà, j'ai faim ! Mais une faim de deux cents ans, un faim comme doit en éprouver le marquis de Beaugreval. L'un d'entre vous n'aurait pas... »

Trois des jeunes gens bondirent. L'un courut vers sa moto, les deux autres vers leurs chevaux. Chacun avait des sacoches remplies de provisions qu'ils apportèrent et rangèrent sur l'herbe aux pieds de Dorothée. Le Russe Kourobelef, qui ne possédait qu'un morceau de pain, poussa devant elle, en guise de table, une grande pierre plate.

« Oh ! c'est vraiment gentil, dit-elle en battant des mains. Un déjeuner de famille ! Nous vous invitons, maître Delarue. Et vous aussi, soldat de Wrangel. »

Le repas fut joyeux, arrosé de bon vin d'Anjou. Ils burent à la santé du digne gentilhomme qui avait eu l'excellente idée de les réunir dans son château, et Webster proposa un ban en son honneur.

Mais, au fond, les diamants, le codicille, la survie du gentilhomme, sa résurrection, autant de billevesées auxquelles ils ne pensaient plus. L'aventure se terminait pour eux avec la lecture de la lettre et avec le repas improvisé. Et combien déjà elle était extraordinaire !

« Et si amusante ! disait Dorothée qui ne cessait de rire. Je vous assure que je ne me suis jamais tant amusée ! Jamais !... »

Ses quatre cousins, comme elle les appelait, s'empressaient autour d'elle, attentifs à ses moindres gestes, riant et s'étonnant de ses paroles. Du premier coup, ils la connaissaient et elle les connaissait, sans qu'ils eussent tous les cinq à passer par les phases habituelles des relations entre gens qui ne se sont jamais vus. Elle était pour eux la grâce, la beauté, l'esprit, la fraîcheur. Elle représentait le pays charmant d'où jadis leurs ancêtres étaient partis, et ils la retrouvaient à la fois comme une sœur dont on est fier, et comme une femme que l'on voudrait conquérir.

Rivaux déjà, ils tâchaient de se faire valoir les uns aux dépens des autres.

Errington, Webster et Dario organisèrent des luttes, des tours de force, des jeux d'équilibre, des courses. Comme récompense, ils n'en demandaient qu'une à Dorothée, reine du tournoi, c'était d'être regardé par elle, par ces beaux yeux dont ils subissaient la séduction profonde et qui leur semblaient soudain les plus beaux yeux qu'ils eussent jamais vus.

Mais le vainqueur du tournoi, ce fut Dorothée. Dès qu'elle y prit part, les autres n'eurent plus qu'à s'asseoir, à regarder et à s'émerveiller.

Un pan de mur, dont le faîte était mince et presque coupant, lui servit de corde raide. Elle escalada des arbres d'où elle se laissait tomber de branche en branche. Sautant sur le grand cheval de Dario, elle exigea de lui des pas de haute école. Puis, saisissant la bride du poney, elle fit de la voltige sur les deux chevaux, à califourchon, couchée ou debout.

Et tout cela décemment, avec une grâce où il y avait de la pudeur, de la réserve, et nulle coquetterie. Les jeunes gens montraient de l'enthousiasme et de la stupeur. L'acrobate les ravissait. Mais la jeune fille leur imposait un respect dont aucun d'eux n'eût songé à se départir. Qu'était-elle ? Ils l'appelaient princesse en riant, mais leur rire avait de la déférence. En réalité, ils ne comprenaient pas.

Ce n'est qu'à trois heures de l'après-midi qu'on résolut d'entreprendre la fin de l'expédition. Ils y allèrent tous comme à une partie de plaisir. Maître Delarue, à qui le petit vin d'Anjou montait un peu à la tête, sa cravate dénouée, son chapeau haut de forme en arrière, enfourcha son âne et ouvrit la marche en chantant des couplets sur la résurrection du marquis Lazare. Dario, de Gênes, imitait un accompagnement de mandoline. Errington et Webster tenaient au-dessus de la tête de Dorothée, pour la garantir du soleil, une ombrelle faite de fougères et de fleurs sauvages.

On contourna le monticule que formaient, derrière l'horloge, les débris de l'ancien château, et l'on suivit une belle avenue d'arbres centenaires qui aboutissaient à un rond-point, au milieu duquel se dressait un chêne magnifique.

Maître Delarue annonça, d'un ton de cicérone :

« Voici les arbres que planta le père de M. de Beaugreval. Vous remarquerez leur vigueur. Arbres vénérables s'il en fut ! Voici le chêne-roi. Des générations entières s'y sont abritées. Chapeau bas, messieurs ! »

Puis ils atteignirent les pentes broussailleuses d'une petite colline au sommet de laquelle, après un talus circulaire qui représentait les vestiges d'une enceinte intérieure, se dressait la carcasse d'une tour de forme ovale.

« La tour Cocquesin, débita maître Delarue, de plus en plus exubérant. Ruines vénérables s'il en fut ! Restes du donjon féodal ! C'est là que nous attend le marquis-au-Bois-Dormant, seigneur de Beaugreval, que nous allons ressusciter avec un doigt d'élixir mousseux ! »

Le ciel bleu apparaissait à travers les fenêtres vides. Des pans de murs entiers s'étaient écroulés. Cependant toute une partie à droite semblait intacte, et, s'il y avait réellement un escalier et une habitation quelconque, comme le prétendait le marquis, ce ne pouvait être que dans cette partie.

Maintenant s'ouvrait devant eux l'arche contre laquelle se rabattait autrefois le pont-levis. Les abords en étaient encombrés d'un tel amoncellement de ronces et d'arbustes entrelacés, qu'il leur fallut un long temps avant d'atteindre la voûte où se trouvaient les pierres indiquées par le marquis de Beaugreval.

Là, nouvel obstacle et nouvel effort pour se frayer un double chemin vers les deux parois.

« Nous y sommes, dit enfin Dorothée qui avait dirigé les travaux, et nous pouvons être sûrs que personne ne nous a précédés. »

Avant de commencer l'opération prescrite, ils allèrent jusqu'à l'extrémité de la voûte. Elle s'ouvrait sur la nef immense que formait l'intérieur du donjon, vidé de ses étages, sans autre toit que le ciel. On voyait quatre creux de cheminées qui se superposaient sous des manteaux de pierres sculptées, où des plantes sauvages habitaient.

En bas, on eût dit l'arène ovale d'un cirque romain, avec une série de petites salles, voûtées par en dessus, dont on apercevait les orifices béants, et que des couloirs étroits séparaient en groupes distincts.

« Les visiteurs qui se risquent à La Roche-Périac peuvent entrer de ce côté, observa Dorothée. Les noces des environs doivent y venir à l'occasion. Tenez, il y a des papiers gras sur le sol et des boîtes de sardines.

— Ce qui est curieux, dit Webster, c'est que la voûte du pont-levis n'ait pas été déblayée.

— Par qui? Croyez-vous que les promeneurs vont perdre leur temps à faire ce que nous avons fait, alors qu'il y a, en face, des issues naturelles?... »

Ils ne semblaient guère pressés de se remettre à l'ouvrage et de vérifier les assertions du marquis, et ce fut plutôt par acquit de conscience, et pour avoir le droit de se dire, sans arrière-pensée : « L'aventure est finie » qu'ils s'attaquèrent aux parois de la voûte.

Dorothée, aussi sceptique que les autres, reprit le commandement avec nonchalance.

« Allons-y, cousins. Vous n'êtes pas venus d'Amérique et de Russie pour vous croiser les bras. Nous devons à notre ancêtre la preuve de notre bonne volonté, et gagner le droit de jeter nos médailles d'or au fond de nos tiroirs. Dario, de Gênes, Errington, de Londres, veuillez respectivement pousser, chacun de votre côté, la troisième pierre en hauteur... oui, ces deux-ci, puisque voici la rainure où glissait l'ancienne herse... »

Les pierres se trouvaient assez haut, de sorte que l'Italien et l'Anglais ne les atteignirent qu'en levant les bras. Conseillés par Dorothée, ils grimpèrent sur les épaules de leurs camarades Webster et Kourobelef.

« Etes-vous prêts ?

— Nous sommes prêts, répondirent Errington et Dario.

— Alors, poussez doucement, et d'une façon continue. Et surtout, ayez la foi ! Maître Delarue n'a pas la foi. Aussi je ne lui demande rien. »

Les deux jeunes gens avaient appliqué leurs mains sur les deux pierres et pesaient fortement.

Dorothée plaisantait :

« Allons, un peu de nerf, s'il vous plaît, messieurs ! Les affirmations du marquis sont paroles d'évangile. Il a écrit que la pierre de droite basculerait. Que la pierre de droite bascule !

— La mienne remue, dit l'Anglais, à gauche.

— La mienne également, déclara l'Italien, à droite.

— Pas possible ? s'écria Dorothée, incrédule.

— Mais oui, mais oui, affirma l'Anglais, celle de dessus aussi, et elles s'enfoncent toutes deux par le haut. »

Il n'avait pas achevé ces mots que les deux pierres, formant bloc, basculèrent à l'intérieur, et découvrirent un palier où, dans l'ombre, on apercevait quelques marches.

L'Anglais jeta un cri de triomphe :

« Ce brave gentleman n'a pas menti. Voilà l'escalier. »

Ils demeurèrent un moment interdits. Non pas que l'événement fût bien extraordinaire, mais il apportait une première confirmation à ce qu'avait annoncé le marquis de Beaugreval, et ils se demandaient malgré eux si les autres prédictions ne se réaliseraient pas avec la même exactitude.

« Au cas où il y aurait vraiment cent trente-deux marches, dit Errington, je me déclare convaincu.

— Quoi ! fit maître Delarue, qui semblait, lui aussi, fort impressionné, vous oseriez prétendre que le marquis...

— Que le marquis nous attend, comme un monsieur averti de notre visite.

— Vous déraisonnez, bougonna le notaire. N'est-ce pas, mademoiselle ? »

Les jeunes gens le hissèrent sur le palier. Dorothée les rejoignit. Deux lampes de poche remplacèrent les torches prévues par M. de Beaugreval, et l'on se mit à escalader les très hautes marches, qui tournaient sur elles-mêmes dans un espace très restreint.

« Quinze... seize... dix-sept... » comptait Dario.

Pour se donner du cœur, maître Delarue chantait les couplets de *La Tour prends garde.* Mais, à la trentième marche, il dut se reposer.

« L'ascension est rude, n'est-ce pas ? dit la jeune fille.

— Oui, oui... mais c'est surtout l'idée que nous

rendons visite à un mort. Ça me coupe les jambes. »

A la cinquantième marche, un trou dans le mur laissait passer la lumière. Dorothée s'y glissa et aperçut les bois de La Roche, mais une corniche avancée ne permettait pas de voir le pied du donjon.

On continua la montée. Maître Delarue chantonnait, d'une voix de plus en plus chevrotante qui, à la fin, exhalait plutôt des gémissements.

Dario comptait :

« Cent... Cent dix... Cent vingt... »

A cent trente-deux, il annonça :

« Un mur barre l'escalier. En cela non plus, notre aïeul n'a pas menti.

— Il y a bien trois briques incorporées dans la marche ? demanda Dorothée.

— Elles y sont.

— Et un pic de fer ?

— Le voici.

— Allons, tout est bien conforme au testament, dit-elle en achevant l'ascension et en examinant les lieux. Nous n'avons qu'à obéir à cet excellent homme. »

Elle ordonna :

« Webster, démolissez le mur. Ce n'est qu'un panneau de plâtre. »

Au premier choc, en effet, le mur s'écroula, démasquant une petite porte trapue.

« Crebleu, marmotta le notaire qui n'essayait plus de masquer son inquiétude, le programme s'exécute point par point.

— Ah ! ah ! fit Dorothée malicieusement, vous devenez moins sceptique, maître Delarue. Pour un peu, vous affirmeriez que la porte va s'ouvrir.

— Je l'affirme. Ce vieux fou était un mécanicien habile et un metteur en scène de premier ordre.

— Vous parlez de lui comme s'il était mort », remarqua Dorothée.

Le notaire lui saisit le bras.

« Evidemment. Car enfin, quoi, je veux bien admettre qu'il est là, mais pas vivant ! non, pas vivant ! »

Elle posa son pied sur l'une des briques. Errington et Dario pressèrent les deux autres. La porte eut un soubresaut violent, puis s'ébranla et glissa sur ses gonds.

« Santa Madona ! chuchota Dario. Nous sommes en plein miracle. Va-t-on voir Satan ?... »

A la lueur des lampes, ils discernaient une chambre assez vaste, sans fenêtre, au plafond cintré. Aucun ornement sur les murs de pierre. Aucun meuble. Mais, à gauche, on devinait une autre pièce plus basse, qui constituait une sorte d'alcôve, et cette alcôve était cachée par une tapisserie clouée grossièrement sur une poutre.

Les cinq hommes et Dorothée ne bougeaient pas, silencieux, immobiles. Maître Delarue, très pâle, ne semblait pas à l'aise. Etaient-ce les fumées du vin ? ou l'angoisse du mystère ?

Personne ne souriait plus. Dorothée ne pouvait détacher son regard de la tapisserie. Ainsi l'aventure ne s'arrêtait ni à la rencontre prodigieuse des héritiers du marquis ni à la lecture de ses volontés fantastiques. Elle allait jusqu'au creux de la vieille tour où nul n'avait pénétré, et jusqu'au seuil même de la retraite inviolable où le marquis avait bu le breuvage qui endort... ou qui tue. Qu'y avait-il derrière la tapisserie ? Un lit, sans doute... quelques vêtements qui gardaient peut-être la forme du corps qu'ils avaient recouvert... et puis, une poignée de cendres...

Elle tourna la tête vers ses compagnons comme pour leur dire :

« Est-ce moi qui marcherai la première ? »

Ils restèrent immobiles, indécis et gênés...

Alors, elle avança d'un pas, et ensuite de deux pas.

La tapisserie se trouva bientôt à sa portée. D'une main hésitante elle en saisit la bordure et la souleva lentement, tandis que les jeunes gens s'approchaient.

La lueur des lampes fut projetée.

Dans le fond de la pièce, il y avait un lit. Sur ce lit, un homme couché.

Cette vision était, malgré tout, si inattendue que Dorothée eut quelques secondes de défaillance, et qu'elle laissa retomber le rideau.

Ce fut Archibald Webster qui, très troublé, le releva vivement et marcha vers cet homme endormi, comme s'il eût voulu le secouer et le réveiller d'un coup. Les autres se précipitèrent. Archibald, du reste, s'était arrêté près du lit, le bras suspendu, et il n'osait plus faire un mouvement.

C'était un homme à qui l'on pouvait donner soixante ans, mais dont l'étrange pâleur, dont la peau entièrement décolorée, sous laquelle ne courait pas une goutte de sang, avaient quelque chose qui n'était d'aucun âge. Une face absolument glabre. Aucun cil, aucun sourcil. Un nez au cartilage transparent, comme le nez de certains tuberculeux. Point de chair. Une mâchoire, des os, des pommettes, de vastes paupières rabattues et ridées composaient toute la figure, entre deux oreilles décollées, et au-dessous d'un front énorme que prolongeait un crâne entièrement nu.

« Le doigt... le doigt... » souffla Dorothée.

Le quatrième doigt de la main gauche manquait, coupé au ras de la paume, exactement comme l'avait annoncé le testament.

L'homme était revêtu d'un costume de drap marron, avec gilet de soie noire brodée de vert et culotte courte. Ses bas étaient en laine fine. Tout cela usé, à demi mangé aux vers. Il n'avait point de chaussures.

« Il doit être mort », fit l'un des jeunes gens à voix basse.

Pour s'en assurer, il eût fallu se pencher et appliquer l'oreille contre la poitrine, à l'endroit du cœur. Mais on avait cette impression bizarre que, au premier contact, cette forme d'homme tomberait en poussière, et que tout s'évanouirait ainsi qu'un fantôme.

Et puis, tenter une pareille expérience, n'était-ce point commettre un sacrilège ? Douter de la mort, et interroger un cadavre, personne ne l'osait.

La jeune fille frissonna, ses nerfs de femme tendus à l'excès. Maître Delarue la conjura :

« Allons-nous-en... Allons-nous-en... Cela ne nous regarde pas... C'est une besogne satanique... »

Mais George Errington eut une idée. Il sortit de sa poche un petit miroir et le tint devant les lèvres de l'homme.

Au bout d'un instant, la glace se ternit légèrement.

« Oh ! balbutia-t-il. Je crois qu'il vit !

— Il vit ! il vit ! » chuchotèrent les jeunes gens avec une agitation contenue.

Maître Delarue dut s'asseoir sur le bord du lit, tellement ses jambes tremblaient, et il répétait sans cesse :

« Besogne satanique... nous n'avons pas le droit... »

Ils se regardaient tous avec inquiétude. L'idée que ce mort vivait — car il était mort ! incontestablement mort ! —, l'idée que ce mort vivait les heurtait comme une chose monstrueuse.

Et cependant, les preuves de son existence ne valaient-elles pas celles de sa mort ? Ils croyaient à sa mort, parce qu'il était impossible qu'il fût vivant. Mais pouvaient-ils renier le témoignage de leurs propres yeux parce que ce témoignage était contraire à la logique ?

Dorothée prononça :

« Voyez... voyez... sa poitrine se soulève et s'abaisse. Oh ! à peine... Mais enfin, tout de même, il n'est pas mort. »

On protesta :

« Non... c'est inadmissible... Comment pourrait-on expliquer un pareil phénomène ?

— Je ne sais pas... je ne sais pas... fit-elle lentement. Ce serait une sorte de léthargie... de sommeil hypnotique...

— Un sommeil qui durerait deux cents ans ?

— Je ne sais pas... je ne comprends pas...

— Alors ?

— Alors, il faut agir.

— Dans quel sens ?

— Dans le sens du testament. Les prescriptions sont formelles. Notre devoir est de les exécuter aveuglément et sans réfléchir.

— Comment ?

— Tâchons de le réveiller avec l'élixir dont parle le testament.

— Le voici », fit Marco Dario, en prenant sur un escabeau un objet emmailloté d'étoffe d'où il tira une petite fiole de forme vieillotte, lourde, en cristal, avec un ventre rond et un long col que terminait un gros bouchon de cire.

Il la tendit à Dorothée, qui, d'un coup sec sur le bord de l'escabeau, cassa le col.

« Quelqu'un de vous a-t-il un couteau ? demanda-t-elle. Merci, Webster. Ouvrez-en la lame et introduisez la pointe entre les dents, ainsi qu'il est dit sur la lettre. »

Ils agissaient comme ferait un docteur en face d'un malade qu'il ne sait pas soigner, et qu'il traite cependant sans la moindre hésitation, selon l'ordre formel de la première ordonnance venue. On verrait bien ce qui se passerait. L'essentiel était d'obéir aux instructions.

Archibald Webster eut de la peine à remplir sa

tâche. Les lèvres se contractaient, et les dents supérieures, noires et gâtées pour la plupart, s'appliquaient aux dents inférieures avec une telle force que la pointe du couteau n'arrivait pas à se frayer un passage. Il fallut l'introduire de bas en haut, puis lever le manche pour desserrer les deux mâchoires.

« Ne bougez plus », commanda la jeune fille.

Elle se courba. Sa main droite, qui tenait le flacon, l'inclina légèrement. Quelques gouttes d'un liquide qui avait la couleur et l'odeur de la chartreuse verte tombèrent entre les lèvres, puis un mince filet coula du flacon, qui, bientôt, fut vide.

« C'est fini », dit Dorothée, en se relevant.

Elle essaya de sourire, en regardant ses compagnons, mais tous avaient les yeux fixés sur l'homme.

Elle murmura :

« Attendons. L'effet ne peut pas être immédiat. »

Et, tout en disant ces mots, Dorothée pensait :

« Alors quoi, j'admets réellement qu'il peut y avoir un effet, et que cet homme va sortir de son sommeil ? ou plutôt de la mort... car un tel sommeil n'est autre chose que la mort... Non, en vérité, nous sommes victimes d'une hallucination collective... Non, le miroir ne s'est pas terni, le cœur ne bat pas... Non, mille fois non, on ne ressuscite pas ! »

« Voilà trois minutes », dit Marco Dario.

Et, sa montre à la main, il compta. Cinq autres minutes passèrent, puis cinq autres.

Attente vraiment incompréhensible de la part de ces six personnes, et qui ne pouvait trouver d'explication que dans la précision mathématique avec laquelle s'étaient produits tous les événements annoncés par le marquis de Beaugreval. Il y avait là toute une série de faits qui semblaient autant de miracles, et qui obligeaient les témoins de ces faits à patienter tout au moins jusqu'à l'instant fixé pour le miracle suprême.

« Quinze minutes », prononça l'Italien.

Quelques secondes encore s'écoulèrent, et soudain ils tressaillirent. Une même exclamation sourde leur échappa. Les paupières du cadavre avaient remué.

Le phénomène se répéta aussitôt, et si net, si visible, qu'il leur fut impossible de douter. C'était la palpitation de deux yeux qui veulent s'ouvrir.

En même temps les bras bougèrent. Un frisson agita les mains.

« Oh ! balbutia le notaire éperdu, il vit... il vit... »

CHAPITRE XIII

LAZARE

Dorothée regardait, attachée à ses moindres gestes. Comme elle, les jeunes gens demeuraient impassibles, la figure crispée. Cependant l'Italien ébaucha un signe de croix.

« Il vit ! reprit maître Delarue. Le voilà qui nous regarde. »

Etrange regard, qui ne bougeait pas et qui ne cherchait pas à voir. Regard de nouveau-né que n'animait aucune pensée. Vague, inconscient, il fuyait la clarté des lampes et semblait prêt à s'éteindre dans un nouveau sommeil.

En revanche, la vie passait sur tout le corps, comme si le sang reprenait son cours normal sous l'effort d'un cœur qui recommençait à battre. Les bras et les mains eurent des mouvements logiques. Puis, soudain, les jambes glissèrent au bas du lit. Le buste se dressa. Après plusieurs tentatives, l'homme s'assit.

Ils le virent alors de face, et, comme un des jeunes gens avait levé sa lampe pour qu'il n'en fût pas frappé en plein visage, cette lampe éclaira au-dessus du lit, contre le mur de l'alcôve, le portrait dont la lettre du marquis faisait mention.

Ils purent alors constater que c'était bien le portrait de l'homme. Même front énorme, mêmes yeux cachés au fond des orbites, mêmes pommettes saillantes, même mâchoire osseuse, mêmes oreilles décollées. Mais l'homme, contrairement aux prévisions de la lettre, avait fortement vieilli et considérablement maigri, le portrait représentait un seigneur d'assez bonne mine et suffisamment en point.

Deux fois, il tenta de se mettre debout sans y réussir : il était trop faible, ses jambes refusèrent de le porter. Il semblait également très oppressé et respirait avec peine, soit qu'il en eût perdu l'habitude, soit qu'il manquât d'air. Dorothée, avisant deux planches collées au mur, les montra du doigt à Webster et à Dario, et leur fit signe de les arracher. Cela leur fut facile, car elles ne tenaient que par des pointes, et ils découvrirent une petite fenêtre ronde, un œil-de-bœuf plutôt, dont le diamètre n'excédait certes point trente ou trente-cinq centimètres.

Une bouffée d'air frais pénétra dans la pièce. L'homme en fut baigné, et, bien qu'il ne parût avoir conscience de rien, il se tourna de ce côté en ouvrant la bouche et en respirant à pleins poumons.

Tous ces menus incidents se déroulèrent avec beaucoup de lenteur. Ceux qui en étaient les témoins stupéfaits avaient l'impression d'assister aux phases mystérieuses d'une résurrection qu'il leur était cependant impossible de considérer comme définitive. Chaque minute gagnée par ce mort vivant leur semblait un nouveau miracle qui dépassait leur imagination, et ils espéraient l'événement inéluctable qui remettrait les choses en leur place naturelle, et qui serait, pour ainsi dire, la désarticulation et l'écroulement de cet inconcevable automate.

Dorothée frappa du pied avec impatience, comme si elle se révoltait contre elle-même et qu'elle eût voulu secouer sa torpeur.

Elle se détourna de la vision qui la fascinait, et sa figure marqua un tel effort de réflexion que ses compagnons, eux aussi, détachèrent leurs regards de l'homme. Les yeux de Dorothée cherchaient. Leurs prunelles bleues devenaient d'un bleu plus sombre. Ils semblaient voir au-delà de ce que voient des yeux ordinaires et poursuivre la vérité dans des régions plus lointaines.

Au bout d'une minute ou deux, elle murmura :

« Essayons. »

Et elle revint vers le lit, résolument. Après tout, il y avait un phénomène évident, certain, dont on ne pouvait pas ne pas tenir compte : cet homme vivait. Il fallait donc agir avec lui comme avec un être vivant, qui a des oreilles pour entendre et une bouche pour parler, et qui se distingue des choses qui l'entourent par une existence personnelle. Cet homme avait un nom. Toutes les circonstances indiquaient péremptoirement que sa présence en cette chambre close était le résultat, non pas d'un miracle — hypothèse que l'on ne doit examiner qu'en dernier ressort —, mais d'une expérience réussie — hypothèse que l'on n'a pas le droit d'écarter *a priori,* si extraordinaire qu'elle puisse paraître.

Alors, pourquoi ne pas le questionner ?

Elle s'assit à ses côtés, prit ses mains qui étaient froides et moites, et lui dit gravement :

« Nous sommes accourus à votre appel... Nous sommes ceux à qui la pièce d'or... »

Elle s'arrêta. Les mots ne venaient pas facilement à ses lèvres. Ils lui paraissaient absurdes et enfantins, et elle avait la certitude qu'ils devaient paraître tels à ceux qui les entendaient. Elle dut faire un effort pour reprendre :

« Dans nos familles, la pièce d'or a passé de main en main, jusqu'à nous... Voilà deux siècles que la tradition se forme, et que votre volonté... »

Mais elle était incapable de continuer en ces termes pompeux. Une autre voix murmurait en elle :

« Dieu, que c'est idiot, tout ce que je dis ! »

Cependant la main de l'homme se réchauffait au contact de la sienne. Il avait presque l'air d'entendre le bruit des paroles et de comprendre qu'elles s'adressaient à lui. Et ainsi, renonçant à faire des phrases, Dorothée fut amenée à lui dire simplement, comme à un pauvre homme que sa résurrection ne mettait pas à l'abri des exigences humaines :

« Avez-vous faim ?... Voulez-vous manger ?... boire ?... Répondez... Qu'est-ce qui peut vous être agréable ?... Mes amis et moi nous tâcherons... »

Le vieillard, éclairé bien en face, la bouche ouverte, la lèvre pendante, gardait un visage morne et stupide que n'animait aucune expression, aucune convoitise.

Sans se retourner, Dorothée appela le notaire et lui dit :

« Maître Delarue, ne pensez-vous pas que nous devrions lui offrir la seconde enveloppe, celle du codicille. Sa conscience se réveillerait peut-être à la vue de ce papier, qui d'ailleurs lui appartient, et que nous devons lui rendre selon les termes de la lettre. »

Maître Delarue fut de cet avis et passa l'enveloppe à Dorothée, qui la tendit au vieillard en disant :

« Voici les indications que vous avez écrites vous-même pour retrouver les diamants. Nul ne connaît ces indications. Les voici. »

Elle avança la main. Il fut manifeste que le vieillard essayait de répondre par un mouvement analogue.

Elle accentua son geste. Il baissa les yeux vers l'enveloppe, et ses doigts s'ouvrirent pour la recevoir.

« Vous comprenez bien, n'est-ce pas ? dit-elle. Vous allez décacheter cette enveloppe ! Elle contient le secret des diamants. C'est d'une importance considérable pour vous. Le secret des diamants... Toute une fortune. »

Une fois encore elle s'interrompit brusquement, comme frappée par une réflexion subite et par une remarque imprévue.

Webster lui dit :

« Certes, il comprend. Quand il ouvrira le papier et qu'il le lira, tout le passé revivra dans sa mémoire. Nous pouvons le lui donner. »

George Errington appuya :

« Oui, mademoiselle, nous pouvons le lui donner. C'est un secret qui lui appartient. »

Cependant Dorothée n'exécutait pas l'acte annoncé. Elle regardait le vieillard avec une attention extrême. Ensuite elle prit une lampe, se recula, se rapprocha, examina la main mutilée, et puis soudain partit d'un éclat de rire fou, qui jaillit avec la violence d'un rire trop longtemps retenu.

Courbée en deux, les bras serrés sur la poitrine, elle riait jusqu'à la souffrance. Sa jolie tête secouait par saccades ses cheveux aux boucles légères. Et c'était un rire si charmant, si jeune, d'une gaieté tellement irrésistible, que les jeunes gens éclatèrent à leur tour, tandis que maître Delarue, par contre, s'irritant d'une hilarité qui lui semblait déplacée en pareille circonstance, protestait d'une voix vexée :

« Vraiment, je m'étonne... Il n'y a rien de plaisant dans tout cela... Nous sommes en présence d'un événement extraordinaire... »

Son air pincé redoubla les rires de Dorothée qui balbutia :

« Oui... extraordinaire... Un miracle !... Ah ! mon

Dieu, que c'est drôle ! et comme c'est bon de s'abandonner !... Il y a assez longtemps que je me retenais... Oui, évidemment, j'étais sérieuse... inquiète... Mais tout de même ce que j'avais envie de rire !... Tout cela est si drôle !... »

Le notaire marmotta :

« Je ne vois pas ce qu'il y a de si drôle !... Le marquis ! »

La joie de Dorothée ne connut plus de bornes. Elle répéta en se tordant les mains et les larmes aux yeux :

« Le marquis !... L'ami de Fontenelle !... Le marquis ressuscité !... Lazare de Beaugreval ! Mais vous n'avez donc pas vu ?...

— J'ai vu le miroir se ternir... les yeux qui s'ouvraient.

— Oui, oui, d'accord. Mais le reste ?...

— Quel reste ?

— Dans sa bouche ?

— Approchez-vous.

— Qu'y a-t-il ?

— Il y a...

— Enfin quoi, parlez.

— Une fausse dent ! »

Maître Delarue répéta lentement :

« Il a une fausse dent ?...

— Oui, une molaire... une molaire tout en or !

— Eh bien, et après ? »

Dorothée ne répondit pas sur-le-champ. Elle laissait tout loisir à maître Delarue pour reprendre ses esprits et pour apercevoir de lui-même toute la valeur de cette découverte.

Il redit d'une voix moins assurée :

« Eh bien ?

— Eh bien, voilà, dit-elle, tout essoufflée... voilà... Je me demande avec angoisse... si on aurifiait sous Louis XIV et sous Louis XV... Parce que vous comprenez... si le marquis n'a pu se faire aurifier avant sa mort... c'est qu'il aura fait venir un dentiste ici... dans cette tour... durant sa mort... c'est-à-dire qu'il aura su par les journaux, ou autrement, qu'on pouvait mettre une fausse dent à la place de la dent mauvaise dont il souffrait depuis Louis XIV... »

Dorothée avait fini par réprimer cette gaieté intempestive qui choquait si fort maître Delarue. Elle souriait simplement, mais de quel air narquois et amusé ! Naturellement, les quatre étrangers, pressés autour d'elle, souriaient aussi, du même air de gens qui se divertissent au-delà de toute expression.

Sur son lit, l'homme toujours impassible et stupide continuait ses exercices de respiration.

Le notaire attira ses compagnons de façon à former un groupe qui tournait le dos au lit, et il murmura :

« Alors... alors... selon vous, mademoiselle, ce serait une mystification ?

— J'en ai peur, déclara-t-elle, en hochant la tête comiquement.

— Mais le marquis ?...

— Le marquis n'a rien à voir dans l'affaire, dit-elle. L'aventure du marquis se termine le 12 juillet 1721, jour où il a avalé une drogue qui a mis bel et bien un point final à sa brillante existence. Tout ce qui est resté du marquis, malgré ses espoirs de résurrection, c'est : 1° Une pincée de cendres, mélangée à la poussière de cette pièce ; 2° La lettre authentique et curieuse que maître Delarue nous a lue ; 3° Un lot de diamants énormes cachés quelque part ; 4° Les vêtements qui l'habillaient à l'heure suprême où il fut enfermé volontairement dans son tombeau, c'est-à-dire ici, dans cette pièce.

— Et ces vêtements ?

— Notre homme s'en est affublé... à moins qu'il n'en ait acheté d'autres, ceux du marquis devant être en fort mauvais état.

— Mais comment a-t-il pu pénétrer ici ? Cette fenêtre est trop étroite, et d'ailleurs, inaccessible. Alors comment ?...

— Sans doute par le même chemin que nous.

— Impossible ! Pensez à tous les obstacles, aux difficultés, à la muraille de ronces qui encombraient la route...

— Sommes-nous sûrs que cette muraille n'était pas déjà percée, à un autre endroit, que la cloison de plâtre n'avait pas été démolie et reconstruite, et que la porte de cette pièce n'avait pas été ouverte avant nous ?

— Mais il aurait fallu que cet homme connût la combinaison secrète du marquis, la manœuvre des deux pierres, etc.

— Pourquoi pas ? Le marquis a peut-être laissé une copie de sa lettre... ou bien le brouillon. Mais non... tenez... mieux que cela ! La vérité, nous la connaissons par M. de Beaugreval ! Il l'avait prévue puisqu'il fait allusion à une défaillance toujours possible de son vieux serviteur, Geoffroy, et qu'il envisage le cas où le brave homme écrirait une relation des événements. Cette relation, le brave homme l'a écrite, et, de proche en proche, elle est parvenue jusqu'à nos jours.

— Simple supposition.

— Supposition plus que vraisemblable, maître Delarue, puisque, en dehors de nous, en dehors de ces quatre jeunes gens et de moi, il y a d'autres personnes, d'autres familles chez lesquelles l'histoire Beaugreval, ou une partie de l'histoire Beaugreval, s'est perpétuée, et puisque depuis plusieurs mois, je combats pour la possession de l'indispensable médaille d'or dérobée à mon père. »

Les paroles de Dorothée produisirent une grande impression. Elle précisa :

« La famille de Chagny-Roborey dans l'Orne, la famille d'Argonne dans les Ardennes, la famille Davernoie en Vendée, autant de foyers où la tradition a été entretenue. Et autour de cela, drames, vols, assassinats, folie, tout un bouillonnement de passions et de violences.

— Cependant, observa Errington, il n'y a ici que nous. Que font-ils, les autres ?

— Ils attendent. Ils attendent une date qu'ils ignorent. Ils attendent la médaille. J'ai vu devant l'église de La Roche-Périac un chemineau et une ouvrière qui attendent le miracle. J'ai vu deux pauvres déments qui sont venus au rendez-vous et qui attendent au bord de l'eau. Et, il y a huit jours, j'ai livré à la justice un bandit dangereux du nom de d'Estreicher, apparenté de loin à ma famille, lequel avait tué pour s'emparer de la pièce d'or. Me croirez-vous maintenant si je vous dis que nous avons affaire à un imposteur ? »

Dario objecta :

« Alors l'homme qui est ici serait venu pour jouer le rôle même que le marquis espérait tenir deux cents ans après sa mort ?

— Certes.

— Dans quel but ?

— Les diamants, vous dis-je, les diamants !

— Mais, puisqu'il en connaissait l'existence, il n'avait qu'à les chercher et à se les approprier.

— Il aura cherché, croyez-le, et sans relâche, mais en vain ! Nouvelle preuve que cet homme ne connaissait pas la relation de Geoffroy, puisque Geoffroy n'avait pas été mis par son maître au courant de la cachette, pour assister à la réunion des descendants Beaugreval, qu'il joue, aujourd'hui 12 juillet 1921, et après des mois et des années de préparation, le rôle du marquis.

— Rôle dangereux ! Rôle impossible !

— Possible au moins quelques heures, ce qui suffisait. Que dis-je, quelques heures... Mais songez donc que, après dix minutes, nous étions tous d'accord pour lui remettre cette seconde enveloppe qui contient le mot de l'énigme, et qui était très probablement le but même de son entreprise. Il devait savoir l'existence d'un codicille, d'un document d'explication. Mais où le trouver, ce document ? Plus de tabellion Barbier ! Plus de successeurs ! Où le trouver ? Mais ici, à la réunion du 12 juillet ! Logiquement le codicille devait y être apporté ! Logiquement on le lui remettrait ! Et, de fait, je l'avais dans la main. Je le lui tendais. Une seconde de plus, il en prenait connaissance. Après quoi, bonsoir. Le soi-disant marquis de Beaugreval, une fois possesseur des diamants du marquis de Beaugreval, rentrait dans le néant, c'est-à-dire se sauvait au plus vite.

Webster demanda :

« Pourquoi ne l'avez-vous pas remise, cette enveloppe ? Vous avez deviné ?...

— Deviné, non. Mais je me défiais. En la lui offrant, je faisais surtout une expérience. Quelle charge contre lui, s'il répondait à mon offre par un geste d'acceptation, inexplicable au bout de si peu de temps ! Il accepta. Je vis sa main trembler d'impatience. J'étais fixée. Mais en même temps, le hasard me comblait ; j'aperçus un peu d'or dans sa bouche ! »

Tout cela s'enchaînait de la façon la plus rigoureuse, et Dorothée montrait le travail des événements, des causes et des effets, comme on fait voir un ouvrage de tapisserie dont le jeu compliqué des dessins et des nuances produit l'unité la plus harmonieuse.

Les quatre jeunes gens étaient confondus et nul d'entre eux ne mettait en doute la parole de la jeune fille.

Archibald Webster déclara :

« On croirait que vous avez assisté à toute l'aventure.

— Oui, fit Dario, le marquis ressuscité a joué toute la comédie devant vous.

— Quelle observation et quelle terrible logique ! » dit Errington, de Londres.

Et Webster ajouta :
« Et quelle intuition ! »
Dorothée ne répondit pas aux éloges par son sourire habituel. On eût dit que les événements tournaient d'une façon qui lui était plutôt désagréable, et qui semblait en annoncer d'autres qu'elle redoutait par avance. Mais lesquels ? Qu'y avait-il à craindre ?
Dans le silence, maître Delarue s'écria tout à coup :
« Eh bien, moi, je prétends que vous vous trompez. Je ne suis pas du tout de votre avis, mademoiselle. »
Maître Delarue était de ces gens qui se cramponnent d'autant plus à une opinion qu'ils ont refusé longtemps de l'admettre. La résurrection du marquis lui paraissait soudain un dogme qu'il devait défendre.
Il répéta :
« Pas du tout de votre avis ! Vous accumulez des hypothèses sans fondement. Non, cet homme n'est pas un imposteur. Il y a des preuves en sa faveur que vous négligez.
— Lesquelles ? demanda-t-elle.
— Eh ! son portrait ! Sa ressemblance indiscutable avec le portrait du marquis de Beaugreval, exécuté par Nicolas de Largillière !
— Qui vous dit que ce soit le portrait du marquis, et non le portrait de notre homme lui-même ? C'est une manière très commode de ressembler à quelqu'un.
— Mais ce vieux cadre ? Cette toile qui date d'autrefois ?
— Admettons que le cadre soit resté. Admettons que la toile, au lieu d'avoir été changée, ait été simplement maquillée, de façon à représenter le faux marquis ici présent.
— Et le doigt coupé ? s'exclama maître Delarue triomphant.

— Un doigt, ça se coupe. »

Le notaire s'emporta :

« Ah ! ça, non, mille fois non ! Quel que soit l'appât du bénéfice, on ne se mutile pas ainsi. Non, non, votre système ne tient pas debout. Alors quoi, vous vous représentez ce bonhomme-là en train de se couper le doigt ! ce bonhomme-là, avec sa figure morne, son air abruti ! Mais il en est incapable ! C'est un faible, un lâche... »

L'argument frappa Dorothée. Il éclairait justement la situation à son endroit le plus ténébreux, et elle en tira justement les conclusions qu'il comportait.

« Vous avez raison, déclara-t-elle. Un homme comme lui est incapable de se mutiler.

— En ce cas ?

— En ce cas, c'est un autre qui s'est chargé de cette besogne sinistre.

— Un autre qui lui aurait coupé le doigt ? Un complice ?

— Plus qu'un complice, un chef. Le cerveau qui a combiné cette affaire, ce n'est pas le sien. Le metteur en scène de l'aventure, ce n'est pas lui. Lui, il n'est qu'un instrument, quelque coquin vulgaire choisi pour son aspect décharné. Celui qui tient les ficelles demeure invisible, et celui-là est redoutable. »

Le notaire frissonna.

« On dirait que vous le connaissez ? »

Après un moment, elle répliqua d'une voix lente :

« Il se peut que je le connaisse. Si mon instinct ne me trompe pas, le chef du complot serait cet homme que j'ai livré à la justice, ce d'Estreicher dont je parlais tout à l'heure. Tandis qu'il est en prison, ses complices — car ils étaient plusieurs — ont repris l'œuvre commencée par lui et tentent de la mener jusqu'au bout... Oui, oui, ajouta-t-elle, il est permis de croire que d'Estreicher a tout réglé.

Voilà des années qu'il poursuit l'affaire, et une telle machination est conforme à son esprit de ruse et de fourberie. Défions-nous de lui. Même en prison, c'est un adversaire dangereux.

— Dangereux... dangereux... dit le notaire, qui essayait de se rassurer. Je ne vois vraiment pas ce qui nous menace ! D'ailleurs, l'affaire touche à sa fin. Pour les pierres précieuses, ouvrons le codicille. Et, en ce qui me concerne, ma tâche est terminée.

— Il ne s'agit pas de savoir si votre tâche est terminée, maître Delarue, reprit Dorothée, de sa même voix songeuse. Il s'agit d'échapper à un péril que je ne distingue pas, mais que tout laisse prévoir, et que j'entrevois de plus en plus nettement. D'où vient-il ? Je ne sais pas. Mais il existe.

— C'est terrible, gémit maître Delarue. Comment se défendre ? Que faire ?

— Que faire ? »

Elle se tourna vers la petite pièce qui servait d'alcôve.

L'homme ne bougeait plus, le buste et la tête noyés dans l'ombre.

« Interrogeons-le. Vous comprenez bien que le comparse n'est pas venu là tout seul. On lui a confié ce poste, mais les autres veillent, les agents de d'Estreicher. Ils attendent, dans la coulisse, le résultat de la comédie. Ils nous épient. Ils nous écoutent peut-être... Interrogeons-le. Il va nous dire les mesures prises contre nous en cas d'échec.

— Il ne parlera pas...

— Mais si... Mais si... Il est entre nos mains, et il a tout intérêt à se faire pardonner son rôle. C'est un de ces êtres qui sont toujours avec les plus forts... Regardez-le. »

L'homme ne sortait pas de son immobilité. Aucun geste. Pourtant sa position ne semblait pas naturelle. Assis comme il l'était, à demi courbé, il eût dû perdre l'équilibre.

« Errington... Webster... commanda Dorothée. Éclairez-le. »

D'un coup, les deux lampes électriques projetèrent leurs rayons.

Quelques instants s'écoulèrent.

« Ah ! » soupira Dorothée qui se rendit compte la première de la chose effroyable et qui recula.

Tous les six, un étrange spectacle les avait heurtés, inexplicable d'abord. Le buste et la tête, qu'ils croyaient immobiles, penchaient un peu en avant, d'un mouvement imperceptible, mais qui ne s'arrêtait pas. Du fond des orbites, les yeux surgissaient tout ronds, des yeux d'épouvante, qui s'allumaient, comme des escarboucles, aux feux concentriques des deux lampes. La bouche se convulsait comme pour un cri qui ne s'exhalait point. Puis la tête s'affaissa sur la poitrine, entraînant le buste.

On vit, durant quelques secondes, le manche d'ébène d'un poignard dont la lame à demi plongée dans l'épaule droite, au bas du cou, ruisselait de sang. Et enfin tout le corps s'écroula sur lui-même. Lentement, comme une bête blessée, l'homme s'agenouilla sur les dalles, et, soudain, d'un bloc, tomba.

CHAPITRE XIV

LA QUATRIÈME MÉDAILLE

Si brutal que fût le coup de théâtre, il ne provoqua, chez ceux qui en étaient les témoins, ni clameurs ni désordre. Quelque chose domina leur effroi, étouffa les paroles et retint leurs gestes : l'inconcevable exécution de cet assassinat. Le miracle impossible de la résurrection du marquis se transformait en un miracle de mort tout aussi impossible, mais qu'ils ne pouvaient pas nier, puisque cela s'était passé sous leurs yeux.

En vérité, ils eurent l'impression, puisque personne de vivant n'était entré, que la mort avait franchi le seuil de la pièce, avait marché vers l'homme, l'avait frappé devant eux, de son invisible main, et puis s'en était allée, laissant dans le cadavre l'arme meurtrière. Nul autre qu'un fantôme n'avait pu passer. Nul autre qu'un fantôme n'avait pu tuer.

« Errington, fit Dorothée, qui plus vite que ses compagnons avait recouvré son sang-froid, il n'y a personne dans l'escalier, n'est-ce pas ? Dario, la fenêtre est trop étroite pour qu'on puisse s'y glisser, n'est-ce pas ? Webster et Kourobelef, étudiez les murs de l'alcôve. »

Elle-même se baissa et enleva le poignard. Aucune convulsion n'agita le corps de la victime. C'était bien un cadavre. L'examen du poignard et des vêtements n'apporta pas le moindre indice.

Errington et Dario rendirent compte de leur mission. L'escalier ? vide. La fenêtre ? trop étroite.

Ils se joignirent au Russe et à l'Américain, de même que Dorothée, et tous les cinq scrutèrent et palpèrent les murailles d'une façon si minutieuse que Dorothée exprima la conviction absolue de tous quand elle prononça, d'une voix nette :

« Aucune issue. Il est inadmissible qu'on ait passé par là.

— Alors ? bégaya le notaire qui s'était assis sur l'escabeau et qui n'avait pas remué, pour cette excellente raison que ses jambes lui eussent refusé toute espèce de service. Alors ? »

Il posait cette question avec une sorte d'humilité, comme s'il regrettait de n'avoir pas admis d'emblée toutes les explications de Dorothée, et promis d'admettre toutes celles qu'elle consentirait à lui donner. Dorothée, qui avait si bien annoncé le péril qui les menaçait, et si bien élucidé tous les problèmes de cette histoire obscure, lui apparaissait soudain comme une femme qui ne se trompe pas, qui ne peut pas se tromper. Et, par là même, il voyait en elle une protection puissante contre les attaques qui allaient se produire.

Dorothée, elle, sentait confusément que la vérité rôdait et qu'elle était sur le point d'apercevoir en toute clarté ce qui n'avait aucune forme. Et c'est une chose qui devait l'étonner infiniment par la suite : comment ne devina-t-elle point ce qui était caché dans l'ombre ? Il semble qu'elle eut peur de la deviner, et qu'elle se détourna d'un péril, que son intelligence lui eût dénoncé si son instinct de femme ne lui avait permis de s'aveugler pendant quelques minutes.

Vraiment, ces quelques minutes, elle les perdit. Comme quelqu'un que les dangers environnent et qui ne sait auquel il lui faut d'abord se soustraire, elle piétina sur place. Elle dépensa du temps en phrases inutiles, s'attachant tout uniment aux côtés pratiques de la situation, avec l'espoir peut-être que l'une de ses paroles ferait jaillir l'étincelle.

« Maître Delarue, il y a un mort, et il y a un crime. Il nous faudra donc avertir la justice. Cependant... cependant je crois que nous pouvons différer d'un jour ou deux...

— Différer ? déclara-t-il. J'y vais de ce pas. Ce sont là de ces formalités qui ne souffrent aucun retard.

— Vous n'arriverez pas à Périac.

— Pourquoi ?

— Parce que la bande qui a pu se débarrasser sous nos yeux d'un complice qui les gênait a dû prendre ses précautions et que le chemin qui vous mène à Périac doit être gardé.

— Vous croyez ?... vous croyez ?... bredouilla maître Delarue.

— Je le crois. »

Elle répondait avec hésitation. A ce moment, elle souffrait beaucoup, étant de ces êtres pour qui l'incertitude est un supplice. Elle avait l'impression profonde qu'il lui manquait un élément essentiel de la vérité. Si protégée qu'elle fût dans cette tour, auprès de quatre hommes résolus, ce n'était pas elle qui dirigeait les événements. Elle subissait la loi de l'ennemi qui l'opprimait et, en quelque sorte, la manœuvrait à sa guise.

« Mais c'est épouvantable, se lamenta maître Delarue. Voyons, je ne puis m'éterniser ici... Mon étude me réclame... J'ai une femme... des enfants...

— Partez, maître Delarue. Mais remettez-nous auparavant l'enveloppe du codicille que je vous ai rendue. Nous l'ouvrirons en votre présence.

— En avez-vous le droit ?

— Comment ! La lettre du marquis est formelle : "Dans le cas où la destinée m'aurait trahi et où vous ne trouveriez pas trace de moi, vous ouvririez vous-mêmes l'enveloppe et, connaissant la cachette, prendriez possession des diamants." C'est clair, n'est-ce pas, on ne peut pas plus clair, et comme nous savons que le marquis est mort, et bien mort, nous avons donc le droit de prendre possession des quatre diamants, dont nous sommes propriétaires tous les cinq... tous les cinq... »

Dorothée ne continua pas. Elle venait de prononcer des paroles qui, selon l'expression, juraient étrangement entre elles. La contradiction des termes employés — quatre diamants... cinq propriétaires — était si flagrante que les jeunes gens en furent frappés, et que maître Delarue lui-même, si absorbé qu'il fût par ailleurs, subit un choc...

« Mais, au fait, c'est vrai, vous êtes cinq. Comment n'avons-nous pas remarqué ce détail ? Vous êtes cinq, et il n'y a que quatre diamants. »

Dario expliqua :

« Sans doute, cela provient de ce qu'il y a quatre hommes et que nous n'avons porté attention qu'à ce nombre de quatre, de quatre étrangers par opposition avec vous, mademoiselle, qui êtes française.

— Mais la réalité est là, reprit maître Delarue. Vous êtes cinq.

— Eh bien ? dit Webster.

— Eh bien, vous êtes cinq, et le marquis, d'après la lettre, n'avait que quatre fils, auxquels il a légué quatre pièces d'or... Vous entendez, quatre pièces d'or. »

Webster objecta :

« Il a pu en léguer quatre... et en laisser cinq... »

Il regarda Dorothée. Elle se taisait. Allait-elle trouver dans cet incident inattendu le mot de l'énigme qui lui échappait ? Elle dit pensivement :

« A moins qu'une cinquième pièce, toute semblable, n'ait été fabriquée depuis, sur le modèle des autres, et transmise ainsi à l'un de nous, en supplément et par un procédé frauduleux.

— Comment le savoir ?

— Comparons nos pièces, dit-elle. L'examen nous renseignera peut-être. »

Webster, le premier, présenta sa médaille.

Elle n'offrait aucune particularité qui pût laisser croire qu'elle n'était pas une des quatre pièces originales frappées sur les ordres du marquis et contrôlées par lui. Même observation en ce qui concernait les médailles de Marco Dario, de Kourobelef et d'Errington. Maître Delarue, qui les avait recueillies toutes quatre et les examinait au fur et à mesure, tendit la main à Dorothée.

Celle-ci avait pris la petite bourse de cuir attachée entre les plis de son corsage. Elle en dénoua les cordons et resta stupéfaite. La bourse était vide. Elle la secoua, la retourna. Rien.

Elle dit d'une voix étouffée :

« Je ne l'ai plus... je ne l'ai plus... »

Un silence étonné suivit sa déclaration, puis le notaire demanda :

« Vous l'auriez donc égarée ?

— Mais non, dit-elle, je ne puis l'avoir perdue. Sinon, j'aurais perdu le sac en même temps. Regardez : il contenait juste la pièce.

— Cependant, fit le notaire, comment expliquez-vous ?... »

Marco Dario intervint un peu sèchement :

« Mademoiselle n'a pas à s'expliquer. Car enfin, vous ne prétendez pas...

— Certes, dit maître Delarue, aucun de nous ne suppose que mademoiselle soit venue ici sans en avoir le droit. Au lieu de quatre médailles, il y en avait cinq, et la sienne s'est égarée, voilà tout ce que j'ai voulu dire. »

Dorothée répéta posément :

« Je ne l'ai pas perdue. Dès l'instant où elle ne se trouve pas... »

Elle était sur le point de dire :

« Dès l'instant où elle ne se trouve pas dans cette bourse, c'est qu'on me l'a prise. »

La phrase ne fut pas achevée. Le cœur crispé d'une angoisse soudaine, Dorothée apercevait brusquement le sens d'une pareille accusation, et le problème se posait devant elle dans toute sa simplicité et avec son unique et rigoureuse solution : « *Les quatre pièces d'or sont là. Une d'elles m'a été dérobée. Donc l'un de ces quatre hommes est un voleur.* »

Et ce fait indéniable l'amenait brusquement à une telle vision des choses, à une certitude si imprévue et si redoutable qu'elle eut l'énergie surhumaine de se contenir. Il ne fallait pas qu'on prît l'éveil autour d'elle, avant qu'elle eût réfléchi et envisagé la situation dans ce qu'elle avait de tragique. Elle accepta donc l'hypothèse du notaire et murmura :

« Au fond, oui, c'est cela... vous devez avoir raison, maître Delarue, j'ai perdu cette médaille... Mais comment ? je ne puis m'expliquer de quelle façon j'ai pu la perdre... à quel moment ?... »

Elle parlait très bas, d'une voix distraite. Les boucles de ses cheveux écartées montraient son front soucieux. Maître Delarue et les quatre étrangers échangeaient des phrases, mais qui n'avaient aucune importance, aucune d'elles n'étant sanctionnée par l'attention de la jeune fille. Puis ils se turent. Un long silence s'établit entre eux. Les lampes étaient éteintes. L'étroite lumière de la fenêtre se concentrait sur Dorothée. Elle était fort pâle, si pâle qu'elle en eut conscience et se cacha la figure entre les mains, afin d'éviter qu'on pût voir le reflet des émotions qui la bouleversaient.

Emotions violentes, et qui provenaient de cette vérité qu'elle avait eu tant de peine à atteindre et qui se dégageait tout à coup des ténèbres. Ce n'était point par bribes éparses qu'elle en recueillait les indices révélateurs, mais d'un bloc, pour ainsi dire. Les nuages avaient été balayés. En face d'elle, devant ses yeux clos, elle voyait... elle voyait... Ah ! quelle chose effrayante.

Cependant elle s'acharnait au silence et à l'immobilité, tandis qu'en son esprit se présentaient à la fois, et dans l'espace de quelques secondes, toutes les questions et toutes les réponses, tous les arguments et toutes les preuves.

Elle se rappelait la nuit précédente, au village de Périac, où la roulotte avait failli être la proie des flammes. Qui avait allumé cet incendie ? Et pour quels motifs ? N'était-il pas à supposer que l'un de ces sauveurs inopinés qui avaient surgi s'était introduit, profitant du désordre, dans la roulotte, pour y fouiller le réduit où elle couchait et ouvrir la petite bourse de cuir accrochée à la cloison ?

Maître de la médaille, le voleur revenait en hâte jusqu'aux ruines de La Roche-Périac et disposait sa troupe dans cette presqu'île dont les moindres recoins devaient lui être connus, et où il avait tout combiné en vue de la journée fatidique du 12 juillet 1921. Sans aucun doute, une répétition générale avait lieu entre lui et le complice chargé de tenir le rôle du marquis endormi. Recommandations suprêmes. Promesses en cas de réussite. Menaces en cas d'échec. Et, à midi, il arrivait tranquillement devant l'horloge, comme les autres étrangers, présentait la médaille, unique pièce d'identité requise, et assistait à la lecture du testament.

Puis c'était la montée dans la tour et la résurrection du marquis. Un instant de plus, Dorothée remettait le codicille, et le but était atteint. La grande machination ourdie depuis si longtemps par d'Estreicher aboutissait, et comment ne pas constater que, jusqu'à la dernière minute, il y avait dans l'exécution de ce plan, comme dans l'exécution des actes imprévus, nécessités par les hasards, la même hardiesse, la même sûreté, la même vigueur, la même décision méthodique? Certaines batailles ne se gagnent qu'en présence du chef.

« Il est là, pensait-elle, éperdue. Il s'est évadé de prison, et *il est là.* Son complice allait le trahir et se joindre à nous, il l'a tué. Lui seul est capable d'agir ainsi. *Il est là.* Débarrassé de sa barbe et de ses lunettes, le crâne rasé, le bras en écharpe, camouflé en soldat russe, ne disant pas un mot, changeant son allure, à l'écart, il était méconnaissable. Mais c'est bien d'Estreicher. Maintenant, il a les yeux fixés sur moi. Il hésite. Il se demande si je l'ai bien deviné sous son déguisement... s'il peut encore jouer la comédie... ou bien s'il va se démasquer à son tour et nous contraindre, le revolver en main, à lui livrer le codicille, c'est-à-dire les diamants? »

Dorothée ne savait que faire. A sa place, un

homme de son caractère et de sa trempe eût résolu la question en se précipitant sur l'ennemi. Mais une femme ?... D'avance, ses jambes fléchissaient sous elle. Elle avait peur. Peur aussi pour les trois jeunes gens que d'Estreicher pouvait abattre en trois coups de revolver.

Elle écarta ses mains de son visage et, sans se détourner, elle les vit qui attendaient, *tous les quatre*. D'Estreicher formait groupe avec les autres, les yeux fixés sur elle... oui, les yeux fixés sur elle... elle sentait le regard féroce qui suivait ses moindres gestes et cherchait à pénétrer ses intentions.

Elle glissa d'un pas vers la porte. Son dessein était de gagner cette porte, de barrer la route à l'ennemi, de lui faire face, et de se jeter entre lui et les trois jeunes gens. Bloqué contre les murs de la pièce, sans retraite possible, il y avait bien des chances pour qu'il fût contraint de subir la volonté de trois hommes solides et résolus.

Elle se déplaça encore d'un pas, par un mouvement imperceptible, puis d'un pas encore. Trois mètres la séparaient de la porte. Elle en voyait, de côté, la masse lourde, bardée de clous.

Elle expliqua, comme si la disparition de la médaille n'avait pas cessé de l'obséder :

« J'ai dû la perdre l'autre jour... elle était sur mes genoux... j'aurai oublié de la remettre... »

Tout à coup, elle prit son élan.

Trop tard. A la seconde précise où elle s'était ramassée sur elle-même, d'Estreicher, la prévenant, avait bondi devant la porte, les bras tendus, deux revolvers aux poings.

Cet acte soudain ne fut ponctué d'aucune parole. Il n'en était pas besoin, d'ailleurs, pour que les trois jeunes gens se rendissent compte que l'assassin du faux marquis se trouvait en face d'eux. Sous la menace, ils reculèrent instinctivement, puis, aussitôt, se reprenant, prêts à la riposte, ils avancèrent.

Dorothée les arrêta au moment où d'Estreicher allait tirer. Dressée devant eux, elle les protégeait, certaine que le bandit n'oserait pas presser la détente. Mais il la visait en pleine poitrine, et les jeunes gens ne pouvaient pas bouger, tandis que lui, le bras droit tendu, de sa main gauche qui ne lâchait cependant pas le second revolver, il cherchait la serrure.

« Mais laissez-nous, mademoiselle ! cria Webster hors de lui.

— Un seul geste, et il me tue », déclara-t-elle.

Le bandit ne prononça pas un mot. Il entrouvrit la porte derrière lui, s'aplatit contre le mur, puis, rapidement, fila.

Les trois jeunes gens s'élancèrent, comme des chiens qu'on découple, mais ils se heurtèrent à l'obstacle du lourd vantail.

CHAPITRE XV

L'ENLÈVEMENT DE MONTFAUCON

Le désordre fut extrême dans la pièce, durant une à deux minutes. George Errington et Webster s'obstinaient autour de la vieille serrure, à mécanisme suranné et qui fonctionnait mal à l'intérieur. Exaspérés, furieux d'avoir laissé échapper l'ennemi, ils se contrariaient l'un et l'autre, et leurs efforts n'aboutissaient qu'à mêler la serrure.

Marco Dario les apostrophait rageusement :

« Mais allez donc ! Qu'est-ce que vous fichez ?... C'est d'Estreicher, n'est-ce pas, mademoiselle ? L'homme dont vous parliez ? Il a tué son complice ?... Il vous a volé la médaille ? Sainte Vierge, dépêchez-vous, vous autres ! »

Dorothée essayait de les raisonner.

« Attendons, je vous en prie. Réfléchissons. Il faut se concerter... C'est de la folie d'agir au hasard... »

Mais ils ne l'écoutaient point, et, quand la porte fut ouverte, ils se ruèrent tous les quatre dans l'escalier, tandis que Dorothée leur criait :

« Je vous en prie... ils sont en bas... ils vous guettent... »

A ce moment, un coup de sifflet strident et très long déchira l'air. Cela venait du dehors.

Elle courut vers l'œil-de-bœuf. On ne voyait rien de là, et elle se demanda, désespérée :

« Qu'est-ce que cela veut dire ? Ce n'est pas ses complices qu'il appelle... Ils sont près de lui maintenant. Alors, pourquoi ce signal ? »

Elle partait à son tour, quand elle se sentit agrippée par sa jupe. Dès le début de la scène, en face de d'Estreicher et de ses revolvers braqués, maître Delarue s'était effondré dans le coin le plus obscur, et il la suppliait, presque à genoux :

« Vous n'allez pas m'abandonner avec le cadavre !... et puis ce bandit qui peut revenir !... ses complices !... »

Elle le releva.

« Pas de temps à perdre... il faut secourir nos amis...

— Secourir ? fit-il avec indignation. Des gaillards comme eux ?... »

Dorothée le tirait par la main comme un enfant qu'on traîne. Ils descendirent tant bien que mal la moitié de l'escalier. Maître Delarue pleurnichait. Dorothée marmottait :

« Pourquoi ce signal ? A qui s'adressait-il ? Et pour quelle besogne ?... »

Une idée s'insinuait en elle peu à peu. Elle songeait aux quatre enfants restés là-bas, à Saint-Quentin, à Montfaucon. Et cette idée la tourmentait au point qu'aux trois quarts de la descente, devant le trou qui perçait le mur et qu'elle avait remarqué en montant, elle s'arrêta. Que pouvaient, en faveur des trois jeunes gens, une femme et un vieillard ? N'y avait-il pas mieux à faire ?

« Qu'est-ce que c'est ? balbutia maître Delarue. On entend la bataille.

— On n'entend rien », dit-elle en se courbant.

Elle s'introduisit dans l'étroit couloir et rampa jusqu'à l'office. Mais, ayant regardé d'une façon plus attentive que l'après-midi, elle aperçut, à droite, sur la corniche, un paquet volumineux enfoui dans une crevasse que masquaient, pardevant, des plantes sauvages. C'était une échelle de corde. Un crochet scellé dans le mur retenait l'une des extrémités.

« Parfait, se dit-elle. Il est évident qu'à l'occasion d'Estreicher emploie cette issue. En cas de danger, le sauvetage est facile, puisque ce côté de la tour est à l'opposé de l'entrée intérieure. »

Le sauvetage était moins facile pour maître Delarue qui commença par gémir :

« Jamais de la vie ! Descendre par là ?

— Bah ! dit-elle. Il n'y a pas dix mètres... deux étages...

— Autant se suicider...

— Aimez-vous mieux un coup de couteau ? Je vous rappelle que d'Estreicher n'a qu'un but : le codicille, et c'est vous qui l'avez. »

Epouvanté, maître Delarue se décida, à la condition que Dorothée descendrait la première pour s'assurer que l'échelle était en bon état et qu'aucun des barreaux ne manquait.

Les barreaux, Dorothée s'en souciait peu. A califourchon, elle se laissa glisser du haut en bas. Puis, saisissant les deux cordes, elle les raidit le plus possible. L'opération n'en fut pas moins pénible et longue, et maître Delarue y dépensa tant de courage qu'il faillit s'évanouir aux derniers échelons. La sueur lui coulait à grosses gouttes sur tout le corps.

D'un mot, Dorothée le remit d'aplomb :

« On les entend... vous ne croyez pas ? »

Maître Delarue n'entendait rien, mais il prit le pas de course, tout en mâchonnant, à bout de souffle dès le départ :

« Ils nous poursuivent... l'attaque est imminente... »

Un sentier de traverse les conduisit par d'épais taillis jusqu'au sentier principal qui reliait le donjon au carrefour du chêne isolé.

Derrière eux, personne.

« Les gredins ! Dès les premières maisons, j'envoie un émissaire à la gendarmerie la plus proche... Puis je mobilise les paysans avec des fusils, des faux, des fourches, n'importe quoi... Et vous, quel est votre plan ?

— Je n'en ai pas.

— Comment ! Pas de plan, vous !...

— Non, dit-elle, j'ai agi un peu au hasard. J'ai peur.

— Ah ! vous voyez bien...

— Je n'ai pas peur pour moi.

— Pour qui ?

— Pour mes enfants. »

Maître Delarue se récria :

« Hein ! Vous avez donc des enfants ?

— Je les ai laissés à l'auberge.

— Mais combien sont-ils ?

— Quatre. »

Le notaire était abasourdi.

« Quatre enfants ! Vous êtes donc mariée ?

— Non, avoua Dorothée, qui ne s'apercevait pas de la méprise du bonhomme. Mais je veux les mettre à l'abri. Heureusement que Saint-Quentin n'est pas un imbécile.

— Saint-Quentin ?

— Oui, c'est l'aîné des gosses... un garçon rusé, malin comme un singe... »

Maître Delarue avait renoncé à comprendre.

D'ailleurs rien ne comptait pour lui que la perspective d'être rejoint avant d'avoir franchi l'étroit passage du Diable.

« Courons, courons, disait-il, bien que son essoufflement le contraignît à ralentir de plus en plus. Et puis, tenez, mademoiselle, voici la seconde enveloppe !... Il n'y a aucune raison pour que je porte sur moi un papier aussi dangereux et qui, après tout, ne me regarde pas... »

Elle reprit l'enveloppe qu'elle enferma dans sa bourse. A ce moment, ils atteignirent la cour de l'horloge. Maître Delarue, qui n'avançait plus qu'avec peine, poussa un cri de joie en avisant son âne en train de paître le plus tranquillement du monde, à quelque distance de la motocyclette et des deux chevaux.

« Vous m'excuserez, mademoiselle ? »

Maître Delarue grimpa sur sa monture. L'âne commença par reculer, ce qui mit le bonhomme dans un tel état d'exaspération qu'il lui bourra la tête et le ventre à coups de poing et à coups de bâton. L'âne céda subitement et partit comme une flèche.

Dorothée cria :

« Faites attention, maître Delarue, les complices sont avertis. »

Le notaire entendit l'exclamation de Dorothée, se renversa tout d'un trait sur sa bête, et tira la bride désespérément. Mais rien ne pouvait plus arrêter l'animal, que Dorothée ne vit que de très loin, après avoir franchi elle-même les ruines de la première enceinte.

Alors elle reprit sa course, avec une inquiétude croissante. Pour elle, aucun doute : le coup de sifflet de d'Estreicher s'adressait à des complices postés sur la côte et à l'entrée de la presqu'île dont ils défendaient les abords.

« En tout cas, se disait-elle, si je ne passe pas, maître Delarue passera, et il est évident que

Saint-Quentin sera prévenu et se tiendra sur ses gardes. »

La mer, très bleue et très calme, s'étalait à droite et à gauche, formant deux golfes au fond desquels s'arrondissait la falaise de la côte. Le Mauvais-Pas était marqué par une coupure sombre, qu'elle apercevait dans la masse des arbres qui couvraient le plateau. L'étroit sentier surgissait par moments. Deux fois, Dorothée avait discerné la silhouette de maître Delarue.

Mais comme elle approchait à son tour de la ligne des arbres, une détonation retentit en avant, et un peu de fumée s'éleva à un endroit qui devait être le plus escarpé du passage.

Il y eut des cris, des appels. Puis le silence.

Dorothée redoubla de vitesse, afin de secourir maître Delarue, victime certainement d'une agression. Mais après quelques minutes de course, si rapide qu'aucun bruit n'aurait pu lui parvenir, elle n'eut que le temps de sauter en dehors de la piste, et de s'effacer devant le galop furieux de l'âne et de son cavalier, lequel, à plat ventre, se cramponnait de ses bras noués autour de l'encolure.

Maître Delarue, dont la tête pendait de l'autre côté, ne la vit même point.

Anxieuse, comprenant que Saint-Quentin et ses camarades ne seraient pas avertis si elle ne réussissait point à traverser le Mauvais-Pas, Dorothée se remettait en route, quand elle discerna sur l'une des crêtes la silhouette de deux hommes qui s'en venaient à sa rencontre. C'étaient les complices. Ils avaient barré la route à maître Delarue et, maintenant, agissaient à la façon de rabatteurs.

Alors, elle se jeta dans les fourrés et s'enfonça dans un creux rempli de feuilles mortes dont elle se recouvrit.

Les complices passèrent sans un mot. Elle entendit le bruit lourd de leurs chaussures ferrées, qui s'éloigna du côté des ruines, et, quand elle se releva, ils avaient disparu.

Aussitôt, n'ayant plus d'obstacle devant elle, Dorothée franchit le Mauvais-Pas, parvint à la bande de terre qui rattachait la presqu'île à la côte, remarqua que le baron Davernoie et son amie ne se trouvaient plus au bord de l'eau, remonta la pente, et se hâta vers l'auberge. Un peu avant d'y arriver, elle appela :

« Saint-Quentin !... Saint-Quentin ! »

Ses pressentiments redoublaient. Elle passa devant la maison et ne vit personne. Elle traversa le verger, visita la grange, et poussa vivement la porte de la roulotte.

Là non plus, personne. Rien que les sacs des enfants et les objets habituels.

« Saint-Quentin ! Saint-Quentin ! » cria-t-elle de nouveau.

Elle retourna vers la maison et, cette fois, y entra.

La petite salle qui tenait lieu de café, et où se dressait le comptoir de zinc de l'auberge, était vide. Il y avait par terre, renversés, des bancs et des chaises. Sur une table, trois gobelets à moitié pleins et une bouteille.

Dorothée appela :

« Madame Amouroux... »

Elle crut entendre un gémissement et s'approcha du comptoir. Derrière, courbée en deux, les bras et les jambes ligotés, l'aubergiste était attachée aux planches du lambris. Un mouchoir lui recouvrait la bouche.

« Blessée ? demanda Dorothée en la délivrant de son bâillon.

— Non... non...

— Et les enfants ? reprit la jeune fille d'une voix mal assurée.

— Ils n'ont rien.

— Où sont-ils ?

— Du côté de la mer, je crois.

— Tous ?

— Sauf un, le plus petit.
— Montfaucon ?
— Oui.
— Mon Dieu, qu'est-il devenu ?
— On l'a enlevé.
— Qui ?
— Deux hommes... deux hommes qui sont entrés ici et qui m'ont demandé à boire. Le petit jouait près de nous. Les autres devaient s'amuser au fond du verger derrière les granges. On ne les entendait pas. Et puis voilà qu'un des hommes m'a saisie à la gorge, tandis que le second empoignait le petit.

« "Pas un mot, qu'ils ont dit, sans quoi on vous serre la vis. Où sont les autres gosses ?"

« J'eus l'idée de répondre qu'ils pêchaient au bord de la mer, dans les rochers.

« "C'est vrai, ça, la vieille ? qu'ils me dirent. Tu risques gros, si tu mens. Jure-le.

« — Je le jure.

« — Et toi, le môme, réplique. Où sont tes frères et sœurs ?"

« J'ai eu vraiment peur, madame. Le petit pleurait. Mais il a dit de même que moi — et il savait que ce n'était pas vrai :

« "Ils jouent là-bas, dans les roches."

« Alors, ils m'ont attachée, et ils m'ont dit :

« "Reste là. Nous revenons. Et si on ne t'y trouve pas, gare à toi, la mère."

« Et ils sont partis en emmenant le gosse, que l'un d'eux avait roulé dans sa veste. Voilà. »

Dorothée réfléchissait, toute pâle. Elle demanda :
« Et Saint-Quentin ?
— Il est rentré une demi-heure après, peut-être, pour chercher Montfaucon. Il a fini par me trouver. Je lui ai raconté l'histoire : "Ah ! qu'il a dit les larmes aux yeux, qu'est-ce que maman va dire ?" Il a voulu couper mes cordes. J'ai refusé. J'avais

peur que les hommes reviennent. Alors, il a décroché au-dessus de la cheminée un grand fusil démoli, sans cartouches, un "chassepot" qui date de mon défunt père, et il a pris le large avec les deux autres.

— Mais où allait-il ? fit Dorothée.

— Ma foi, je ne sais pas... J'ai entendu qu'ils marchaient du côté de la mer.

— Il y a combien de temps de cela ?

— Une bonne heure, au moins.

— Une bonne heure », murmura Dorothée.

Cette fois l'aubergiste avait consenti à ce que ses liens fussent défaits. Aussitôt libre, elle répondit à Dorothée, qui voulait la dépêcher à Périac pour quérir du secours.

« A Périac ! deux lieues ! mais, ma pauvre dame, je n'aurais pas la force. Le mieux c'est de prendre vos jambes à votre cou et d'y aller vous-même. »

C'était un conseil que Dorothée n'examina même point. Elle avait hâte de retourner aux ruines et d'y engager la lutte. Elle repartit en courant.

Ainsi l'attaque prévue par elle s'était produite, mais une heure plus tôt, c'est-à-dire avant que le signal fût donné. L'enlèvement de Montfaucon constituait donc une mesure préalable, et les deux hommes s'étaient ensuite postés au Mauvais-Pas avec mission d'établir un barrage, puis de se rabattre, au coup de sifflet, vers le lieu des opérations.

Le motif de cet enlèvement, Dorothée ne le comprenait que trop bien. Dans la bataille engagée, il n'y avait pas que le vol des diamants, il y avait une autre conquête à laquelle d'Estreicher tenait avec autant de violence et d'âpreté. Or Montfaucon entre ses mains, c'était le gage de la victoire. Coûte que coûte, quoi qu'il advînt, et en admettant que, par ailleurs, la chance tournât contre lui, il fallait que Dorothée se rendît à discrétion et pliât le genou. Pour sauver Montfaucon d'une mort certaine, il était hors de doute qu'elle ne reculerait devant aucune démarche ni devant aucune épreuve.

« Ah ! le monstre, murmura-t-elle, il ne s'est pas trompé. Il me tient par ce que j'ai de plus cher. »

Plusieurs fois, elle remarqua, en travers du chemin, des groupes de petits cailloux disposés en cercles, ou des petites branches coupées, qui lui parurent autant d'indications fournies par Saint-Quentin. Elle sut ainsi que les enfants, au lieu de continuer vers le Mauvais-Pas, avaient bifurqué à gauche et longé le marais qui les conduisait à la mer, se mettant ainsi à l'abri dans les rochers. Mais elle n'accorda point d'attention à cette manœuvre, car elle ne pensait qu'aux dangers qui menaçaient Montfaucon, et n'avait point d'autre but que de rejoindre ses ravisseurs.

Elle s'engagea donc dans la presqu'île et franchit le Mauvais-Pas, où elle ne fit aucune rencontre, et arriva sur le plateau. A ce moment, elle perçut le bruit d'une seconde détonation. On avait tiré dans les ruines. Contre qui ? Contre maître Delarue ? Contre un des trois jeunes gens ?

« Ah ! se dit-elle anxieusement, je n'aurais peut-être pas dû les quitter, ces trois amis. Tous quatre ensemble, nous pouvions nous défendre. Au lieu de cela, nous sommes loin les uns des autres, impuissants... »

Ce qui étonna Dorothée, lorsqu'elle eut traversé l'enceinte extérieure du château, ce fut le silence infini dans lequel il lui sembla pénétrer. Le terrain de la bataille n'était pas grand, trois quarts de lieue tout au plus en longueur sur quelques centaines de mètres, et, pourtant, dans cet espace restreint où neuf ou dix hommes peut-être s'affrontaient, nul bruit. Pas un éclat de voix. Rien que des pépiements d'oiseaux ou des froissements de feuilles qui tombent doucement, avec précaution, comme si les choses elles-mêmes conspiraient au silence.

« C'est terrible, murmura Dorothée. Que veut dire cela ? Dois-je croire que tout est fini ? ou plutôt que rien n'a commencé, que les adversaires se surveillent avant d'en venir aux mains ; d'une part, Errington, Webster et Dario, d'autre part, d'Estreicher et ses complices. »

Elle avança rapidement jusqu'à la cour de l'horloge. Là elle aperçut encore, auprès des deux chevaux attachés, l'âne qui mangeait des feuilles d'arbuste, la bride à terre, la selle bien d'aplomb sur le dos, le poil luisant de sueur.

Qu'était devenu maître Delarue ? Avait-il pu rejoindre le groupe des étrangers ? Sa monture l'avait-il jeté bas et livré au pouvoir de l'ennemi ?

Ainsi, à tous moments, des questions se posaient auxquelles il était impossible de répondre. L'ombre s'accumulait.

Dorothée n'était pas peureuse. Durant la guerre, dans les ambulances, en première ligne, elle s'était habituée plus vite que bien des hommes à l'éclatement des obus, et elle ne tremblait pas aux heures de bombardement. Mais si maîtresse qu'elle fût de ses nerfs, elle subissait, par contre, plus qu'un homme d'un courage moindre, l'influence de tout ce qui est inconnu, de tout ce qui ne se voit et ne s'entend pas. Son extrême sensibilité lui donnait le sens précis du danger. Et le danger, à cette minute-là, elle en eut l'impression profonde.

Elle continua cependant. Une force invincible la poussait à marcher jusqu'à ce qu'elle retrouvât ses amis et que Montfaucon fût délivré. Elle gagna le carrefour du vieux chêne isolé, et monta vers le tertre où s'élevait la tour Cocquesin.

De plus en plus, la solitude et le silence la troublaient. Silence profond. Solitude si anormale que Dorothée en arrivait à ne plus se croire seule. On l'épiait. Des gens suivaient sa marche. Il lui semblait qu'elle était exposée à toutes les menaces, que des canons de fusils étaient braqués sur elle, et qu'elle allait tomber dans le piège que son ennemi avait préparé.

L'impression était assez forte pour que Dorothée, qui connaissait sa nature et la justesse de ses pressentiments, l'admît comme une certitude reposant sur des preuves exactes. Elle savait même où l'embûche était dressée. On avait deviné que son instinct, que ses réflexions, que toutes les circonstances du drame, la ramèneraient vers la tour, et on l'y attendait.

Elle demeura immobile. Elle ne doutait point maintenant que maître Delarue n'eût été pris et que, cédant aux menaces, il n'eût révélé que la seconde enveloppe était entre ses mains, à elle, cette seconde enveloppe sans laquelle les diamants du marquis de Beaugreval ne seraient jamais découverts.

Il s'écoula une ou deux minutes. Pas un seul indice ne lui permettait de croire à la présence des ennemis qu'elle imaginait. Mais la logique même des événements exigeait qu'ils fussent là. Il fallait donc agir comme s'ils étaient là.

Par un de ces mouvements imperceptibles qui ne semblent pas avoir de but, sans que rien dans son attitude laissât soupçonner aux ennemis invisibles qu'elle accomplissait un acte précis, elle parvint à ouvrir sa bourse et à saisir l'enveloppe. Elle la froissa dans sa main et la réduisit en une boulette menue.

Puis, tenant son bras allongé contre sa jupe, elle avança de quelques pas sous la voûte.

Derrière elle, brutalement, avec un grand fracas, quelque chose s'abattit. C'était la vieille herse féodale qui tombait d'en haut, dégringolait entre les rainures, et fermait l'issue de son lourd treillis aux mailles de bois massif.

CHAPITRE XVI

LE DERNIER QUART DE MINUTE

Dorothée ne se retourna point. Elle était prisonnière.

« Je ne me trompais pas, pensa-t-elle. Ils sont les maîtres du champ de bataille. Mais que sont devenus les autres ? »

A droite s'ouvrait l'orifice de l'escalier qui montait dans la tour. Peut-être eût-elle pu s'enfuir par là et se servir une seconde fois de l'échelle de corde. Mais à quoi bon ? Est-ce que l'enlèvement de Montfaucon ne l'obligeait pas à lutter jusqu'au bout, malgré l'impossibilité de la lutte ? Il fallait se jeter dans l'arène, parmi les bêtes féroces.

Elle continua sa route. Bien que seule et sans amis, elle se sentait fort calme. Tout en marchant, elle laissa glisser le long de sa jupe la fine boulette de papier, qui roula sur le sol et se perdit parmi les cailloux et la poussière du chemin.

Quand elle atteignit l'extrémité de la voûte, deux bras jaillirent, deux hommes la visaient de leurs revolvers.

« Pas un geste, hein ? »

Elle haussa les épaules.

L'un d'eux répéta durement :

« Pas un geste ou je fais feu. »

Elle les regarda. C'étaient deux comparses à figure louche, habillés comme des matelots. Elle crut reconnaître les deux individus qui avaient accompagné d'Estreicher au Manoir.

Elle leur dit :

« L'enfant ? Qu'avez-vous fait de l'enfant ? Car c'est vous, n'est-ce pas, qui l'avez emporté ? »

Ils lui saisirent brusquement les bras et, tandis que l'un la menaçait à bout portant, l'autre se mit en devoir de la fouiller. Mais une voix impérieuse les arrêta :

« Laissez-la. Je m'en charge. »

Un troisième personnage, que Dorothée n'avait pas aperçu, se détacha du mur où d'énormes racines de lierre le dissimulaient. D'Estreicher!...

Bien qu'il fût toujours affublé de son déguisement de soldat russe, ce n'était pas le même homme. Maintenant elle retrouvait en lui le d'Estreicher de Roborey et du Manoir-aux-Buttes. Il avait repris son air arrogant et son expression méchante, et ne dissimulait pas le léger déséquilibre de sa marche. Sa chevelure et sa barbe hirsute coupées, elle remarqua la forme aplatie de sa tête, par-derrière, et le développement simiesque de sa mâchoire.

Il resta longtemps sans parler. Savourait-il son triomphe? On eût dit plutôt qu'il éprouvait une certaine gêne en face de sa victime, ou du moins qu'il hésitait dans son attaque. Il se promenait, les mains au dos, s'arrêtait, puis repartait.

Il lui demanda :

« Tu n'as pas d'armes?

— Aucune », affirma-t-elle.

Il ordonna aux deux comparses de rejoindre leurs camarades, puis il recommença ses allées et venues.

Dorothée le considérait avec attention, cherchant sur ce visage quelque chose d'humain à quoi elle pût se rattacher. Mais il n'y avait que vulgarité, bassesse et sournoiserie. Elle ne devait donc compter que sur elle-même. Dans le champ clos que formaient les ruines du donjon, entourée d'une bande de coquins que commandait le plus implacable des chefs, surveillée, convoitée, impuissante, elle avait comme aide unique sa subtile intelligence. C'était infiniment peu, et c'était beaucoup, puisque, une première fois déjà entre les murs du Manoir-aux-Buttes, placée dans une même situation et en face du même ennemi, elle avait vaincu. C'était beaucoup, puisque cet ennemi lui-même se défiait et perdait par là même une partie de ses moyens.

Pour l'instant, il se croyait bien sûr de la réussite, immédiate et totale, et son attitude avait toute l'insolence de celui qui n'a rien à craindre.

Leurs regards se croisèrent. Il commença :

« Ce qu'elle est jolie, la mâtine ! un morceau de roi... Dommage qu'elle me déteste ! »

Et, s'approchant :

« Car c'est bien de l'exécration, hein, Dorothée ? »

Elle recula d'un pas. Il fronça les sourcils.

« Oui, je sais... ton père... Bah ! ton père était bien malade... Il serait mort quand même actuellement. Donc ce n'est réellement pas moi qui l'ai tué. »

Elle prononça :

« Et votre complice... tout à l'heure ? Le faux marquis ? »

Il ricana :

« Ne parlons pas de celui-là, je t'en prie ! un triste sire qu'il ne faut pas regretter... si lâche et si ingrat que, se voyant démasqué, il était prêt à me trahir, comme tu l'as deviné. Car rien ne t'échappe, et tu as résolu tous les problèmes en te jouant, ma parole ! Moi qui ai travaillé avec la relation du domestique Geoffroy, dont je crois bien être le descendant, j'ai mis des années à savoir ce que tu as débrouillé en quelques minutes. Pas une hésitation. Pas une erreur. Tu as lu dans mon jeu, comme si tu avais mes cartes en main. Et ce qui m'étonne le plus, Dorothée, c'est ton sang-froid, en ce moment. Car, enfin, ma petite, tu sais de quoi il retourne ?

— Je le sais.

— Et tu n'es pas à genoux ! s'écria-t-il. Vrai ! j'attendais tes supplications... Je te voyais à mes pieds, te traînant à terre. Au lieu de cela, des yeux qui ne se baissent pas, qui me défient presque, une attitude de provocation.

— Je ne vous provoque pas. J'écoute.

— Alors, réglons nos comptes. Il y en a deux. Le compte Dorothée (il eut un sourire). Celui-là, n'en parlons pas encore. Ce sera pour la fin... Et le compte des diamants. A l'heure présente, j'en serais possesseur si tu n'avais pas intercepté le document indispensable. Assez d'obstacles ! Maître Delarue a confessé, le revolver sur la tempe, qu'il t'avait remis la seconde enveloppe. Donne-la-moi. Sinon...

— Sinon ?

— Tant pis pour Montfaucon. »

Dorothée ne tressaillit même pas. Certes, elle voyait clairement la situation où elle se trouvait et comprenait que le duel engagé était beaucoup plus sérieux que la première fois, au Manoir.

Là-bas, elle attendait du secours. Ici, rien. N'importe ! Avec un tel personnage, il ne fallait pas faiblir. Le vainqueur serait celui qui garderait un sang-froid imperturbable, et finirait, à un moment quelconque, par dominer son adversaire.

« Tenir jusqu'au bout ! pensait-elle avec obstination. Jusqu'au bout... et non pas jusqu'au dernier quart d'heure... mais jusqu'au dernier quart de la dernière minute... »

Elle dévisagea son ennemi et, d'un ton de commandement :

« Il y a un petit ici qui souffre. Avant tout j'ordonne que vous le délivriez.

— Oh ! oh ! dit-il avec ironie, mademoiselle ordonne, et de quel droit ?

— Du droit que me donne la certitude qu'avant peu vous serez contraint de m'obéir.

— Par qui, seigneur ?

— Par mes trois amis, Webster, Errington et Dario.

— En effet... en effet... dit-il. Ces messieurs sont de rudes gaillards habitués aux sports, et tu as bien raison de compter sur ces intrépides champions. »

Il fit signe à Dorothée de le suivre, et il traversa l'arène encombrée de pierres que dessinait l'intérieur du donjon. Sur le côté, à droite d'une brèche qui formait l'entrée opposée, et derrière un rideau de lierre tendu sur les arbustes, se rangeaient les petites salles, voûtées par-devant, et qui devaient être les anciennes prisons. On voyait encore des anneaux scellés aux pierres de soubassement.

Dans trois de ces cellules étaient étendus, bâillonnés solidement, liés avec des cordelettes qui les réduisaient à l'état de momies et les attachaient aux anneaux, Webster, Errington et Dario. Trois hommes, armés de fusils, les gardaient.

Dans une quatrième cellule, il y avait le cadavre du faux marquis. La cinquième contenait maître Delarue et le capitaine Montfaucon. L'enfant était enveloppé dans une couverture. Au-dessus d'un lambeau d'étoffe qui lui cachait le bas du visage, ses pauvres yeux pleins de larmes souriaient à Dorothée.

Celle-ci refoula les sanglots qui lui montaient à la gorge. Elle n'eut pas un mot de révolte, pas une injure. On aurait dit vraiment que tout cela n'était qu'incidents secondaires, qui ne pouvaient influer sur l'issue du combat.

« Eh bien, ricana d'Estreicher, que penses-tu de mes troupes à moi ? Trois camarades pour garder les captifs. Deux autres postés en sentinelles et qui surveillent l'horizon... Je puis être tranquille, hein ? Mais aussi, ma belle demoiselle, pourquoi les as-tu quittés ? Tu étais le trait d'union. Livrés à eux-mêmes, ils se sont fait cueillir stupidement, un à un, au débouché du donjon. Chacun d'eux a eu beau se débattre... ça n'a pas traîné. Pas l'ombre d'une égratignure pour mes hommes. J'ai eu plus de peine avec le sieur Delarue, qu'il m'a fallu gratifier d'une balle dans son chapeau pour le faire descendre d'un arbre où il avait réussi à se percher. Quant à Montfaucon, un ange de douceur!... Par conséquent, tu vois, ma petite, tes champions étant hors de cause, tu ne peux compter que sur toi-même. C'est peu.

— C'est assez, dit-elle, car le secret des diamants dépend de moi, et de moi seule. Vous allez donc défaire les liens de mes amis et délivrer l'enfant.

— Moyennant quoi ?

— Moyennant quoi, je vous remettrai l'enveloppe du marquis de Beaugreval. »

Il la regarda.

« Bigre, fit-il, la proposition a de l'allure. Alors vrai, tu abandonnerais les diamants ?

— Oui.

— En ton nom et au nom de tes trois amis ?

— Oui.

— Donne l'enveloppe.

— Coupez les liens. »

Un accès de colère le souleva.

« Donne l'enveloppe. Je suis le maître.

— Non, dit-elle.

— Je veux... je veux cette enveloppe...

— Non », dit-elle, avec une force croissante.

Il arracha le petit sac épinglé au corsage, et dont l'extrémité dépassait.

« Ah ! fit-il, victorieux, le notaire m'a dit que tu l'avais mise là-dedans... comme la pièce d'or. Je vais donc savoir. »

Mais il n'y avait rien dans la bourse. Déçu, fou de rage, il brandit son poing contre le visage de Dorothée, en proférant :

« C'est bien ça, tu voulais me la faire ! Tes amis délivrés, j'étais fichu. L'enveloppe tout de suite !

— Je l'ai déchirée, prononça-t-elle.

— Tu mens ! On ne déchire pas une pareille chose, on ne détruit pas un tel secret ! »

Elle répéta :

« Je l'ai déchirée après l'avoir lue. Coupez les liens de mes amis, et je vous révèle le secret. »

Il hurla :

« Tu mens ! Tu mens ! l'enveloppe, tout de suite... Ah ! si tu crois qu'on se moque de moi bien longtemps ! J'en ai assez. Une dernière fois, l'enveloppe !

— Non », dit-elle.

Il se rua vers une des cellules, débarrassa l'enfant de ses couvertures, le saisit d'une seule main par les chevilles, et se mit à le balancer comme un colis qu'on va jeter au loin.

« L'enveloppe ! cria-t-il à Dorothée, ou je lui casse la tête contre le mur. »

Il était ignoble à voir. Une expression sauvage tordait sa figure. Ses complices le regardaient en riant.

Dorothée leva la main, en signe d'acceptation.

Il déposa l'enfant et revint en face d'elle. Il était couvert de sueur.

« L'enveloppe... » ordonna-t-il une fois encore.

Elle expliqua :

« Sous la voûte d'entrée... dans la partie qui débouche de ce côté... une petite boulette par terre, au milieu des cailloux. »

Il appela un de ses complices et lui répéta l'indication. L'homme s'éloigna en courant.

« Il était temps... murmura le bandit, qui essuyait la sueur de son front. Il était temps. Vois-tu, il ne fallait pas me provoquer... Et puis, pourquoi cet air de défi ? ajouta-t-il, comme si le calme de Dorothée l'eût embarrassé. Oui, pourquoi ? Baisse donc les yeux, cré bon sang ! Ne suis-je pas le maître ici ? maître de tes amis... maître de toi... oui, de toi. »

Il redit ce mot deux ou trois fois, presque en lui-même et avec un regard qui gêna Dorothée. Mais, entendant son complice, il se retourna et l'apostropha vivement :

« Eh bien ?

— Voilà.

— Tu es sûr ? Ah ! fichtre, ça c'est la vraie victoire. »

D'Estreicher dépliait l'enveloppe froissée, il la tenait dans ses mains, il la retournait lentement comme la chose la plus précieuse. Elle n'avait pas été ouverte, les cachets étaient intacts, personne ne connaissait donc le grand secret qu'il allait connaître.

Il ne put s'empêcher de dire sa pensée à haute voix :

« Personne... Personne que moi... »

Il décacheta l'enveloppe. Elle contenait une feuille de papier pliée en deux ; et où trois ou quatre lignes seulement étaient inscrites.

Ces lignes, il les lut et sembla très étonné.

« Oh ! oh ! fit-il, c'est rudement fort ! et je comprends que je n'aie rien trouvé, ni aucun de ceux qui ont cherché. Le bonhomme avait raison, la cachette est impénétrable. »

Il se remit à marcher de long en large, silencieusement, comme quelqu'un qui pèse ses décisions. Puis, revenant aux cellules, il dit aux trois gardiens, le doigt tendu vers les prisonniers :

« Pas moyen qu'ils s'échappent, n'est-ce pas ? Les cordes sont bien solides ? Alors, filez jusqu'au bateau et préparez le départ. »

Les complices hésitaient.

« Eh bien, qu'est-ce que vous avez ? » dit le chef.

L'un d'eux risqua :

« Mais... le trésor... ? »

Dorothée remarqua leur attitude hostile. Sans aucun doute ils se défiaient, et l'idée de laisser d'Estreicher, avant le partage du butin, leur semblait dangereuse pour leurs intérêts.

« Le trésor ? s'écria-t-il. Et après ? Croyez-vous que je vais l'avaler, imbéciles ? Vous aurez la part promise, puisque c'est juré. Et une belle part ! »

Il les rudoya tous les trois, impatient d'être seul.

« Au galop ! Ah ! j'oubliais... Appelez vos deux camarades en faction, et, à vous cinq, emportez le faux marquis. On le jettera à la mer. Comme ça, ni vu ni connu. Filez ! »

Les complices se concertèrent un moment... Mais leur chef avait de l'ascendant sur eux, et tout en grognant, avec des mines peu rassurantes, ils obéirent à ses ordres.

« Six heures, dit-il en consultant sa montre. A sept heures, je vous rejoins de façon que nous puissions débarquer au début de la nuit. Et que tout soit prêt, hein ? Mettez en ordre la cabine... Il y aura peut-être un passager de plus. »

De nouveau, il regarda Dorothée et scanda pendant que ses complices s'en allaient :

« Un passager ? ou plutôt une passagère, n'est-ce pas, Dorothée ? »

Elle ne répondit point, toujours impassible. Mais son angoisse devenait de plus en plus lourde. L'instant redoutable approchait.

Il tenait toujours à la main l'enveloppe et le document du marquis. De sa poche, il tira un briquet qu'il alluma, tandis qu'il relisait les instructions.

« Admirable ! murmura-t-il, en se pâmant d'aise. De premier ordre !... Autant chercher au fond de l'enfer... Ah ! ce marquis, quel homme ! »

Il tordit le papier en une longue papillote qu'il approcha du briquet. Le papier prit feu.

A cette flamme, avec une nonchalance affectée, il alluma une cigarette et, tourné vers les prisonniers, il attendit, le bras tendu, qu'il ne restât plus du document qu'un peu de cendre qui s'éparpilla au souffle de la brise.

« Regardez, Webster, regardez, Errington et Dario. Voilà tout ce que vous verrez jamais du secret de votre aïeul... un peu de cendres... C'est fini. Vraiment, avouez que vous n'avez pas été malins. Vous êtes trois bonshommes d'aplomb cependant, et vous n'avez su ni conserver le trésor qui vous attendait ni défendre la jolie cousine que vous admiriez, bouche béante. Fichtre, nous étions six dans la petite salle du donjon, et il eût suffi que l'un de vous me mît la main au collet... Je n'en menais pas large. Au lieu de cela, quelle débâcle ! Tant pis pour vous... et tant pis pour elle ! »

Il leur montra son revolver.

« Je n'en aurai pas besoin, hein ? dit-il. D'ailleurs vous avez dû remarquer qu'au moindre mouvement les cordelettes vous serrent la gorge davantage. Si vous insistez, c'est l'étranglement pur et simple. A bon entendeur... Maintenant, cousine Dorothée, je suis à toi. Suis-moi. Nous allons faire l'impossible pour nous mettre d'accord. »

Toute résistance était inutile. Elle l'accompagna de l'autre côté de l'esplanade, à travers un amoncellement de ruines, jusqu'à une sorte de pièce dont il ne restait que les murs, troués de meurtrières, et qu'il désigna comme l'ancienne salle des gardes.

« Nous serons bien là pour causer. Tes soupirants ne peuvent ni nous voir ni nous entendre. La solitude est absolue. Tiens, il y a un banc de gazon. Assieds-toi, je t'en prie. »

Elle croisa les bras et resta debout, la tête droite. Il attendit, murmura : « A ta guise », et, prenant la place offerte, prononça :

« C'est notre troisième entrevue, Dorothée. La première fois, sur la terrasse de Roborey, tu as refusé mes offres, ce qui s'expliquait à la rigueur : tu ignorais la valeur exacte de mes renseignements, et je ne pouvais t'apparaître que comme un aventurier peu recommandable, contre lequel tu brûlais de partir en guerre. Sentiment très noble qui fit illusion aux cousins de Chagny, mais qui ne me trompa pas, étant donné que je connaissais le vol des boucles d'oreilles.

« En réalité, tu avais ton but : te débarrasser, en vue de la bonne aubaine espérée, du concurrent le plus dangereux. Et la meilleure preuve, c'est que, aussitôt après m'avoir dénoncé, tu accourais au Manoir où se trouvait probablement le mot de l'énigme et où j'allais encore me heurter à tes intrigues. Tourner la tête au jeune Davernoie, subtiliser la médaille, telle fut la tâche que tu entrepris et, j'avoue avec admiration, que tu réalisas de bout en bout... Seulement... seulement... d'Estreicher n'est pas un monsieur qu'on met dans sa poche si facilement. Evasion, simulacre d'incendie, reprise de la médaille, conquête du codicille, bref, redressement total. A l'heure présente, les quatre diamants rouges m'appartiennent.

« Que j'en prenne possession demain ou dans une semaine, ou dans un an, n'importe ! ils sont à moi. Ce que des douzaines de personnes, des centaines peut-être, ont cherché vainement depuis deux siècles, il n'y a pas de raison pour que d'autres le trouvent jamais maintenant. Donc me voici puissamment riche... des millions et des millions. Avec ça, il est permis de devenir honnête, comme c'est mon intention... si toutefois Dorothée consent à être la passagère que j'ai annoncée à mes hommes. Un mot de réponse. Est-ce oui ? Est-ce non ? »

Elle haussa les épaules.

« Je savais à quoi m'en tenir, dit-il. J'ai voulu tout de même tenter l'épreuve... avant de recourir aux grands moyens. »

Il attendit l'effet de cette menace. Dorothée ne bronchait pas.

« Comme tu es calme ! dit-il d'un ton où perçait un peu d'inquiétude. Pourtant tu te rends compte exactement de la situation.

— Exactement.

— Nous sommes seuls. J'ai comme gages, comme moyens d'action sur toi, la vie de Montfaucon et la vie de ces trois hommes enchaînés. Alors, d'où vient que tu es si calme ? »

Elle articula posément :

« Je suis calme parce que je sais que vous êtes perdu.

— Allons donc ! fit-il en riant.

— Irrémédiablement perdu.

— Et pourquoi ?

— Tout à l'heure, à l'auberge, après avoir constaté l'enlèvement de Montfaucon, j'ai envoyé mes trois autres garçons dans les fermes les plus proches d'où ils ramèneront tous les paysans rencontrés. »

Il ricana :

« Le temps qu'ils mobilisent une troupe de paysans, je serai loin.

— Ils arrivent, j'en ai la certitude.

— Trop tard, ma pauvre petite. Si j'avais le moindre doute, je t'aurais fait emporter par mes hommes.

— Par vos hommes ? Non...

— Qui est-ce qui m'empêchait ?

— Vous avez peur d'eux, malgré vos airs de dompteur. Ils se demandent si vous n'avez pas voulu rester seul ici pour profiter du secret dérobé et pour prendre les diamants. C'est une alliée qu'ils trouveraient en moi. Vous n'oseriez pas courir un pareil risque.

— Et alors ?

— Alors, c'est pour cela que je suis tranquille. »

Il secoua la tête et, d'une voix crispée :

« Mensonge, ma petite ! Comédie ! Tu es plus pâle qu'une morte, car tu sais bien ce qu'il en est. Que je sois traqué d'ici une heure, ou que mes hommes finissent par me trahir, peu importe. Ce qui compte pour toi, pour moi, ce n'est pas ce qui se passera dans une heure, mais ce qui va se passer maintenant. Et ce qui va se passer, tu n'en doutes pas, Dorothée, n'est-ce pas ? »

Il s'était levé et, s'approchant d'elle, il scanda, avec une âpreté menaçante :

« Dès la première minute, j'ai été pris comme un imbécile. Danseuse de corde, acrobate, princesse, voleuse, saltimbanque, il y a quelque chose en toi qui me bouleverse. J'ai toujours méprisé les femmes. Aucune ne m'a gêné dans la vie. Toi, Dorothée, tu m'attires, tout en me faisant peur. De l'amour ? Non. De la haine. Ou plutôt une maladie... du poison qui me brûle, et dont il faut que je me délivre, Dorothée. »

Il était tout contre elle, les yeux durs et pleins de fièvre. Ses mains rôdaient autour des épaules de la jeune fille, toutes prêtes à s'abattre. Pour n'en pas subir l'étreinte, elle dut reculer vers le mur. Il lui dit tout bas, la voix haletante :

« Fini de rire, Dorothée. J'en ai assez de tes sortilèges de bohémienne. Le goût de tes lèvres, voilà le philtre qui va me guérir. Après, je pourrai m'enfuir, et ne plus jamais te voir. *Mais après, seulement.* Comprends-tu ? »

Il lui appliqua les deux mains sur les épaules, si brusquement qu'elle vacilla. Cependant, elle continuait à le défier, de toute son attitude méprisante. Sa volonté se tendait pour qu'il n'eût pas une seconde l'impression qu'elle pût trembler au fond d'elle-même et défaillir.

« Comprends-tu ?... Comprends-tu ?... bredouillait l'homme en lui martelant les bras et le cou. Comprends-tu que rien ne peut éviter cela ? Pas de secours possible. C'est le prix de la défaite. Aujourd'hui, je me venge... et en même temps je m'affranchis de toi... Quand nous serons séparés, je pourrai me dire enfin : "Oui, elle m'a fait du mal, mais je ne le regrette pas. Le dénouement de l'aventure efface tout." »

Il appuyait de plus en plus sur les épaules de la jeune fille, et lui disait avec une joie sarcastique :

« Tes yeux se troublent, Dorothée ! Quel plaisir

de voir cela ! Ils ont peur, tes yeux... Comme ils sont beaux, Dorothée !... C'est vraiment la récompense du vainqueur. Rien qu'un pareil regard, qui s'épouvante devant moi, ça vaut plus que tout. Dorothée, Dorothée, je t'aime... T'oublier ? Quelle folie ! Si je veux baiser tes lèvres, c'est pour t'aimer plus encore... et pour que tu m'aimes... pour que tu me suives, comme une esclave, et comme une maîtresse adorée. »

Elle touchait au mur. L'homme essayait de l'attirer contre lui. Elle tenta un effort pour se dégager.

« Ah ! cria-t-il avec une rage soudaine et en la brutalisant, pas de résistance, la petite. Donne-moi tes lèvres, tout de suite, tu entends. Sinon, c'est Montfaucon qui paiera. Veux-tu que je lui fasse faire le moulinet comme tout à l'heure ? Allons, obéis, ou bien... ou bien je cours là-bas, et tant pis pour la tête du gosse... »

Dorothée était à bout d'énergie. Ses jambes fléchissaient. Tout son être palpitait d'horreur au contact du bandit, et en même temps, c'est avec effroi qu'elle le repoussait, tellement elle avait peur qu'il ne se ruât aussitôt sur l'enfant.

Ses bras raidis commençaient à plier. L'homme redoubla d'efforts pour la faire tomber à genoux. C'était fini. Il touchait au but. Mais, à ce moment, le spectacle le plus imprévu frappa Dorothée. Derrière lui, à quelques mètres de distance, quelque chose qui bougeait, quelque chose qui passait à travers le mur opposé. C'était un canon de fusil braqué par la fente d'une meurtrière.

Et, aussitôt, Dorothée se rappela : Saint-Quentin avait emporté de l'auberge un vieux fusil hors d'usage, sans cartouches.

Elle n'eut pas un geste qui pût attirer l'attention de d'Estreicher. Elle comprenait la manœuvre de Saint-Quentin. L'enfant menaçait, mais il ne pouvait faire plus que menacer. A elle maintenant de manœuvrer de telle sorte que la menace, dès que d'Estreicher la verrait dirigée contre lui, eût son plein effet. Or il était certain qu'il suffirait à d'Estreicher d'un instant pour apercevoir, comme Dorothée l'apercevait elle-même, la rouille et l'état déplorable de cette arme aussi inoffensive qu'un fusil d'enfant.

Très nettement, Dorothée discerna ce qu'elle avait à faire : se reprendre, se redresser en face de l'ennemi, et le troubler, ne fût-ce que durant quelques secondes, comme elle avait déjà réussi à l'inquiéter à force de calme et de maîtrise. Son salut, le salut de Montfaucon, dépendaient de sa fermeté. *In robore fortuna,* pensa-t-elle.

Mais sa pensée, inconsciemment, elle l'exprima à demi-voix, ainsi qu'on fait une prière qui doit vous protéger. Et, sur-le-champ, elle sentit l'étreinte de l'adversaire se relâcher. La vieille devise, à laquelle il avait si souvent réfléchi, le déconcertait, paisiblement formulée, en une telle minute, par cette femme qu'il croyait aux abois. Il l'observa et fut stupéfait. Jamais son beau visage n'avait eu pareille expression de sérénité. Sur les dents blanches, les lèvres s'entrouvraient, et les yeux, tout à l'heure terrifiés et désespérés, le regardaient maintenant avec le plus paisible sourire.

« Qu'est-ce qu'il y a ? demanda-t-il malgré lui, se rappelant le rire stupéfiant de Dorothée près de l'étang du Manoir-aux-Buttes. Vas-tu rire encore aujourd'hui ?

— Je ris pour la même raison : vous êtes perdu. »

Il essaya de plaisanter :

« Hein ? Quoi ?

— Oui, déclara-t-elle, je vous l'ai dit dès le premier instant, et je ne me trompais pas.

— Vous êtes folle », dit-il en haussant les épaules.

Elle remarqua qu'il ne la tutoyait plus, et, sûre d'une victoire qui résidait en son inconcevable tranquillité et dans la similitude absolue des deux scènes, elle répéta :

« Vous êtes perdu. La situation est vraiment la même qu'au Manoir. Là-bas, Raoul et les enfants avaient été chercher du secours, et, tout à coup, alors que vous étiez le maître, le canon d'un fusil s'est braqué sur vous. Ici, la même chose. Les trois gosses ont trouvé des hommes. Ils sont là, comme au Manoir, avec leurs fusils... Vous vous rappelez ? Ils sont là. Les canons des fusils sont braqués sur vous.

— Vous mentez, balbutia le bandit.

— Ils sont là, affirma-t-elle d'une voix de plus en plus pressante. J'ai entendu le signal de mes garçons. Ils n'ont pas pris le temps de contourner le donjon. Ils sont là, derrière le mur.

— Vous mentez ! cria-t-il. Ce que vous dites est impossible. »

Elle commanda, toujours avec le calme d'une personne qu'aucun danger ne menace plus, et avec un tutoiement impérieux :

« Retourne-toi... tu verras *leurs* fusils braqués sur ta poitrine. Que je dise un mot, et ils tirent. Retourne-toi donc ! »

Il se dérobait. Il ne voulait pas obéir. Mais les yeux de Dorothée exigeaient, des yeux ardents, irrésistibles, plus forts que lui, et, se soumettant à leur volonté, il se retourna.

C'était le dernier quart de la dernière minute.

Dans un élan de tout son être, avec une puissance de conviction qui ne permettait pas au bandit de réfléchir, Dorothée exigea :

« Haut les mains, misérable, ou l'on t'abat comme un chien. Haut les mains ! Mais tirez donc là-bas, tirez sans pitié ! Haut les mains ! »

D'Estreicher avait vu le fusil. Il leva les bras.

En une seconde, Dorothée se jeta sur lui, lui

arracha de la poche de son veston un revolver, et le visant en face, sans un battement de cœur, sans que sa main déviât d'une ligne, elle articula doucement, les yeux luisants de malice :

« Idiot, va, je t'avais bien dit que tu étais perdu. »

CHAPITRE XVII

HAUT ET COURT

La scène n'avait pas duré une minute, et, en moins d'une minute, le redressement s'était produit. La défaite se changeait en victoire.

Victoire précaire. Dorothée savait qu'un homme comme celui-là ne resterait pas longtemps dupe de l'illusion qu'elle avait réussi, par un coup d'audace vraiment incroyable, à créer dans son esprit. Elle tenta l'impossible cependant pour arriver à la capture du bandit, capture qu'elle ne pouvait effectuer seule, et qui ne deviendrait définitive que si elle le tenait en respect jusqu'à la délivrance de Webster, d'Errington et de Marco Dario.

Aussi autoritaire que si elle eût disposé d'un corps d'armée, elle commanda à ses sauveurs :

« Qu'un de vous demeure là, le fusil en joue, prêt à tirer au moindre mouvement, et que le reste de la troupe aille délivrer les prisonniers. Au galop, n'est-ce pas ? Faites le tour du donjon. C'est à gauche de l'entrée, un peu plus loin. »

Le reste de la troupe, c'étaient Castor et Pollux, à moins que Saint-Quentin ne se joignît à eux, au cas où il jugerait à propos de laisser tout simplement allongé dans la meurtrière, et bien dirigé contre le bandit, son fusil, modèle 1870.

« Ils s'en vont, ils entrent... ils cherchent... » se

disait-elle, en essayant de suivre les enfants dans leur course.

Mais, peu à peu, elle le voyait bien, la figure de d'Estreicher se détendait. Il avait examiné le canon du fusil. Il avait entendu les pas menus des enfants, si différents du vacarme qu'eût fait une troupe de paysans. Bientôt elle ne douta plus que le bandit ne s'échappât avant l'arrivée des autres.

Il eut une dernière hésitation, puis rabattit ses bras en grinçant de fureur :

« Roulé ! dit-il. Ce sont les gosses, et le fusil n'est que de la vieille ferraille. Ah ! tu en as du culot !

— Dois-je tirer ?

— Allons donc ! Une femme de ton espèce tue pour se défendre, pas pour tuer. Me livrer à la justice ? Est-ce ça qui te rendra les diamants ? Je me ferais plutôt arracher la langue et brûler à petit feu que de lâcher le secret. Ils sont à moi. Je les prendrai quand ça me plaira.

— Un seul pas en avant, et je tire.

— D'accord, tu as gagné la partie. Je m'en vais. »

Il tendit l'oreille.

« Les gosses bavardent là-bas. Ils ont trouvé Webster et compagnie. Le temps qu'ils les détachent, je serai loin. Au revoir... On se reverra.

— Non, dit-elle.

— Si, j'aurai le dernier mot. Les diamants d'abord. Les affaires de cœur après. J'ai eu tort de mêler les deux. »

Elle secoua la tête.

« Vous n'aurez pas les diamants. Si je n'en étais pas sûre, est-ce que je vous laisserais partir ? Mais, je vous l'ai dit : vous êtes perdu.

— Perdu ? et pourquoi ? ricana-t-il.

— J'ai mon idée. »

Il allait répliquer. Mais un bruit de voix plus net parvint jusqu'à eux. Il bondit hors de la salle et se sauva, courbé, le long des taillis.

Dorothée, qui s'était élancée derrière lui, le visa, résolue soudain à l'abattre. Mais, après un instant d'hésitation, elle baissa son arme en murmurant :

« Non, non, je ne peux pas... je ne peux pas... Et puis, à quoi bon ? Mon père sera vengé quand même... »

Elle alla vers ses amis. Les garçons avaient du mal à les délivrer, tellement le lacis des cordes était inextricable. Le premier, Webster se leva et courut à sa rencontre.

« Où est-il ?

— Parti, dit-elle.

— Comment ! vous aviez un revolver, et vous l'avez laissé fuir ? »

Errington arrivait, puis Dario, tous deux exaspérés.

« Il s'est enfui ? Est-ce possible ? Mais par où ? »

Webster saisit l'arme de Dorothée.

« Vous n'avez pas eu le courage de le tuer, n'est-ce pas ?

— Non, je n'ai pas eu le courage.

— Une pareille canaille ! Un assassin ! Eh bien, ça ne va pas traîner avec nous, je vous le jure. Nous y sommes, les amis ? »

Dorothée leur barra la route.

« Et les complices ? Ils sont cinq ou six, et d'Estreicher en plus... tous munis de fusils.

— Tant mieux ! fit l'Américain, le revolver a sept coups.

— Je vous en prie, dit-elle, redoutant l'issue d'une bataille inégale. Je vous en prie... D'ailleurs, c'est trop tard, ils doivent être embarqués.

— Nous le verrons bien. »

Les trois jeunes gens se mirent en chasse. Elle eût bien voulu les accompagner, mais Montfaucon se pendait à sa jupe en sanglotant, les jambes encore entravées de liens.

« Maman... maman... t'en va pas... j'ai eu si peur !... »

Elle ne pensa plus qu'à lui, le prit sur ses genoux, et le consola.

« Faut pas pleurer, mon pauvre capitaine. C'est fini. Le vilain homme ne reviendra plus. As-tu remercié Saint-Quentin ? et tes deux camarades Castor et Pollux ? Où en serions-nous sans eux, mon chéri ? »

Elle embrassa tendrement les trois garçons :

« Oui ! où serions-nous ? Ah ! Saint-Quentin, l'idée du fusil, quelle trouvaille ! Tu es un rude type, mon vieux ! Viens, que je t'embrasse encore ! Et dis-moi comment il se fait que tu aies pu arriver jusqu'à nous ? J'ai bien vu les petits tas de cailloux que tu avais semés au départ de l'auberge. Mais pourquoi as-tu contourné le marais ? Espérais-tu gagner les ruines du château en suivant le rivage, au pied des falaises ?

— Oui, maman, répondit Saint-Quentin, tout fier des compliments de Dorothée, et tout ému de ses baisers.

— Et ce n'était pas possible ?

— Non, mais j'ai trouvé mieux... sur le sable, un petit canot, que nous avons poussé à la mer.

— Et vous avez eu le courage, tous les trois, vous avez eu la force de ramer ? Il vous a bien fallu une heure !...

— Une heure et demie, maman. Il y avait des tas d'écueils qui nous repoussaient. Enfin, on a abordé pas loin d'ici, en vue du donjon. Et en arrivant, j'ai reconnu la voix de d'Estreicher.

— Ah ! mes enfants ! mes enfants adorés ! »

De nouveau, ce fut un déluge de baisers, qu'elle faisait pleuvoir à droite, à gauche, sur les joues de Saint-Quentin, sur le front de Castor, sur le crâne du capitaine. Et elle riait ! Et elle chantait ! C'était si bon de vivre ! si bon de n'être plus en face d'une brute qui vous tient les poignets, et qui vous salit de son regard abominable !

Mais elle s'interrompit soudain dans ses effusions.

« Et maître Delarue ? Je l'oubliais ! »

Il gisait au fond de sa cellule, derrière un rempart de haute herbes.

« Soigne-le ! vite, Saint-Quentin, coupe les cordes... Seigneur Dieu, il est évanoui... Voyons, maître Delarue, reprenez vos sens. Sinon, je vous laisse.

— Me laisser ! s'écria le notaire, subitement réveillé, mais vous n'en avez pas le droit. L'ennemi...

— L'ennemi s'est enfui, maître Delarue.

— Il peut revenir. Ce sont des gens terribles. Voyez, comme leur chef a troué mon chapeau ! L'âne avait fini par me jeter par terre, juste à l'entrée des ruines, et je m'étais réfugié sur un arbre d'où je refusais de descendre. Ah ! ça n'a pas été long ! D'une balle, le bandit m'a décoiffé.

— Etes-vous mort ?

— Non, mais j'ai des douleurs internes, des contusions.

— Ce ne sera rien, maître Delarue. Demain, il n'y paraîtra plus, je vous assure. Saint-Quentin, je te confie maître Delarue. A toi aussi, Montfaucon. Frictionne-le. »

Elle s'en alla rapidement, avec l'intention de rejoindre ses trois amis dont l'expédition, mal ordonnée, la tourmentait. Partis au hasard, et sans plan d'attaque, ils risquaient, cette fois encore, si les bandits n'étaient pas embarqués, de se faire prendre isolément.

Heureusement pour eux, les jeunes gens ignoraient l'endroit où le bateau de d'Estreicher avait son point d'attache, et, quoique la partie de la presqu'île, située au-delà des ruines, ne fût guère étendue, comme on se heurtait aussitôt à des masses de rochers qui formaient de véritables obstacles, elle les retrouva tous les trois les uns après les autres. Chacun d'eux s'était perdu dans le dédale des petits sentiers, et chacun d'eux revenait, à son insu, vers le donjon.

Dorothée, qui avait un meilleur sens de l'orientation, ne se trompa pas. Elle flairait les petits passages qui n'aboutissaient à rien, et choisissait d'instinct ceux qui la conduisaient au but. D'ailleurs, bientôt, elle releva des traces de pas. C'était la piste suivie régulièrement par la bande pour faire la navette entre la mer et le donjon. Aucune erreur n'était plus possible.

Mais, à ce moment, ils entendirent des cris qui partaient d'un point situé juste en face d'eux. Or la piste tournait nettement et s'éloignait vers la droite. Un massif de rochers avait nécessité ce changement de direction, rochers abrupts, déchiquetés, qu'ils escaladèrent cependant pour éviter un détour qui semblait assez long.

Dario, plus agile, et qui courait en tête, s'exclama tout à coup :

« Je les vois !... Ils sont tous sur le rivage !... Mais que diable font-ils ? »

Webster arriva, le revolver au poing.

« Oui, je les vois aussi ! Courons là-bas... Nous serons plus près d'eux. »

Là-bas, c'était l'extrémité du plateau que soutenaient les rochers, et sur un promontoire qui domine la grève d'une quarantaine de mètres. Deux aiguilles de granit très hautes formaient comme des piliers d'une porte ouverte au milieu de laquelle on apercevait la nappe bleue de l'océan.

« Attention ! Baissez-vous ! » commanda Dorothée, qui se coucha.

Les autres s'aplatirent contre les parois.

Cent cinquante mètres en avant, sur le pont d'un grand canot de pêche à moteur, il y avait un groupe de cinq hommes parmi lesquels une femme gesticulait. En voyant Dorothée et ses amis, un des cinq hommes s'était retourné vivement, avait épaulé un fusil, et tiré. Un éclat de granit sauta près d'Errington.

« Halte-là, cria le tireur, ou je recommence. »

Dorothée arrêta ses compagnons.

« Et après ? La falaise est à pic. Vous n'avez pas l'intention de vous lancer dans le vide ?

— Non, mais on peut regagner le chemin, proposa Dario, et faire le tour.

— Je vous défends de bouger. Ce serait de la folie. »

Webster s'indigna :

« J'ai un revolver.

— Ils ont des fusils, eux. D'ailleurs on arriverait trop tard. Le drame est fini.

— Quel drame ?

— Regardez. »

Dominés par elle, ils demeurèrent immobiles, à l'abri des balles. En face se déroulait, comme un spectacle auquel ils étaient contraints d'assister sans y prendre part, ce que Dorothée appelait le drame, et, tout de suite, ils en comprirent l'horreur tragique.

La grande barque se balançait le long d'un quai naturel que formait le pourtour d'une petite crique paisible. La femme et les cinq hommes étaient penchés au-dessus d'un corps inerte, qui semblait lié par des ceintures de laine rouge. La femme, qui, de loin, semblait la plus abominable des mégères, apostrophait ce sixième individu, en lui montrant le poing, et en lui jetant des injures dont quelques-unes seulement parvenaient aux oreilles des jeunes gens.

« Voleur !... Lâche !... Ah ! tu refuses !... Attends un peu !... »

Elle proféra des ordres en vue d'une manœuvre qui d'ailleurs était toute prête, car les jeunes gens constatèrent, le groupe des bandits s'étant disjoint, qu'une longue corde entourait le cou du captif, et que l'autre extrémité de cette corde passait par-dessus la vergue principale du mât. Deux des hommes s'en saisirent.

Le corps inerte fut dressé. Il resta debout quelques secondes, comme un pantin qu'on va faire danser. Puis, doucement, sans à-coups, on le souleva à un mètre du plancher.

« D'Estreicher ! » murmura l'un des jeunes gens, en reconnaissant la casquette de soldat russe.

Dorothée se rappela avec un frisson la prédiction qu'elle avait faite à son ennemi, lors de leur rencontre au château de Roborey. Elle dit tout bas :

« Oui, d'Estreicher...

— Qu'est-ce qu'ils lui veulent ?

— Lui reprendre les diamants.

— Mais il ne les a pas.

— Non, mais ils peuvent croire qu'il les a. Je me doutais de leur projet. J'avais remarqué l'expression féroce de leurs figures, et le coup d'œil qu'ils avaient échangé en quittant les ruines sur l'ordre de d'Estreicher. Ils ne lui ont obéi que pour préparer le piège où il est tombé. »

Là-bas, la silhouette ne resta suspendue qu'un instant à la vergue. On redescendit le pantin. Puis deux fois, on le remonta, et la femme vociférait :

« Parleras-tu ?... Le trésor que t'avais promis ?... Qu'é qu't'en as fait ?... »

Près de Dorothée, Archibald Webster mâchonna :

« Ce n'est pas possible ! Nous n'allons pas supporter...

— Quoi ! fit Dorothée, vous vouliez le tuer tout à l'heure... Vous voulez le sauver maintenant ? »

Webster et ses amis ne savaient pas trop ce qu'ils voulaient. Mais ils se refusaient à demeurer plus longtemps impassibles en face de ce spectacle écœurant. La falaise était à pic, mais avec des crevasses et des coulées de sable. Webster, voyant que l'homme au fusil ne s'occupait plus d'eux, risqua la descente, suivi de Dario et d'Errington.

Tentative inutile. Les complices ne voulurent pas engager la lutte. La femme mit le moteur en marche. Lorsque les trois jeunes gens foulèrent le sable du rivage, la barque virait avec un bruit précipité. L'Américain tira vainement les sept coups de son revolver.

Il était furieux, et il dit à Dorothée, qui le rejoignait :

« Tout de même... tout de même... nous aurions dû agir autrement... Voilà un tas de fripouilles qui nous filent sous les yeux !

— Qu'y pouvons-nous ? observa Dorothée. Le principal coupable n'est-il pas puni ? Quand ils seront au large, ils le fouilleront de nouveau, et, une fois certains que ses poches sont bien vides, qu'il connaît le secret et qu'il ne le livrera point, ils jetteront leur chef à la mer, ainsi que le faux marquis dont le cadavre est actuellement à fond de cale.

— Et cela vous suffit, le châtiment de d'Estreicher ?

— Oui.

— Vous le détestez donc bien ?

— Il a tué mon père », dit-elle.

Les jeunes gens s'inclinèrent gravement. Puis Dario reprit :

« Mais les autres ?...

— Qu'ils aillent se faire pendre ailleurs ! Cela vaut mieux pour nous. La bande arrêtée, livrée à la justice, ce serait l'enquête, le procès, toute l'aventure étalée. Est-ce notre intérêt ? Le marquis de Beaugreval nous a conseillé d'arranger nos affaires entre nous. »

Errington soupira :

« Nos affaires sont tout arrangées, en effet ; le secret des diamants est perdu. »

Au loin, vers le Nord, vers la Bretagne, la barque s'éloignait...

Ce même soir, vers neuf heures, après avoir confié à la veuve Amouroux maître Delarue, lequel ne songeait qu'à passer une bonne nuit et à regagner son étude le plus vite possible, après avoir recommandé à la veuve Amouroux le silence absolu sur l'agression dont elle avait été victime, George Errington et Marco Dario attelèrent leurs chevaux à la roulotte, et, accompagnés de Saint-Quentin qui tenait la bride de Pie-Borgnè, s'en retournèrent par le chemin caillouteux du Mauvais-Pas jusqu'aux ruines de La Roche-Périac.

Dorothée et les enfants reprirent possession de leur logis. Les trois jeunes gens s'installèrent dans les cellules du donjon.

Le lendemain, de bonne heure, Archibald Webster enfourcha sa motocyclette. Il ne revint qu'à midi.

« J'arrive de Sarzeau, dit-il, j'ai vu les moines de l'abbaye. Je leur ai acheté les ruines de La Roche-Périac.

— Seigneur Dieu ! s'exclama Dorothée, vous voulez donc y finir vos jours ?

— Non, mais George Errington, Dario et moi, nous voulons effectuer nos recherches tranquillement, et, pour être tranquille, il n'y a rien de tel que d'être chez soi.

— Archibald Webster, vous qui avez l'air si riche, vous tenez donc tant que cela à découvrir les diamants ?

— Je tiens, dit-il, à ce que l'aventure de notre ancêtre le marquis de Beaugreval se termine comme elle doit l'être, et à ce que, un jour ou l'autre, le hasard ne donne pas ces diamants au premier venu qui n'y aurait aucun droit. Vous nous aiderez, Dorothée ?

— Ma foi, non.

— Diable ! et pourquoi ?

— Parce que, en ce qui me concerne, l'aventure est finie avec le châtiment du coupable. »

Ils parurent déçus.

« Cependant, vous restez ?

— Oui, j'ai besoin de repos et mes quatre garçons également. Une douzaine de jours ici, près de vous, en famille, nous feront beaucoup de bien. Le 24 juillet, au matin, départ.

— La date est fixée ?

— Oui.

— Pour nous aussi ?

— Oui. Je vous enlève.

— Et le but de notre voyage ?

— Un vieux manoir de Vendée où doivent se trouver réunis, à la fin de juillet, d'autres descendants du seigneur de Beaugreval. Je tiens à vous présenter à nos cousins Davernoie et Chagny-Roborey. Après quoi, vous serez libres de revenir ici... vous enterrer avec les diamants de Golconde.

— Et avec vous, cousine Dorothée.

— Sans moi.

— En ce cas, dit Webster, je revends mes ruines. »

Ces quelques journées, pour les trois jeunes gens, furent un enchantement continuel. Le matin, ils cherchaient, en dehors de toute méthode du reste, et avec une ardeur qui diminuait d'autant plus vite que Dorothée ne participait pas à leurs investigations. Au fond, ils n'attendaient que le moment de la rejoindre. On déjeunait ensemble, près de la roulotte que Dorothée avait établie sous l'ombrage du gros chêne qui commandait l'allée des arbres séculaires.

Repas charmant, suivi d'un après-midi qui ne l'était pas moins, et d'une soirée qu'ils eussent volontiers prolongée jusqu'aux approches de l'aube. Pas un nuage au ciel n'altéra le beau temps. Pas un voyageur ne tenta de pénétrer dans le domaine et de passer outre à l'inscription qu'ils avaient clouée contre une branche : « Domaine particulier. Piège à loups. »

Ils vécurent seuls, avec les quatre garçons dont ils étaient devenus les amis fervents et dont ils partageaient les jeux, tous les sept en extase devant celle qu'ils appelaient l'extraordinaire Dorothée.

Elle les captivait et les éblouissait. Sa présence d'esprit durant cette pénible journée du 12 juillet, son sang-froid dans la chambre du donjon, sa course vers l'auberge, sa lutte implacable contre d'Estreicher, son courage, sa gaieté, autant de choses qui provoquaient chez eux une admiration stupéfaite.

Elle leur semblait la créature la plus naturelle et la plus mystérieuse. Bien qu'elle leur prodiguât les explications et qu'elle leur eût raconté toute son enfance, sa vie d'infirmière, sa vie foraine, les incidents du château de Roborey et du Manoir-aux-Buttes, ils n'arrivaient pas à comprendre que Dorothée fût à la fois princesse d'Argonne et directrice de cirque, et qu'elle fût cela en fait, se montrant aussi réservée que fantaisiste, aussi fille de grand seigneur que bateleuse et que danseuse de corde. Mais sa tendresse délicate pour les quatre garçons les touchait profondément, tant l'instinct maternel se révélait en ses regards affectueux et en ses gestes attentifs.

Le quatrième jour, Marco Dario, de Gênes, réussit à la prendre à part et lui fit sa déclaration.

« J'ai deux sœurs qui vous aimeraient comme une sœur. J'habite un vieil hôtel, où vous auriez l'air, si vous vouliez, d'une dame de la Renaissance. »

Le cinquième jour, Errington lui parla en tremblant de sa mère « qui serait si heureuse d'avoir une fille comme elle ». Le sixième jour, ce fut le tour de Webster. Le septième, ils furent sur le point de se battre. Le huitième, ils la sommèrent de choisir entre eux.

« Pourquoi entre vous ? dit-elle toute rieuse. Il

n'y a pas que vous dans ma vie, en dehors de mes quatre garçons. J'ai des parents, des cousins, d'autres prétendants peut-être.

— Choisissez. »

Le neuvième jour, pressée par eux, elle promit de choisir.

« Voilà, déclara-t-elle. Je vous mettrai tous sur un rang, et j'embrasserai celui qui sera mon mari.

— Quand ?

— Le premier jour du mois d'août.

— Jurez-le.

— Je le jure. »

Désormais ils ne cherchèrent plus les diamants. Ainsi qu'Errington l'observa — et Montfaucon l'avait dit avant lui —, les diamants qu'ils souhaitaient, c'était elle, Dorothée. Leur aïeul Beaugreval ne pouvait avoir prévu pour eux de plus magnifique trésor.

Le 24, au matin, Dorothée donna le signal du départ. Ils quittèrent les ruines de La Roche-Périac et dirent adieu aux richesses du marquis de Beaugreval.

« Tout de même, affirma Dario, vous auriez dû chercher, cousine Dorothée. Vous seule étiez capable de découvrir ce que personne n'a découvert depuis deux siècles. »

Elle eut un mouvement d'insouciance et répliqua :

« Notre excellent aïeul a pris soin de nous dire lui-même où se trouvait la fortune. *In robore...* Soumettons-nous à sa décision. »

Ils refirent les étapes qu'elle avait déjà parcourues, traversèrent la Vilaine, et s'engagèrent sur la route de Nantes. Dans les villages — il faut bien vivre, et la jeune fille n'acceptait l'assistance de personne —, le cirque Dorothée donnait des représentations. Nouvelle cause d'ébahissement pour les trois étrangers. Dorothée faisait la parade, Dorothée sur Pie-Borgne, Dorothée sur la corde raide, Dorothée apostrophant le public, que de scènes savoureuses et pittoresques !

Ils couchèrent deux nuits à Nantes où Dorothée désirait voir maître Delarue. Tout à fait remis de ses émotions, le notaire lui fit bon accueil, lui présenta sa famille et la retint à déjeuner.

Enfin, le dernier jour du mois, partis de grand matin, ils atteignirent le Manoir-aux-Buttes dans le milieu de l'après-midi. Dorothée laissa la roulotte devant le portail avec les garçons, et entra, accompagnée des trois jeunes gens.

La cour lui sembla vide. Le personnel de la maison devait être employé aux champs. Mais, par les fenêtres ouvertes du Manoir, on entendit le bruit d'une discussion violente.

Ils approchèrent.

Une voix d'homme hargneuse et vulgaire, qui était, Dorothée la reconnut, la voix du sieur Voirin, l'usurier, scandait, rageusement, appuyée par des coups de poing sur la table :

« Il faut payer, monsieur Raoul, voici le contrat de vente, signé de votre grand-père. A cinq heures, le 31 juillet 1921, trois cent mille francs en billets de banque ou en titres sur l'Etat. Sinon, le Manoir est à moi. Il est quatre heures trois quarts. Où est l'argent ? »

Dorothée entendit ensuite la voix de Raoul, puis la voix du comte Octave de Chagny qui offrait des arrangements.

« Pas d'arrangements, proféra l'usurier. Des billets de banque. Il est quatre heures quarante-huit. »

Archibald Webster saisit Dorothée par la manche et murmura :

« Raoul... c'est un de nos cousins ?

— Oui.

— Et l'autre ?

— Un usurier.

— Offrez-lui un chèque.
— Il ne voudra pas.
— Pourquoi ?
— Il veut le Manoir.
— Enfin quoi, nous n'allons pourtant pas laisser commettre une pareille chose ? »

Dorothée lui dit :

« Vous êtes un brave garçon, et je vous remercie. Mais croyez-vous que ce soit par hasard que nous soyons ici le 31 juillet à quatre heures cinquante minutes ? »

Elle se dirigea vers le perron, monta les marches, et, ayant traversé le vestibule, entra dans la salle.

Deux cris répondirent à son apparition. Raoul s'était levé, très pâle, Mme de Chagny accourait.

Elle les arrêta d'un geste.

Devant la table, le sieur Voirin, flanqué de deux amis qu'il avait amenés comme témoins, ses papiers et des actes étalés sur une serviette de cuir, tenait sa montre à la main.

« Cinq heures », dit-il d'un ton victorieux.

Dorothée rectifia :

« Cinq heures à votre montre, peut-être, mais regardez l'horloge. Nous avons encore trois minutes.

— Et après ? fit l'usurier.

— Eh bien, trois minutes, c'est plus qu'il n'en faut pour régler cette petite facture et vous mettre à la porte. »

Elle entrouvrit la pèlerine de voyage qu'elle portait, et, d'une des poches intérieures, tira une vaste enveloppe jaune qu'elle déchira et d'où elle sortit une liasse de billets de mille francs, et un paquet de titres.

« Comptez, monsieur... Non, pas ici. Ce serait un peu long, et nous avons hâte d'être seuls. Dehors. »

Doucement, d'un geste continu, elle le poussa vers la cour, ainsi que les deux témoins.

« Excusez-moi, cher monsieur, mais nous sommes en famille... des cousins que nous n'avons pas vus depuis deux cents ans... et nous avons hâte d'être seuls... Vous ne m'en voulez pas, n'est-ce pas ? Ah ! à propos, vous enverrez le reçu à M. Davernoie. Au revoir, messieurs... Tenez, voici cinq heures qui sonnent à l'horloge... Au revoir. Tous mes compliments. »

CHAPITRE XVIII

« IN ROBORE FORTUNA »

Lorsque Dorothée eut refermé la porte sur les trois hommes, elle vit devant elle Raoul, qui semblait irrité, et qui lui dit :

« Non, non... c'est une chose inadmissible... Vous auriez dû me consulter...

— Sur quoi ?

— Sur le paiement de cette dette.

— Ne vous fâchez pas, dit-elle doucement. J'ai voulu, avant tout, vous débarrasser du sieur Voirin. Cela nous donne le temps de la réflexion.

— C'est tout réfléchi, déclara-t-il, je considère cette affaire comme nulle.

— Je vous en prie, Raoul, un peu de patience. Remettez votre décision à demain. Demain peut-être, je vous aurai convaincu. »

Elle embrassa Mme de Chagny, puis, attirant les trois étrangers, elle fit les présentations.

« Je vous amène des convives, madame. Notre cousin, George Errington, de Londres. Notre cousin, Marco Dario, de Gênes. Notre cousin, Archibald Webster, de Philadelphie. Sachant que vous deviez venir ici, j'ai tenu à ce que la famille fût au complet. »

Elle présenta ensuite Raoul Davernoie, le comte Octave et sa femme. Des poignées de main vigoureuses furent échangées.

« Parfait, dit-elle, nous sommes réunis comme je le désirais, et nous avons mille et mille choses à nous raconter. Raoul, j'ai revu d'Estreicher, et, comme je le lui avais prédit, il a été pendu haut et court. Raoul, j'ai rencontré loin d'ici votre grand-père et Juliette Azire. Raoul... Mais nous allons peut-être un peu vite en besogne. Avant tout, il y a un devoir très urgent à accomplir vis-à-vis de nos trois cousins, lesquels sont des ennemis acharnés du régime sec. »

Elle ouvrit les placards et trouva une bouteille de porto et des biscuits, et, tout en servant, se mit à raconter son expédition vers La Roche-Périac. Récit rapide, incomplet, quelque peu incohérent, où les événements n'étaient pas toujours à leur place et prenaient, le plus souvent, un air comique dont s'amusaient fort le comte et la comtesse de Chagny.

« Alors, dit la comtesse quand elle eut fini, les diamants sont perdus ?

— Cela, répliqua-t-elle, c'est l'affaire de mes trois cousins. Interrogez-les. »

Durant les explications de la jeune fille, ils étaient restés tous les trois à l'écart, écoutant Dorothée, aimables avec leurs hôtes, mais gardant une attitude distraite, comme s'ils avaient poursuivi leurs réflexions personnelles. Et ces réflexions, la comtesse elle-même devait les faire de son côté, ainsi que le comte de Chagny, car il y avait une chose qui les préoccupait tous également, et qui les empêchait tous d'être à l'aise, tant que cette chose ne serait pas éclaircie.

Ce fut Errington qui prit la parole, avant que la comtesse de Chagny lui eût posé de question, et s'adressant à la jeune fille :

« Cousine Dorothée, nous ne comprenons pas...

Non, pour nous, c'est obscur, et je pense que vous ne trouverez pas indiscret si nous parlons à cœur ouvert.

— Parlez, Errington.

— Eh voilà... ces trois cent mille francs ?...

— D'où viennent-ils ? acheva Dorothée. C'est cela que vous voulez savoir, n'est-ce pas ?

— En effet. »

Elle se pencha à l'oreille de l'Anglais et chuchota :

« Toutes mes économies... gagnées à la sueur de mon front.

— Je vous en prie...

— L'explication ne vous satisfait pas ? Alors, je serai franche. »

Elle se pencha vers l'autre oreille, et plus bas encore :

« Je les ai volés.

— Oh ! cousine, ne plaisantez pas.

— Mais alors, que diable, George Errington, si je ne les ai pas volés, que supposez-vous donc ? »

Il articula lentement :

« Mes amis et moi, nous nous demandons si vous ne les avez pas trouvés.

— Où ?

— Dans les ruines de Périac ! »

Elle battit des mains.

« Bravo ! Ils ont deviné ! Eh bien oui, George Errington, de Londres, je les ai trouvés, au pied d'un arbre, sous un tas de feuilles mortes et de cailloux. C'est là que le marquis de Beaugreval, notre digne ancêtre, avait caché ses billets de banque et son six pour cent. »

Les deux autres cousins s'étaient avancés. Marco Dario, qui semblait fort agité, lui dit gravement :

« Soyez sérieuse, cousine Dorothée, nous vous en supplions, et ne vous moquez pas de nous. Doit-on considérer les diamants comme perdus ou comme retrouvés ? C'est une question qui a une grande importance pour certains d'entre nous... pour moi, je l'avoue. J'y avais renoncé, à ces diamants. Mais voilà tout à coup que vous nous laissez croire à un miracle imprévu. En est-il ainsi ? »

Elle prononça :

« Pourquoi cette supposition ?

— D'abord, à cause de cet argent inattendu que l'on pourrait attribuer à la vente de l'un des diamants... Et puis... et puis... il faut le dire, parce qu'il nous paraît, somme toute, impossible que vous ayez abandonné la conquête de ce trésor. Comment, vous, Dorothée, après des mois de combats et de victoires, au moment d'atteindre le but, vous décideriez soudain de vous croiser les bras ! Pas un effort ! Pas une recherche ! Non, non, de votre part, ce n'est pas admissible. »

Elle les observait tour à tour, malicieusement.

« En sorte que, selon vous, mes chers cousins, j'aurais accompli ce double miracle de trouver les diamants, sans les chercher ?

— Vous êtes capable de tout », dit Webster gaiement.

La comtesse se joignit à eux.

« De tout, oui, Dorothée, de tout, et je vois à votre air que, là encore, vous avez réussi. »

Elle ne dit pas non. Elle souriait doucement. Ils étaient tous auprès d'elle, curieux ou anxieux.

La comtesse murmura :

« Vous avez réussi, n'est-ce pas ?

— Oui », fit Dorothée.

Elle avait réussi ! Le problème insoluble, tant de fois tourné et retourné en tous sens, depuis des siècles, elle l'avait résolu, elle.

« Mais quand ? à quel moment ? s'écria George Errington, vous ne nous avez pas quittés !

— Oh ! dit-elle, cela remonte bien plus haut. Cela remonte à mon passage au château de Roborey.

— Hein ! que dites-vous ! s'exclama le comte Octave, stupéfait.

— Dès les premières minutes, j'ai su tout au moins la nature de la cachette qui renfermait le trésor.

— Mais comment ?

— Par la devise.

— Par la devise ?

— C'est tellement clair ! si clair que je n'ai jamais compris l'aveuglement de ceux qui ont cherché, et que j'accusais de naïveté celui qui, dissimulant un trésor, donnait un pareil renseignement. Mais il avait raison, le marquis de Beaugreval ! Il pouvait l'inscrire de tous côtés, sur l'horloge de son château, sur la cire de ses cachets, puisque sa devise est lettre morte pour ses descendants ! »

La comtesse objecta :

« Si vous saviez, pourquoi n'avoir pas agi aussitôt ?

— Je connaissais la nature de la cachette, mais non son emplacement. Cette indication, ce fut la médaille d'or qui me la fournit. Trois heures après mon arrivée, aux ruines, j'étais fixée. »

Marco Dario répéta plusieurs fois :

« *In robore fortuna... in robore fortuna...* »

Et les autres prononçaient les trois mots, comme une formule cabalistique dont l'énoncé suffit à produire des effets merveilleux.

« Marco Dario, dit-elle, vous savez le latin ? Et vous, Errington ? Et vous, Webster ?

— Suffisamment, répondit Dario, pour déchiffrer le sens de ces trois mots, ce qui n'est pas bien malin. Fortuna signifie la fortune...

— En l'occurrence, dit-elle, les diamants...

— C'est cela, fit Dario, continuant sa traduction, les diamants se trouvent... *in robore...*

— Dans la fermeté d'âme, dit Errington en riant.

— Dans la vigueur, dans la force, ajouta Webster.

— Et voilà tout ce que signifie, pour vous trois, le mot *robore,* ablatif du mot latin *robur* !

— Mon Dieu, oui, répondirent-ils. *Robur*... la force... la fermeté... l'énergie... »

Elle haussa les épaules avec dédain :

« Eh bien moi, qui sais à peu près autant de latin que vous, mais qui ai le très grand avantage sur vous d'être une campagnarde, moi, quand je me promène dans la campagne et que j'aperçois cette variété de chêne qui s'appelle le rouvre, il m'arrive presque toujours de penser que le vieux mot français "rouvre" est une contraction du mot latin *robur,* qui veut dire force, et qui, par là même, veut dire aussi chêne. Et c'est ce qui m'a amenée, lorsque, le 12 juillet, j'ai passé avec vous près du chêne qui est placé bien en évidence, au centre du carrefour, au commencement de l'allée de chênes, c'est ce qui m'a amenée, dis-je, à faire le rapprochement entre cet arbre et la cachette, et à traduire ainsi l'indication que nous répétait inlassablement notre ancêtre : "J'ai caché ma fortune au creux du chêne rouvre." Voilà. Ainsi que vous le voyez, c'est bête comme chou. »

Ayant débité son discours avec une gaieté charmante, elle se tut. Les trois jeunes gens la contemplaient, émerveillés et confondus. Ses yeux charmants exprimaient la satisfaction ingénue d'étonner ses amis par ce quelque chose de spécial, cette faculté inexplicable qui était en elle.

« Vous êtes différente... murmura Webster. Vous êtes d'une race... d'une race...

— D'une race de braves Français, qui ont beaucoup de bon sens comme tous les Français.

— Non, non, dit Webster, incapable de formuler les pensées qui les étreignaient tous les trois, non... non... C'est autre chose... »

Il s'inclina devant elle et lui effleura la main de ses lèvres. Errington et Dario s'inclinèrent aussi, du même geste respectueux, tandis que, pour cacher son émotion, elle traduisait machinalement :

« *Fortuna*, la fortune... *In robore*, dans le rouvre... »

Et elle ajouta :

« Au plus profond du rouvre, au cœur même du rouvre, peut-on dire. Il portait encore, à une hauteur de un mètre cinquante, cette sorte de bourrelet en forme d'anneau, cette cicatrice que laissent les blessures faites aux fûts des arbres. Et j'eus l'intuition que c'était là l'endroit où il fallait chercher, et que le marquis de Beaugreval y avait enfoncé les diamants qu'il se réservait pour sa seconde existence.

« Il n'y avait plus qu'à tenter l'épreuve. C'est ce que je fis, au cours des premières nuits, tandis que mes trois cousins dormaient. Saint-Quentin et moi, nous nous mîmes à l'ouvrage, tâtonnant, maniant nos vrilles, nos scies et nos vilebrequins. Et un soir, tout à coup, je rencontrai un obstacle. Je ne m'étais pas trompée. L'ouverture fut agrandie. Une à une, je tirai de là quatre boules de la grosseur d'une noisette. Il me suffit de leur enlever la gangue de saleté qui les entourait pour mettre à nu quatre diamants.

« En voici trois, le quatrième est en gage chez maître Delarue qui a consenti, avec beaucoup de gentillesse, mais après de longues hésitations et une expertise minutieuse de son bijoutier, à me prêter jusqu'à demain l'argent nécessaire. »

Elle donna à ses trois amis les trois diamants rouges de Golconde, pierres magnifiques, de même grosseur, de proportions tout à fait extraordinaires, et taillées comme jadis à facettes opposées.

Ce fut, pour Errington, pour Webster et pour Dario, une chose troublante que de les manier et de les regarder. Deux siècles auparavant, le marquis de Beaugreval, cet étrange visionnaire, mort de son rêve splendide de résurrection, les avait confiés à l'arbre même sous lequel il venait sans doute lire et se reposer. Durant deux cents ans, la nature avait poursuivi son œuvre lente et ininterrompue, bâtissant des murailles et des murailles toujours plus épaisses autour de la petite prison choisie avec tant d'intelligence et de subtilité. Durant deux cents ans, des générations et des générations avaient passé près du trésor fabuleux, le cherchant peut-être en vertu d'une légende confuse. Et voilà que l'arrière-petite-fille du bonhomme, ayant découvert l'indéchiffrable secret, et pénétré jusqu'au plus mystérieux et au plus ténébreux des écrins, leur offrait les pierres précieuses que leur aïeul avait rapportées des Indes.

« Gardez-les, dit-elle. Trois des familles issues de trois fils du marquis ont vécu hors de France. C'est leur part. Les descendants français du quatrième se partageront le quatrième diamant. »

Le comte Octave se montra fort surpris. Il demanda :

« Que dites-vous ?

— Je dis que nous sommes trois héritiers français, vous, Raoul et moi, que chaque diamant, selon l'estimation du joaillier, vaut plusieurs millions, et que nos droits, à tous trois, sont égaux.

— Les miens sont nuls, déclara le comte Octave.

— Comment ! dit-elle. Nous sommes solidaires les uns des autres. Un pacte, une promesse de partage, vous unissait à mon père et au père de Raoul.

— Pacte périmé ! s'écria Raoul Davernoie, à son tour. Pour ma part, je n'accepte rien. Le testament ne laisse point de place aux discussions. Quatre médailles, quatre diamants. Nos trois cousins et vous, Dorothée, vous êtes seuls qualifiés pour recueillir les richesses du marquis. »

Elle protesta vivement :

« Mais vous aussi Raoul. Vous aussi ! Nous avons combattu ensemble ! Votre grand-père était un descendant direct du marquis ! Il possédait le talisman de la médaille !

— Cette médaille n'avait pas la moindre valeur.

— Comment le savez-vous ? Vous ne l'avez jamais eue entre les mains.

— Si.

— Impossible. Il n'y avait rien dans le disque que j'ai repêché devant vous. C'était simplement un appât pour attirer d'Estreicher. Alors ?

— Alors, quand mon grand-père est revenu du voyage à la pointe de Périac où vous l'avez rencontré avec Juliette Azire, je l'ai trouvé un jour qui pleurait dans le verger. Il regardait une médaille d'or, qu'il me laissa prendre et examiner. Elle portait toutes les indications que vous avez détaillées. Mais les deux faces étaient barrées d'une croix qui, évidemment, comme je vous le disais, Dorothée, lui enlevait toute valeur. »

La jeune fille semblait très étonnée de cette révélation, et elle répondit d'une voix distraite :

« Ah !... vraiment ?... vous avez vu ?... »

Elle alla vers l'une des fenêtres et s'y tint durant quelques minutes le front appuyé à la vitre. Les derniers voiles qui couvraient l'aventure se dissipaient. Il y avait eu réellement deux pièces d'or. L'une, qui était la fausse et qui appartenait à Jean d'Argonne, avait été volée par d'Estreicher, reprise par le père de Raoul et envoyée au vieux baron. L'autre, la véritable, était celle qui appartenait au vieux baron, lequel, par prudence ou par cupidité, n'en avait jamais parlé à son fils ni à son petit-fils. Devenu fou, et dépossédé à son tour du talisman qu'il avait caché dans le collier de son chien, le vieux baron s'en était allé à la conquête du trésor avec cette autre pièce qu'il avait confiée à Juliette Azire et que d'Estreicher n'avait pu trouver.

Tout de suite Dorothée entrevit toutes les conséquences qui découlaient de cette révélation. En prenant dans le collier la pièce d'or qu'elle croyait sienne, elle avait frustré Raoul de son héritage. En revenant au Manoir, et en offrant l'aumône au fils de l'homme qui avait été complice dans le meurtre de son père, elle s'imaginait accomplir un acte de générosité et de pardon, alors qu'elle restituait simplement une toute petite part de ce qu'elle avait dérobé.

Elle se contint pour garder le silence. Il fallait agir avec précaution pour que Raoul ne pût jamais soupçonner le crime de son père. Quand elle revint de la fenêtre vers le milieu de la salle, on eût dit que des larmes mouillaient ses yeux. Cependant elle souriait, et elle dit d'un ton d'insouciance :

« A demain les affaires sérieuses. Aujourd'hui réjouissons-nous d'être réunis et fêtons cette réunion. Raoul, vous m'invitez à dîner? Et mes enfants aussi ? »

Elle avait retrouvé toute sa gaieté. Elle courut jusqu'au grand portail du verger et appela les garçons qui s'en vinrent joyeusement. Le capitaine se jeta dans les bras de Mme de Chagny. Saint-Quentin lui baisa la main. On remarqua que Castor et Pollux avaient le nez tuméfié, signe de quelque bataille récente.

Le dîner fut arrosé de cidre mousseux et de champagne. Toute la soirée, Dorothée se montra exubérante et affectueuse pour tous. On la sentait heureuse de vivre.

Archibald Webster lui rappela sa promesse. C'était le lendemain, premier août, qu'elle devait choisir parmi ses prétendants.

« Je m'y engage encore, affirma Dorothée.

— Vous choisirez parmi ceux qui sont là? Car je suppose que notre cousin Raoul n'est pas le dernier à poser sa candidature...

— Parmi ceux qui sont là. Et, comme il n'y aura

forcément qu'un élu, je demande à vous embrasser tous dès ce soir. »

Elle embrassa les quatre jeunes gens, puis le comte et la comtesse, puis les quatre garçons.

On ne se sépara qu'à minuit.

Le lendemain matin, Raoul, Octave de Chagny, sa femme et les trois étrangers prenaient leur petit déjeuner dans la salle, quand un valet de ferme apporta une lettre.

Raoul regarda l'écriture, et murmura douloureusement :

« Ah ! une lettre d'elle... Comme la dernière fois... Elle est partie. »

Il se rappelait, ainsi que le comte et la comtesse, son départ de Roborey.

Il déchira l'enveloppe et lut à haute voix.

« Raoul, mon ami,

« Je vous demande en grâce de croire aveuglément ce que je vais vous dire et qui m'a été révélé par quelques faits dont j'ai eu connaissance hier seulement.

« Raoul, en me présentant au rendez-vous du 12 juillet, devant l'horloge du château de La Roche-Périac, j'ai pris votre place à mon insu. Le talisman que je croyais tenir de mon père vous appartenait.

« Ce que j'écris là n'est pas une supposition, mais une certitude absolue. Je sais cela, comme je sais que la lumière existe, et si j'ai des raisons profondes pour ne pas divulguer les preuves de ce qui est, je veux cependant que vous agissiez et que vous pensiez avec la même conviction et la même sérénité que moi.

« Sur mon salut éternel, voici la vérité. Errington, Webster, Dario, et vous Raoul, vous êtes les héritiers véritables du marquis de Beaugreval, désignés par son testament. Donc, le quatrième diamant est vôtre. Webster voudra bien, dès demain, aller à Nantes, se présenter chez maître Delarue, lui remettre un chèque de trois cent mille francs, et vous rapporter ce diamant. J'envoie à maître Delarue, en même temps que le reçu qu'il avait signé, les instructions nécessaires.

« Je vous avouerai, Raoul, qu'hier j'ai eu un peu de chagrin en discernant la vérité. Oh ! pas beaucoup, quelques larmes seulement... Aujourd'hui, je suis contente... Cette fortune, je ne l'aimais pas... Non, elle s'accompagnait de trop d'infamies et de trop d'horreurs ! Je n'aurais jamais pu oublier certaines choses... Et puis... et puis, l'argent, c'est une prison et je ne veux pas vivre enfermée.

« Raoul, et vous, mes trois nouveaux amis, vous m'avez demandé, un peu en plaisantant, n'est-ce pas ? de choisir un amoureux parmi ceux qui se trouvaient hier au Manoir. Puis-je vous répondre un peu de la même manière que mon choix est fait, qu'il ne m'est possible de me dévouer qu'au plus jeune de mes quatre garçons d'abord, aux autres ensuite ? Ne m'en veuillez pas, mes amis. Mon cœur, jusqu'ici, n'est qu'un cœur de mère, et c'est pour eux seulement qu'il bat de tendresse, d'inquiétude et d'amour. Que feraient-ils si je les quittais ? Que deviendrait mon pauvre Montfaucon ? Ils ont besoin de moi, et de la bonne vie saine que nous menons ensemble. Comme eux je suis une nomade, une vagabonde. Il n'y a pas de logis qui vaille notre roulotte. Laissez-moi reprendre la grand-route.

« Et puis, quand un peu de temps aura passé, on se retrouvera, voulez-vous ? Nos cousins de Chagny nous recevront à Roborey. Tenez, prenons date. Les fêtes de Noël et du Jour de l'An là-bas, cela vous plaît-il ?

« Adieu, mon ami. Je vous envoie toute mon amitié fervente. Quelques larmes aussi, les dernières... *In robore fortuna.* La fortune est dans la fermeté d'âme.

« Je vous embrasse tous.

« DOROTHÉE. »

Un long silence suivit la lecture de cette lettre.

A la fin, le comte Octave prononça :

« Curieuse créature... Quand on pense qu'elle a eu les quatre diamants en poche, c'est-à-dire dix ou douze millions, et qu'il lui était si facile de ne rien dire et de les garder. »

Mais les jeunes gens ne relevèrent pas cette réflexion. Dorothée était pour eux la forme même du bonheur. Et le bonheur s'en allait.

Raoul consulta sa montre, et puis leur fit signe à tous de l'accompagner. Muni d'une longue-vue, il les conduisit au plus haut point des Buttes.

A l'horizon, sur une route blanche qui montait parmi les prairies, la roulotte cheminait. Trois des garçons marchaient auprès de Pie-Borgne, que conduisait Saint-Quentin.

En arrière, toute seule, on distinguait Dorothée, princesse d'Argonne, et danseuse de corde...

Table

Composition réalisée par Euronumérique

Achevé d'imprimer en mai 2011 en Espagne par
BLACK PRINT CPI IBERICA, S.L.
08740 Sant Andreu de la Barca (Barcelona)
Dépôt légal 1re publication : octobre 1979
Édition 07 : mai 2011
LIBRAIRIE GÉNÉRALE FRANÇAISE
31, rue de Fleurus – 75278 Paris Cedex 06